ROTBUCH KRIMI

Jean Vautrin ist das literarische Pseudonym des Elsässers Jean Herrmann, geb. 1933 in Pagny-sur-Moselle. Er arbeitete zuerst als Regisseur (mit Roberto Rossellini, Vincente Minelli, dann auch fürs Fernsehen). Seit 1973 schrieb er neben ernster Literatur Krimis, für die er u. a. 1980 den höchsten französischen Krimipreis, den »Prix Mystère de la Critique«, erhielt. 1991 erschienen *Billy-ze-Kick* als Rotbuch Taschenbuch 48 und *Haarscharf am Leben* im literarischen Hauptprogramm.

Zu diesem Buch:
Die Sozialbunkerstadt mit ihren Wohnwaben. Jeder in seiner Zelle. Und mitten drin, Aufgang C, Appartement 412 ein seltsames Glück. Lokomotive-Baba N'Doula, ein Air-France-Export aus Mali, der sich wie eine Spinne an zwei Drahtseilen die Fassade rauf und runter hangelt und sich mit einem Fensterleder Einblick in die Wohnwürfel putzt. Jean-Y, ein Typ aus der Banlieue, der mit Granaten in der Tasche gegen die Gesellschaft Amok läuft. Und Sam Schneider, ein mieser Bulle, der seiner Liebe zu Recht und Ordnung nicht gerade kaltblütig Ausdruck verleiht, was auch an Bloody Mary, seiner Gattin, liegen mag, einem verschärften Fall von Bovarysmus ... »Nach ›Billy-ze-Kick‹ ein zweites sprachschöpferisches und witziges Meisterwerk des Genres.« *Frank Lamers* in der WAZ

JEAN VAUTRIN

BLOODY MARY

Aus dem Französischen von

Marie Luise Knott

ROTBUCH VERLAG

Originaltitel: Bloody Mary

Umschlagtypographie und -motiv von Hendrik Dorgathen
Gesamtherstellung: Wagner GmbH, Nördlingen
Printed in Germany.
ISBN 3 88022 077 8

An die Umstände, auf daß sie sich mildern.

Es ist ganz augenscheinlich, daß diese Geschichte niemals und auf keinen Fall in Sarcelles stattgefunden haben kann, zumal bis auf den heutigen Tag dort kein Wohnturm mit achtundzwanzig Stockwerken erbaut worden ist. Desgleichen versteht sich von selbst, zumal der Turm, um den es sich handelt, ein reines Hirngespinst ist, daß die Figuren reiner Romanstoff sind. Ergo sind alle Ähnlichkeiten undsoheiter undsowort mit lebenden Personen zweier- bzw. dreierlei Geschlechts reiner Zufall.
Gleichwohl, die emsige Zeitungslektüre, das Fernsehen und meine eigenen Erfahrungen – all das legt mir nahe, daß die Gesellschaft, in der diese Menschen sich bewegen, die unsere ist.
Und ich schwöre, das ist die Wahrheit...

Prolog

Der Frühling lag in der Luft.
Ein Schwirren. Ein Dunst. Ein schattenhafter Gemütszustand.
Die acht Lindenbäume standen im Bürstenschnitt den einundzwanzig Rekruten des Zugs gegenüber. Gewehr bei Fuß und mit saurem Aufstoßen erwarteten die Landser den Hauptmann.
Ein spaßiger Sperling ließ sich auf dem Asphalt nieder.
Gemächlich wie ein Stammgast begann er, die vom Kehren zurückgebliebene Dreckspur entlangzuhüpfen. Der Staub sammelte sich hinter einem Baumstumpf zu einem Haufen.
Plötzlich streifte der Blick des Feldwebels den Spatz auf der Schmutzpyramide. Nachdenklich zog der Kommißkopp sein Käppi nach vorne. Die Stirn verschwand. Er schwenkte ruckartig um und drehte seinen Männern den Rücken zu.
Es gibt verschiedene Arten, bekloppt zu sein.
Feldwebel Maxence Reig war es qua Ausbildung. Ein verschärfter Fall. Und mächtig stolz drauf. Ein Freiwilliger. Ein Kind der Truppe, schon früh die Mutter verloren, Vater unbekannt. Jetzt war er zweiundzwanzig.
– Schtillkschtandn! brüllte er, ohne sich umzudrehen.
Das Geräusch der zusammenschlagenden Hacken bescherte ihm einen Anflug von Freude.
– Rrrührteuch!... Schtillkschtandn! Rrütteuch!... Kschtandn! legte er sofort wieder los.
Die Kommandos hallten bis zu den Latrinenwänden hinüber.
Dort scheuchten sie zwei Soldaten im Drillich auf, die beim Heraustreten ihre Kleidung sortierten.
Feldwebel Reig machte sich so seine Gedanken über ihr Benehmen, als sie sich mit dem typischen gewichtigen Schritt des Putzdienstlers entfernten. Er würde sie schon noch drankriegen. Keine Eile.
Der Frühling lag in der Luft.
Ein Verhängnis. Eine Schwere. Eine Trägheit.
– Welcher Sack hatte vorhin Putzdienst? sagte er im Umdrehen.
Dabei legte er ein schmales Lächeln an den Tag.
– Also, wer nun? fragte er und sah dabei zur Seite auf den Spatz.

– Ich, Feldwebel, gestand eine Stimme aus der zweiten Reihe.
– Wer: Ich?
– Ich, Vogel, antwortete der Gefreite und hob die Hand.
– Vogel! schrie Feldwebel Reig. Vogel! Das ist doch kein Name, so was... Wie lange hat deine Mutter gebraucht, um dich auszubrüten?
Und er wartete. Wartete darauf, ob irgendein Idiot im Drillich über seinen Witz lachen würde. Dem hätte er eine kleine Nachtwanderung aufgebrummt, von wegen.
Es machte ihm Spaß, wenn sie mit geschwollenen Füßen wiederkamen.
Er wartete lange. Die Kerle starrten vor sich hin. Stocksteif, die Landser. Wie aus Blei. Jeder für sich. Schnauze gestrichen voll. Nur Schwachsinn. Schikanen. Schnauze voll vom Schießen auf Befehl, vom Liegestütze-Machen, vom ewigen Marschgepäck-Packen.
Schnauze voll!
Voll, Reig!
– Vogel! wiederholte der Feldwebel.
Dabei suchte sein Blick den Sperling.
Der sprang derweil von dem Schmutzhaufen herunter.
Er hinterließ eine weiße Spur Vogeldreck auf dem Asphalt und wiegte den Kopf zur Seite. Sein kleines scharfes Auge war in die Höhe gerichtet.
Der Feldwebel blickte in die von dem Spatz vorgegebene Richtung.
Doch er sah nur blauen Himmel, einfach leer. Es war nichts zu sehen. Nichts, außer einer weißen Wolke, oder besser Schäfchenwolke, die nach Norden zog.
Ein Feldwebel ist einfach zu dumm, der erkennt keine Fliegen.
Reig setzte sich in Bewegung.
Er brachte die Landser ganz ordentlich auf Trab. Unterwegs nahm er seine Taucheruhr vom Arm. Er schritt die erste Reihe ab und dann langsam die zweite Reihe zurück.
Im Vorbeigehen fixierte er jeden einzelnen.
Was für Visagen. Schmalhemden. Muttersöhnchen. Ein oder zwei Prollis drunter. Typen, die seine Pflege gebrochen hatte. Zwei Monate Ausbildung. Ganze Arbeit, Reig! Junge Kerle, grad man so alt

wie du. Ganze Arbeit. Auf die zu scheißen, kein Zweifel, das brachte Ansehen. Schaffte Verbindungen. Haß.
Reig blieb direkt vor Grandvallet stehen.
Grandvallet, einer der Jungs aus dem Norden von Paris, sah zäh aus. Ein Typ, der ihn schon hundertmal mit Blicken getötet hatte. Den da kannte er mit Namen. Als der ankam, war er ein langhaariges Stück Scheiße gewesen. Und zu allem irgendwelche Vorstellungen. Runter die Augen, du Aas! sagte sich Reig im Kopf. Runter die Augen, oder ich schneid dir die Hoden ab.
Grandvallet, sagte er laut. Rührt euch!
Der andere gehorchte, wie geschmiert.
– Halt das mal einen Moment, sagte der Feldwebel, ich muß mal eben zu deinem Kameraden da drüben…
Er hielt ihm die Präzisionsuhr hin und begab sich zu besagtem Vogel.
Der war groß und von der trockenen Sorte.
Wie jeder andere Chef in jeder anderen Truppe ging der Feldwebel ihm gerade bis zur Schulter. Keinen Zentimeter höher. Einen kurzen Augenblick lang studierte der Unteroffizier den besonders großen Adamsapfel des Soldaten, dann machte er auf Zehenspitzen kehrt.
Grandvallet besah sich derweil den Zeiger von Reigs Uhr. Offen gestanden: am liebsten hätte er sie fallen gelassen. Hätte sie gern mit dem Kolben seiner *Mas. 49* zerstampft.
Der Frühling lag in der Luft.
Ein Summen. Ein Raunen. Eine aufsteigende Lust.
– Weißt du, was ich mit solchen Pfeifen wie dir anstelle? fragte der Feldwebel. Kleinholz mache ich aus ihnen.
Ohne Vorwarnung ließ er seine sehnigen Fäuste vorschnellen und hämmerte sie Vogel in den Bauch. Dem Landser blieb die Luft weg. Er krümmte sich vor Schmerz und begann zu heulen.
– Schtillkschtandn! brüllte der Depp. Schtillkschtandn, egal was passiert! Selbst wenn ich dich zusammenschlage und dich in die Eier trete, nimm Haltung an! Heul dich bei deiner Mutter aus, aber halt dein Gewehr gerade!

Links, zwoo! Links, oh!

10

Ich heiße Jean-Yves Grandvallet, und ich bin die achtzehnte Tatze links eines riesigen gewehrbespickten Tausendfüßlers. Links, zwo! Links, zwo und niemals drei, in Fünferreihen, behelmt, getarnt, gleichgemacht, geschoren, gepanzert, Dickschädel oder Weichfüßler, Stadtkerle oder Landeier, ob aus dem Nivernais, der Bretagne oder Paris – wir marschieren durch die Straßen von Vannes.

Wir Niemande, wir namenlose Landser.

Schaufeln, Hacken, Nägel, Treter, Rüben im Magen und Pudding in den Beinen. Niemande. Nichts, nur Nummern.

Die Vorgesetzten haben alles gefressen: unsere Namen, unsere Herkunft, unsere Welten. Alles längst verdaut. Der Chef hat sich im Kasino den Bauch damit vollgeschlagen. Zusammen mit den Leutnants. Einen 13prozentigen *Sidi Brahim* hinterher, damit es besser runtergeht, und dann vorwärts, Kompanie.

Dreizehn Uhr.

Der Tisch ist abgeräumt. Das Tischtuch ist zerknittert. Die Literflaschen haben tiefe Ränder zurückgelassen. Der Chef pickt einen Brotkrümel auf und wendet sich an den ältesten Zwei-Balken-Träger. Der besagte Leutnant schüttet seinen »Drei-Sterne«-Roten hinunter, dann nimmt er den Hörer ab.

– Feldwebel, befiehlt er, Feldwebel! Nehmen Sie die dritte Kompanie und lassen Sie sie eine Nachtwanderung machen! Sein Nakken ist vom Après-Lunch rot angelaufen.

Links, zwo! Links, oh! Links, links!

Ein Fuß vor den anderen. Anfangs Bäume. Danach? Nur das Gepäck des Vordermanns. Und wieder danach nur seine Beine.

Später marschieren die Steine vorbei.

Am Ende der zwanzig Kilometer, links, links, kein Gedanke mehr. Keinerlei Lebensgeister. Und während die Nacht niedersinkt, erwacht eine Blase tief unten in den Schnürstiefeln. Eine kleine Blase, schmerzgeladen, die blüht und gedeiht. Wozu diese Wunde? Für nichts und wieder nichts. Bekloppt, wie alles hier. Tief unten in den Strümpfen fließt einfach so, aus Spaß, das Blut.

Und Reig, dieser Feldwebelsack, hockt mit seinem fetten Arsch bequem auf seinem Jeep und fährt mit freundlichem Lächeln die Kolonne ab:

– Nun, ihr Neuen, macht's Spaß?

1 Sam Schneider betrachtete seine Frau, und am liebsten hätte er geheult. Er stand über das Bett gebeugt und wagte nicht, sich zu bewegen. Er war angezogen. Rausgehfertig. Sein *Holster* hatte er sich im Nebenzimmer umgeschnallt. France mochte keine Schußwaffen.

Wie üblich schlief sie zusammengekauert, einen Daumen im Mund. Nicht gerade wild darauf, zur Welt zu kommen.

Er beugte sich schließlich zu ihr herunter und sagte sanft:

– Auf Wiedersehen, Kleines... Auf Wiedersehen, France.

Sie schüttelte ihren roten Schopf, so, als wolle sie »nein« sagen. Auf ihren kindlichen, aufgeworfenen Lippen war ein Lächeln zu erkennen. Immer noch zusammengekuschelt, bewegte sie sich.

Die Leintücher klafften auseinander und sandten die Gerüche ihres Körpers empor. Wärme. Parfümspuren. Unwillkürlich atmete Sam sie ein. Er spürte, wie die Lust ihn erfaßte.

Er versenkte seine Hand in der Grotte. Tastete nach den Schulterumrissen seiner Frau, die auf der Stelle erstarrte. Er versuchte trotzdem, seine Finger zwischen Bauch und Knie gleiten zu lassen. Aber sie preßte die Beine zusammen. Genauso wie die Arme, die den Zugang zur Brust versperrten.

– Ich bin ein Baby, flüsterte sie eigensinnig. Man darf mich nicht anfassen.

Sie blieb verschlossen und kauerte sich noch mehr zusammen. Sam zog sofort seine Hand zurück.

– Ich gehe jetzt, sagte er. Der Kaffee ist fertig. Mein Kleines muß heute hübsch artig sein.

Plötzlich verzerrte sich das Gesicht der jungen Frau. Eine dünne Furche der Verärgerung stand auf ihrer Stirn. France öffnete die Augen. Mit einem Sprung war sie aus den Leintüchern, kniete aufrecht im Bett und packte Sam am Arm. Sie sah jetzt richtig verängstigt aus.

– Den ganzen Tag, Sam? Was soll ich denn bloß so lange machen?

– Du könntest rausgehen. Es ist schönes Wetter. Oder... ruf doch Silvie an. Die wird sich sicher freuen.

– Nein, Silvie nicht.

– Sie ist deine beste Freundin...

– Ich habe keine Freundin. Niemanden.
– Ihr könntet ins Kino gehen.
– Nein, nicht ins Kino. Und telefonieren tue ich auch nicht. Und überhaupt, ich hasse das Telefon, das weißt du doch!
– Dann mach doch einen Schaufensterbummel.
– Nein, ich gehe nicht raus. Du weißt doch genau, daß ich nie rausgehe.
Sams Blick wurde panisch. Er sah aus wie ein Ertrinkender. Jeden Tag die gleiche Unterhaltung. Und nichts, woran er sich halten konnte.
France begann sich zu wiegen. Im fötalen Rhythmus.
– Ich werde mir diese Stadt wie immer vom Fenster aus angucken, sagte sie mit matter Stimme.
Sie seufzte. Sie war nackt. Ein wunderbar proportionierter Körper.
– Ich werde mir diese Stadt vom Fenster aus angucken, wiederholte sie, auch wenn sie mich umbringt.
– Diese Stadt ist nicht schlechter als jede andere, machte Sam geltend.
Und er ballte die Faust.
– Klötze. Lauter Klötze, antwortete France.
Sie schauderte, legte ihre Arme um sich und warf einen Blick auf die Hochhausfront gegenüber. Dann fuhr sie fort:
– Überall die gleichen Fenster. Die gleichen Fenster, hinter denen überall zur gleichen Zeit das Licht angeht...
Der schrille Ton des Weckers aus der Nachbarwohnung unterbrach das gespannte Schweigen.
Haßerfüllt starrte France auf die Zwischenwand.
– Selbst wenn ich wollte: In dieser Stadt könnte ich nie Kinder kriegen, murmelte sie.
Sam streichelte ihr übers Haar, fast andeutungsweise. Man durfte sie nicht einschüchtern. Man mußte sie eingewöhnen. Unendlich behutsam nahm er ihr Gesicht in seine Hände. Er zwang sie, ihn anzusehen, und führte ihre Augen ganz nahe an seine.
– Wir werden ein Kind bekommen, beschwor er sie. Ein schönes Kind. Du mußt nur auf dich acht geben und Geduld haben.
– Und bin ich dann nicht mehr klein?

– Nein, dann bist du ganz du selbst. Und auch die Stadt sieht dann anders aus.
Plötzlich schien sie wieder Vertrauen zu fassen.
Sie streckte sich der Länge nach auf der Bettdecke aus und räkelte sich lasziv. Abgesehen davon, daß sie nach wie vor am Daumen lutschte, hatte sie jetzt in ihrem ganzen Verhalten eine neue Freiheit und Harmonie gewonnen.
– Bis heute abend, Liebste, sagte Sam.
– Bis heute abend, mein großer Blonder, antwortete sie seufzend.
Er gab ihr einen liebevollen Klaps auf den Hintern. Sie stieß ein unterdrücktes Lachen aus. In der Diele pflückte er den Trenchcoat vom Haken. Selbst im Sommer trug er seinen Trenchcoat. Eine Art Schutz – zweifelsohne.
Er schloß sachte die Wohnungstür hinter sich.
Das Brummen des Fahrstuhls drang bis zu Frances Ohren.
Sofort stürzte die junge Frau zum Spiegel im Badezimmer. Sie setzte ihr Baby-Face auf und fragte ihr Spiegelbild:
– War ich gut, Huren-Maggy?
Dann zerzauste sie sich die Haare und schürzte die Unterlippe. Dabei wiegte sie aufreizend die Hüfte. Nicht wiederzuerkennen. Mit rauher Stimme antwortete sie sich:
– Dein großer Blonder war Feuer und Flamme. Du warst fiedelbumm, einfach fiedelbumm!
Und übermütig beugte sie sich vor, um sich auf den Mund zu küssen.

2

Er saß vor einem Milchkaffee.
Er war Neger. Einfach Neger, aber das war der entscheidende Unterschied.
Er hieß Locomotive-Baba N'Doula.
Locomotive wegen seiner Kräfte. Baba wie sein Vater. Und N'Doula wie alle seine Onkel und Vettern und nicht nur die, sondern auch wie deren Frauen und Kinder; und wie jede Menge alter amerikanischer Schlitten, in denen sie in das 180 Schlagloch-Kilometer entfernte Pointe Noire fuhren. Außerdem wie die N'Doula-

Fahrräder, und sogar die Flöhe, Krankheiten und das Fieber trugen den gleichen Namen: alles N'Doula.

N'Doula-Dorf lag an dem Fluß Kouilou, eine riesige Wassermasse mit Wasserfällen und Stromschnellen, die dem Kongo in nichts nachstanden.

Während die Kaffeemaschine vor sich hingluckerte, träumte Locomotive-Baba sich fort, hin zu seiner Frau, die er dort zurückgelassen hatte.

Machine-Love Impala war zweifelsohne die beste N'Doula-Bettgeschichte. Oh ja, das konnte man sagen. Wunderschöne Haut, wunderschöne Zähne, wirklich, Missjöhs! Die beste Bananentänzerin am Äquator. Beine und Füße immer am Tanzen. Kleine, schwebende Schritte, tap, tap, tap. Tagelang! Nächtelang! Rhythmus, immer Rhythmus. Bahihi, bahaha! Ihr Hintern war sagenhaft – eine Wucht, noch 'ne Wucht. Ihre einzige Hülle – ein Baumwollgewand. Alles ein Fest. Das trieb den Schweiß hervor, machte einen vor lauter Schönheit verrückt. Nur ein winziges Schmuckstück am Leib, die grünen Ohrringe... Impa-, Impa-, Impala! Huuuh! Haaah! Schon bei dem Gedanken an sie konnte es Locomotive-Baba N'Doula passieren, daß sich in seinem »tierischen Knüppel« das Blut staute und es eine Überschwemmung in seiner Hose gab.

Statt dessen Scheiß-Frankreich, kaltes Klima und in die Röhre gucken.

Locomotive ließ seinen Blick über die Kerle am Tresen wandern. Die hielten sich wohl für schön! Für intelligent womöglich! Der da etwa, mit der Schnapsnase mitten in der Visage, der ihn so anstarrte, oder der Schwächling daneben mit den kaputten Zähnen? Mit einem einzigen Schlag hätte N'Doula ihn umpusten können. Boing! Genau so, wie es der böse Kater im Zeichentrickfilm mit der Maus machte. Boing! N'Doula lachte vor sich hin. Er ging so gerne ins Kino.

Plötzlich starrte er zur Türe.

Ein großer Blonder hatte soeben in das Lokal Einzug gehalten. Das war er. Ja, das war er, der Ehemann des hübschen Rotschopfes. Er hatte etwas Militärisches an sich, in dem Trenchcoat.

Ernsthaft sah er aus. Verärgert wäre angebrachter, sagte sich N'Doula.
Ohne auch nur irgend jemanden anzusprechen, setzte der Mann sich auf einen Hocker. Ganz nahe an den Afrikaner ran. Er nahm ein Croissant aus dem Körbchen, brach völlig mechanisch ein Stück davon ab und führte dieses zum Mund. Während er anfing zu kauen, sah er vor sich hin. Einfach vor sich hin.
Der Kellner kam an. Er fragte:
– Einen Kaffee, wie immer, Inspektor?
Und ohne eine Antwort abzuwarten, bediente er die Kaffeemaschine.
N'Doula sah auf seine *Swatch*.
Eindeutig. Der Blonde, der so verdrossen aussah, ging jeden Tag zur gleichen Zeit zur Arbeit. Sieben Uhr dreißig. Locomotive wußte, daß seine Frau allein zu Hause war, ganz alleine, den lieben langen Tag. Und daß sie sich dabei zu Tode langweilte.
Schon seit zwei Tagen stand die Frau von diesem Kerl nur für ihn, den Neger, auf. Das tat sie so gegen Zwölwe, oder gegen Eins, und sie hatte rote Haare, fuchsrote. N'Doulas Herz machte tam-tam, wenn er nur daran dachte.
Er drehte sich zu dem Blonden hin.
Wenn man es genau besah, war der Typ da immerhin der erste Franzose, der etwas Wertvolles mit ihm teilte. Natürlich – der Beitrag des Anderen kam nicht aus freien Stücken, aber wie auch immer, sie hatten ein kleines Stück Leben miteinander gemein. Allein schon dadurch, daß sie Seite an Seite nebeneinandersaßen, fühlte sich N'Doula nicht mehr so verloren. Nicht mehr so allein.
Ohne nachzudenken, nahm N'Doula sich ebenfalls ein Croissant aus dem Korb. Er wollte es dem Anderen gleichtun. Das Gleiche im Bauch haben wie er, sich sozusagen von Innen heraus verständigen. Armer abgefahrener Irrer, Locomotive-Baba N'Doula! Armer Nigger, auf Rollen gestellt, per Boeing expatriiert, in Latschen, die nicht paßten, nach Europa verschifft. Am ersten Tag bereits völlig aufgeschmissen. Diese Stadt, Paris, so weit das Auge reicht, endlos ... Pfeifende Polizisten. Ampeln – gehste rüber oder nicht? Was für tolle Schlitten, mein lieber Schollie! Und dann dieser Geruch!

Total? Total auf'm trockenen, N'Doula!
Nachts eiskalt! Lachen? Ficken? Is nich mehr.
Keine Freunde, niemanden zum Reden. Niemanden, der dir antworten würde, wenn du ne Runde quatschen willst.
Plötzlich wagte er sich vor und berührte mit den Fingerspitzen den Regenmantel seines Nachbarn.
Der drehte sich ruckartig um.
Sein Blick war durchsichtig. Stechend blau.
Was tun, N'Doula? Er lachte lauthals und schlug sich auf die Hand, als wolle er sie bestrafen.

Neger haben Schweinchen-Zungen und niemals trüben Sinn, dachte Sam Schneider.
Doch gleich darauf ärgerte es ihn, daß er so einen Schwachsinn gedacht hatte. Ein blasses Lächeln machte sich in seinem Gesicht breit, und er sah wieder auf seine Tasse herunter.
– Nun gut, also ich gehe jetzt. Los, mein Lieber, an die N'Doula-Arbeit, spornte sich der Afrikaner laut und deutlich an.
Er sprang von seinem Hocker und begann sich aufzurichten, was endlos schien. Er rieb sich die Nase, die nicht gerade klein geraten war und fast in seinem Schädel verschwand, wenn er etwas fester draufdrückte. Huuuh, das tat gut.
Sam beobachtete, wie der Afrikaner das Lokal verließ.
Der Kellner bemerkte den Blick und ging darauf ein, während er in seiner hohlen Hand nach einem Zehn-Centimes-Stück Wechselgeld suchte.
– Was für Typen, sagte er. Die sehen immer so aus, als würden sie tanzen. Selbst wenn sie die Gosse fegen oder um ihre Mutter weinen.
– So ist es, mischte sich der Suffkopp mit der Schnapsnase dazwischen. Die sehen nie ernst aus. Trotzdem, gab er eine seiner Lebensweisheiten zum besten, trotzdem sind sie mir immer noch zehnmal lieber als die Araber.
– Spinner, zischte Schneider plötzlich, während er das Trinkgeld auf den Tresen warf.
Zwei große Schritte, und er war draußen.
– Hat der mich gemeint? fragte der Alkoholiker.

– Klar, wen sonst? sagte der Serviettenschwenker, während er das Geld einstrich.
Er wischte mit einem Schwamm über die freie Stelle auf der Platte.
– Und was macht dieser große Blonde sonst so im Leben? Der Säufer blieb bei der Sache.
– Er macht auf Bulle und einem ordentlich Angst, antwortete der Serviettenschwenker.
Und er ließ das Trinkgeld in einer Extradose verschwinden.

________________ 3 Die Ereignisse kommen meist auf leisen Sohlen daher.
Ich meine, bei dem, was wirklich geschieht – der *action,* wenn Sie so wollen –, da gibt es kein großes Trara und keine Zeit zum Nachdenken. Nur Unerwartetes. Und wenn das Unerwartete geschieht, kann nichts mehr so sein wie vorher. Tsssss! Die Gewohnheiten verflüchtigen sich. Die Atmosphäre ist hin. Alles wie verwandelt. Aus der Ordnung geraten.
Deshalb verstanden die Vorgesetzten, der Chef zum Beispiel, anfangs nur Bahnhof, als sie sich in der unvorhergesehenen Lage wiederfanden.
Mit offenem Mund, schlaffem Kiefer und Hängearsch und ganz schön Schiß in der Hose – so standen sie da.
Du redest von Verwirrung! Und dabei gab es keinerlei Zweifel! Der Dritte von links in der Reihe der Schützen hatte versucht, Feldwebel Reig zu erschießen.
Wie hieß er noch gleich?
Ich kann mich im Moment unmöglich erinnern. Irgendwas mit Feder, oder eher: eine Spatzenart? Ach, Scheiße, wie kann man nur so bekloppt sein und so was vergessen?
Ein Leutnant trat vor.
Tastend legte er einen Finger auf die Einschußstelle. Die Mauer hatte ordentlich was abbekommen. Ein Stück, so groß wie die Hand, war abgebröckelt, und in der Mitte prangte ein tiefes schwarzes Auge.
– Da hat nicht viel gefehlt, stellte der Schwachkopf mit den zwei Balken fest.

Nachdem er alle seine Gedanken zusammenhängend vorgebracht hatte, trat er drei Schritte ins Glied zurück. Er starrte auf den Hauptmann. Der wiederum ließ seinen Blick noch einen Moment auf seinen blitzeblankgewichsten Schuhen verweilen.
– Welcher Hirni hat da geschossen? bellte der Offizier daraufhin los.
Und von wegen der psychologischen Wirkung brachte er seinen breiten Rücken in Schußlinie. Während er auf diese Weise dem Dritten von links seinen Specknacken als Zielscheibe geradezu darbot, versuchte er, seine Schulterklappen zur Geltung zu bringen.
– Also, wer war das?
– Ich. Der Dritte nahm seinen ganzen Mut zusammen.
– Wer: Ich? fragte der Chef.
– Ich: Vogel, war die Antwort. Und ich werde es wieder tun!

Vogel, diese Nulpe, hat wirklich Wort gehalten, was weiß ich, warum.
Vierzehn Tage danach. Gleiche Umstände, gleiches Drehbuch, gleiche Übung.
Dieses Mal hat der Leutnant sein Käppi verloren.
Das war vielleicht ein Aufstand!
An Ort und Stelle haben sie ihn zur Strecke gebracht. Mit Fäusten und Fußtritten. Wer am festesten zuschlagen konnte! Der Schütze – ein einziger Todeskrampf. Sie haben ihn an den Springerstiefeln gepackt und vom Platz geschleift. Wie das Pferd eines Pikadors nach dem Stierkampf. Eine Schleifspur durch den Sand.
Vogel!
Der Bau zeigte bei ihm keinerlei Wirkung. Brom, Psychiater, Spritzen – alles haben sie versucht.
Wir dachten, Vogel sei am Boden zerstört. Hinüber. Durchlöchert. Gebrauchsunfähig, dieser Jammerlappen. Ganz davon abgesehen, daß Reig ihn jeden Abend aufsuchte. Achtzehn Uhr, präziso. Um ihm seine Tracht zu verabreichen. Eine volle Wucht. Nacht für Nacht, in die Seiten. Ein Ächzen, Schmerzschreie und Klagelaute. Ich hätte nie gedacht, daß so etwas in einem zivilisierten Land möglich ist.

Trotzdem: kaum hatten sie Vogel wieder rausgelassen, vollständig zusammengeflickt, mit bunt-geschwollenen Augen, schäfchen-weich-kahlgeschorenem Schädel – die Backenknochen noch ganz gelb gesprenkelt von den Blutergüssen und immer noch Fäden in den genähten Augenbrauen und eine gebrochene Nase... Trotzdem, wie gesagt: kaum hatten sie Vogel wieder rausgelassen und ihm sein Gewehr in die Hand gedrückt, da hat Vogel auf den Chef geschossen.

Knallhart! Geradewegs zum Ziel! Immer der Reihe nach, rangaufwärts. Das nennt man einen Rückfall.

Bevor der Offizier überhaupt realisiert hatte, daß er noch unter den Lebenden weilte, hatte Vogel uns verlassen.

Hat einfach den Lauf seiner Waffe gegen sich gedreht, dieser Kretin, und sich entschieden, die Ladung zu schlucken. Wir anderen, alle in Bauchlage, kriegten die Gehirngrütze ab. Überall Blut und Haare.

Und dann habe ich plötzlich – es ist kaum zu fassen – irgendwie, in einem Anfall von Wahnsinn, um Vogel zu grüßen, um »Scheiß der Hund drauf« zu sagen, ich weiß auch nicht mehr so genau, jedenfalls habe ich plötzlich auf meinen Abzug gedrückt. Paff! Bum! Ttatatattta!

Mein ganzes Magazin auf die Zielscheibe verschossen.

Und alle Kumpels mir nach. Paff! Bum! Ttatatatattaa! Ein fortgesetzter Salut. Bis alle Magazine leergeschossen waren.

Eine Speiwut im Bauch. Ein Ekel, wie wenn man Morast aushustet.

Das mußte einfach raus. Bum-bum Gewalt. Ein seelisches Höllenspektakel, das mich seitdem nicht losgelassen hat.

Die Politischen haben noch am selben Abend ein Soldaten-Komitee gegründet.

Ich, Grandvallet, begann meinen Krieg gegen die Arschlöcher.

4

Locomotive-Baba war schwindelfrei.

Wie er da so auf der Plattform thronte, die an zwei Stahlseilen in der Luft hing, gefiel ihm seine neue Arbeit: Fassadenreiniger.

Er brauchte nur zwei Handkurbeln zu bedienen, und schon glitt

die Gondel die Fassade eines Gebäudes entlang und beförderte ihn in die Lüfte oder brachte ihn auf den Boden zurück.
Gegenwärtig war er in der Höhe des vierten Stockwerks angelangt. Versicherungsbüro. Jede Menge Schreibkräfte, zwei oder drei Bürovorsteher und dann noch Monsieur Louis, der ihn Bamboula nannte und ihm eine Münze zusteckte, damit Locomotive seine Fensterfront besonders gründlich putzte.
Wütend vertrieb Locomotive die blaue Fliege, die sich über seinen Krauskopf hermachte, mit einer Handbewegung. Er richtete seine Einmeterneunzig auf und sah auf die Uhr.
Der kleine Zeiger stand auf der Acht, der große auf der Zwölf. Baba spürte einen kleinen Stich genau an der Stelle, an der sich sein Herz befand: Um diese Zeit mußte das Appartement des großen Blonden öffnen – wie ein Laden, und um diese Zeit wäre er, Baba der Lüfte, der einzige Kunde.
Der Rotschopf da oben im achtundzwanzigsten Stock zog höchstwahrscheinlich gerade die Vorhänge auf. Dann inspizierte sie sicher noch die Stadt, bevor sie sich wieder hinlegte. Baba hatte es nicht wirklich eilig. Es würde ihm schon gelingen, die Lust bei der Stange zu halten. Im übrigen: am interessantesten wurde es gegen Mittag. Dann, wenn sich die Rote von ihrem Schlafzimmer ins Bad begab. Meist war sie nackt. Splitternackt!
Vorgestern, als sich Baba erstmals der Anblick geboten hatte, hatte er seinen Wischer fallen lassen. Doch, natürlich hatte er schon mal 'ne nackte Frau gesehen. Gleich wird er vor Lachen in Tränen ausbrechen, der Afrikaner. In den bananischen Breiten wäre es im Gegenteil eher sonderbar, mit Pulli rumzulaufen. Aber eine so weiße Haut? – N'Doula hätte einfach nie im Leben geglaubt, daß es das gibt. Eine Haut, gewissermaßen – wie soll man sagen? – wie von einem Hühnchen. Besonders am Hintern. Wie bei Geflügel aus der Bresse – »reine Kornfütterung« – vom Bauernhof.
Da konnte er glatt Zustände von kriegen.
Er bewegte die Kurbeln und schwang sich husch-husch in die Lüfte.

Die Stadt war im Nebel kaum zu erkennen.
Haus A. Haus C. Buchstaben-Häuser.

Klötze. Wohnwaben und Menschen, die bienengleich, mit gesenkten Köpfen an den Zellen entlangeilten.
Acht Uhr morgens. Tap, tap, tap – auf dem Balkon von F 3 klopft eine Josette ihren Teppich T 2.
Gegenüber steht gähnend ein Dickwanst im *Wooly*-Pyjama. Im Fünften-links-wenn-man-sich-vorbeugt kratzt sich ein Heini – die nächtliche Erektion ist kaum verflogen – nachdenklich zwischen den Beinen.
Jeden Tag die gleichen Handgriffe.
Kleine Geheimnisse. Dinge, die man für sich behält. Träumereien, kleine Freiheiten. Gedankenverloren streicht man sich den Bart, bevor man wieder reingeht. Jedem seine Zelle. Jedem seine Verdauungsstörung, seine drückenden Schuhe, seinen abgerissenen Knopf. Ein neuer Tag, Pierre, Paul und Jacques, auch wenn sie sich nicht kennen. Eine Zunge wie Blei – willkommen im Leben. Und Jacqueline, Luce oder Fabienne mit ihrem Aufbau auf dem Kopf, den Kindern vor der *Nesquik*-Dose und dem Staubsauger in Aktion – auch euch ein Willkommen im Leben.
Und Colette kommt zu spät... Colette, wie bitte? Wovon mag sie wohl träumen, Colette? Und Irène? Wovon mag sie wohl träumen in ihrem zehnten Stock, derweil sie das Fensterleder auswringt? Sie kann schlecht darauf hoffen, daß ihr der *Club Méditerrannée* eine neue Landschaft vors Fenster malt.
Das Val d'Oise ist nun einmal keine Wundertüte. So dachte der Afrikaner vor sich hin, während er mit den Händen gen Himmel fuhr.
Und langsam kletterte seine Gondel in gleichmäßigem Tempo die Fassade des allerhöchsten Wohnturmes empor, hin zu dem Schauspiel, mit dem er verabredet war.

5

Sam marschierte in großen Schritten.
Er glaubte an die Ordnung. Er stellte an seinen Körper dieselben Ansprüche wie an die Leute in seiner Umgebung. Für ihn jeden Morgen eine kalte Dusche und für die anderen einen eiskalten Blick – das war sein Programm.
Mit sicherem Blick erkannte er in fremden Gesichtern Faulheit

oder Feigheit. Bei seinen Verhören wurde den Leuten oft angst und bange, weil er sie so eindringlich aushorchte. Manche bekamen einen regelrechten Brechreiz. Kein Mensch kann es schließlich leiden, wenn jemand so in seinem Leben rumwühlt. Sie mögen es nicht, dachte sich Sam, weil sie alle etwas Unangenehmes zu verbergen haben.

Sam kam aus dem Elsaß und war evangelisch. Er hatte einen Bürstenschnitt. Rauchte nicht, trank nicht, lachte nicht, pfiff nicht und betete mitunter. Er aß mäßig und putzte sich peinlichst genau die Zähne. Mit seiner 38er war er ein gefürchteter Schütze.

Sam war stolz darauf, Polizeibeamter zu sein.

In seiner Familie war man Richter. Oder beim Militär. Man kannte seine Pflicht. Bereits 1914 hatte sein Großvater väterlicherseits aus Liebe zu Frankreich verboten, daß unter seinem Dach Deutsch gesprochen wurde. Alle hatten sich dran gehalten. Bei den Schneiders und auch bei den Tiefels mütterlicherseits galt die Devise: Dienen, Gehorchen, Wachsam-Sein. Gewacht wurde über die Moral, die Landesgrenzen, die Sittsamkeit.

Sam haßte die heutige Zeit.

Die Freizügigkeit der Sitten erschütterte ihn. Bei jeder sprachlichen Entgleisung, bei jedem Verstoß gegen die Vorschriften, bei jeder Verletzung der ihm als unantastbar geltenden Rechte wurde er schier krank. Geiselnahme, Vergewaltigung, Drogenmißbrauch, Abtreibung, Gewaltanwendungen – all das brachte ihn auf und machte ihn nahezu verrückt. An Tagen, an denen ein Mensch oder ein Flugzeug entführt wurde, aß er noch weniger als sonst, hielt die Fäuste geballt und sprach so gut wie kein Wort. Er war aus tiefster Seele davon überzeugt, daß man die Todesstrafe öfter zur Anwendung bringen sollte. Als Exempel.

– Ich glaube an das Exempel, sagte Sam mit lauter Stimme.

Und er beschleunigte seinen Schritt.

6

Zwei Monate lang haben wir gelernt, wie man abmurkst.

Wie man den Arsch unter dem Stacheldraht behält, wenn knapp über einem die scharfe Munition hinwegfegt. Wir haben gelernt,

allem und jedem Widerstand zu leisten: der Verführung, den Verhörmethoden, der Angst, die einem im Nacken sitzt, dem Aufruhr, wenn er eines Tages durch die Straßen toben sollte. Wir waren reif für den Krieg und die Revolution.
Man lernt schnell.
Ich habe schnell gelernt. An der Granate war ich »super«. Ich wartete lange, bevor ich sie losschmiß, aber dann traf ich immer ins Schwarze. Reig war mächtig stolz auf mich. Splint, nannte er mich. Ein Kosename.
– Grandvallet, der ist mein Werk, rief der Kapo vor versammelter Mannschaft.
Um seinen Worten Nachdruck zu verleihen, griff er sich einen der Frischlinge am Schlafittchen und schleifte ihn vor mich hin. Dann zog er sein Kampfmesser raus und reichte es dem Landser.
– Mach ihn kalt, meinte er. Los, mach ihn kalt, wenn du dich traust.
Der andere, ein ganz Junger, rührte sich nicht vom Fleck. Natürlich nicht. Er war gerade erst eingetroffen und hatte noch keine Ahnung, in was für eine Welt er da geraten war.
– Los, fang an, mein Gott! Du sollst ihm mit dem Messer den Bauch aufschlitzen!
– Das kann ich nicht tun, sagte der Kleine.
– Dann kriegste acht Tage Bau, und danach will ich wissen, wie viele Messer in die Längsseite des Ehrenhofs passen. Abtreten!
Mit einem Tritt in den Arsch beförderte er den Jungschen wieder an seinen Platz. Demütigungen sind immer gut. Nichts ist zuviel des Guten und nichts zuviel der Härte.
Er schritt die Neulinge ab:
– Wenn euer Kumpel Grandvallet ausgenommen hätte, dann hätte er dort, wo bei anderen Leuten das Herz schlägt, einen Bimsstein gefunden. Ein rauher Kern.
Danach schrie er, als Abschreckung:
– Schtillkschtandn!
Und dabei puffte er zärtlich auf mich ein.
Ich, strammgestanden, Hände an die Hosennaht, er ohne Haltung, säuische Tiefschläge mitten in den Magen. Nix zu machen. Ich steckte sie alle weg.

– Der hat in Drachenblut gebadet, der Depp. Bewundernd hielt Reig inne.
Ich schluckte meinen Haß herunter, damit er nicht überschwappte.
Im Gesicht ein freundliches Lächeln.
Tief in den Eingeweiden brodelnde Scheiße.

Reig verehrte mich so sehr, daß er mich eines Tages auf seine Bude einlud.
So was hatte ich noch nie gesehen.
Er erwartete mich auf seiner Poofe. Über ihm eine nackte Frau in Großaufnahme.
– Darf ich vorstellen, Jackie Kennedy, sagte er mit dem typischen niedermachenden Auftrumpfen in der Stimme. Und da drüben... ein prima Foto, nicht wahr?
Hitler, ganz in Schwarz.
Hinter ihm sein Generalstab. Düstere Gestalten alle miteinander. Eine dem Wahn verfallene Truppe. Hakenkreuz-Totems, Rutenbündel, starre Gesichter, Dolche – ein tragisches Gepränge.
Ich schwieg. Er holte Rum aus dem Spind.
– Setz dich hierher, mein Süßer, sagte er leise und machte mir an seiner Seite Platz.
– Nun, was ist? Leg ihn doch ab, drang er in mich. Hast du etwa Angst? Ein Typ wie du und Angst?
– Nein, Feldwebel, ich habe keine Angst.
– Nenn mich Maxence. Oder Max, wenn's dir lieber ist, überließ Reig sich plötzlich einer Stimmung.
Und er nestelte seinen Hosenschlitz auf.
An diesem Abend habe ich den Beschluß gefaßt, ihn umzubringen.
An diesem Abend habe ich die Granaten geklaut mit der festen Absicht, sie auch einzusetzen. Sie flogen in einer Schublade rum (darunter eine Stielgranate, aus *Wehrmachts*beständen). Bajonette gab es auch und einen Helm und zwei Abzeichen der *Feldgendarmerie*. Reig sammelte das Zeug.

An diesem Abend habe ich mir acht Tage Sonderurlaub verdient.
An diesem Abend habe ich mich selbst bekotzt.
Manchmal sinkt man so tief, tiefer geht's nicht.

7 Nur zögernd nahm die Sonne oberhalb des Bahnhofs ihr Vorhaben in Angriff, ein Loch in das Bleioxyd zu fressen.

Hunderte von Arbeitern und Arbeiterinnen – blaue Tupfer, rote Tupfer – fuhren nach Paris.

Locomotive-Baba erhob sich in die Lüfte.

Die blaue Fliege war ihm gefolgt. Er vertrieb sie mit einem Handkantenschlag.

– Kschsch, blaue Fliege!

Ein Looping, schon wieder da! Ein Luftsprung, weg war sie! Er zuckte mit den Schultern. Er beugte sich über den Abgrund und betrachtete das Ameisenvolk weit unter sich.

Nachzügler hasteten die Straßen entlang. Unablässig verschluckten die Züge Menschen, um sie am Gare du Nord wieder auszuspeien.

Locomotive-Baba erhob sich in die Lüfte.

Heute würde er sich zum dritten Mal binnen dreier Tage den Anblick der Roten vergönnen.

Der Roten von dem großen blonden Kerl. Oioioioi!

Sam kannte keine Schwächen.

Colmar, Straßburg, eine steile Karriere. Und jetzt saß er in dieser Neuen Stadt.

Warum hier? Warum hatten ihn seine Vorgesetzten ausgerechnet dieser »Antizivilisation« ausgesetzt? Alles, was er haßte, war hier an einem Ort geballt. Aber auch alles! Kriminalität, Prostitution, Promiskuität, Rassengemisch, zerrüttete Familien. Warum nur?

Nun, ganz einfach, sie stellten ihn auf die Probe. Ein letztes Mal. France mußte das kapieren, sie mußte durchhalten.

Danach würde Sam Kommissar sein. Chef. Sein eigener Chef. Dann würden die Dinge sich ändern. Oh ja, darauf können Sie Gift nehmen, sie würden sich ändern.

Sam ging immer zu Fuß ins Büro.

Aus Prinzip. Aus Disziplin. Für ihn war das Gehen eine Frage der Körperpflege, genauso wie das Duschen. Wie der Bürstenschnitt. Wie die Schießkunst. Und genauso wie die Willenskraft, die sich in der korrekten Haltung, der gründlichen Rasur, dem tiefen Durch-

atmen und der Nagelpflege manifestierte – alles Zeichen seiner Charakterstärke. Meiner Überlegenheit, dachte er.
Er warf einen flüchtigen Blick auf seine Rechte. Kurz waren seine Nägel, sehr kurz und pflegeleicht.
Sam hatte so seine Gewohnheiten.
Oder richtiger gesagt: tagtäglich gab er seinen Ängsten nach. Zumindest, soweit sie France betrafen. Eine heimtückische Furcht animierte ihn zu einem Verhalten, das er eigentlich zutiefst ablehnte. Viel lieber wäre er von oben bis unten ein Mann gewesen, der sich nie umdreht. Einer aus einem Guß. Selbstsicher.
Statt dessen warf er jeden Tag, wenn er an der Ecke des zweiten Blocks angekommen war, einen Blick zurück, dort oben hin. Aus Furcht. Auf seine eigene Wohnung. Auf den Turm.
So, jetzt hatte er's hinter sich.
Er nahm es sich übel. Der Himmel spiegelte sich in dem Turm Glacis Saint-Gobain. In den Farben der jeweiligen Tageszeit. Die Spitze war im Nebel verschwunden, und so wirkte der Turm zugleich solide und in Auflösung.
Sam liebte sie so sehr, seine France.

8 France steht dort oben im achtundzwanzigsten Stock und ist unbekleidet. Aus Spaß hat sie sich einen Spitzenfummel aus den Fünfzigern übergestreift. Epoche Marilyn, wenn Sie wissen, was ich meine: verchromte Buicks und *Gentlemen prefer blonds*. Nicht wiederzuerkennen, das Schneider-Baby.
Obenauf ein Stöffchen, darunter die nackte Haut – so steht France jetzt vor dem Spiegel.
– Hallo, France!
– Tag, Maggy!
Wieder verhöhnt die Nutte das Baby.
France begutachtet sich.
Ihre Maße: 85, 51, 87, alles in Zentimeter. Einfach vollkommen.
France lehnt sich an sich. Sie verschluckt ihre Lippen. Reibt sie gegeneinander, so daß alles Blut aus ihrem Kirschmund weicht.

Sie wechselt die Person und legt etwas snobistisch los:
– Meine Hochachtung, Verehrteste! Wie ekskuisiet, zum Ahnbeißen geradezu, khösstlich! Aber sind Sie nicht ein wenig fluchtbesessen? Und neuropathisch? Und exhibitzi zum Quadrat?
Sie bleibt sich die Antwort schuldig.
Plötzlich kommt ihr ein Wortemischmasch in den Sinn. Fremde Worte. Ohne Hand und Fuß. Worte, die sie vergessen hat oder in denen sie sich nicht mehr auskennt.
Während France sich im Spiegel begutachtet, gerät sie in Panik. Auch in ihrem Gesicht kennt sie sich nicht mehr aus. Vielleicht ist sie ja jemand ganz anderes? Was weiß sie schon. Jedenfalls sind ihr die festen Bezüge abhandengekommen. Sie fühlt sich kaputt, wie ein Puzzlespiel.
Zerbrochen. In Stücken. Abwesend. Wie nicht von dieser Welt.
Am liebsten würde sie weinen.

Sam lehnt sich gegen eine Wand, um nach oben gucken zu können. Ohne diese Stütze würde ihm schwindelig werden. Er kniept mit den Augen. Eins, zwei, drei ... dort oben, bei dem zehnten Fenster von links, im achtundzwanzigsten Stock, dort genau liegt seine Wohnung. Und das elfte große Fenster, das ist das Zimmer.
Dort oben befindet sich sein Geheimnis. Seine Frau. Sicher steht sie gerade hinter der Scheibe und guckt hinaus auf die Stadt.

Schneider-Baby hat lange darüber nachgedacht, welches Gesicht sie sich heute auflegen soll. Schließlich hat sie sich für eine Mimen-Maske entschieden. So eine, wie sie sie neulich auf Seite 48 in *Elle* gesehen hat. Eine weiße Gesichtsmaske.
Ihre Lust zu weinen ist vorbei.
Gleich, wenn die Schatten und die Konturen in ihrem Gesicht verschwunden sind, werden nur noch die Augen hervorstechen, deren runde Form und dunkle Farbe sie mit einem Kajalstift unterstreicht. Dazu einen blutigroten, stilisierten Mund. Zinnoberrot. Zwei runde Male auf den Backenknochen, etwas farblosen Puder, und schwups – schon ist's getan.
Doch sage an: Für wen getan? Für welchen Freier? Für welche Feier? Für welches Abenteuer?

In Gedanken sah er sie, wie sie die Arme über dem nackten Busen verschränkte, sich unmerklich wiegte und völlig in ihren Fantasmen aufging. Versank.
Sicher suchte sie gerade die gleichförmigen Fassaden der Wohnklötze nach der kleinsten Andeutung von Herzlichkeit ab, nach dem geringsten Grund zur Lebensfreude bzw. der allerwinzigsten menschlichen Regung.

– Für welches Abenteuer, Huren-Maggy? fragt sie ihr Spiegelbild.
– Du bist gebaut wie eine Göttin. Leiste dir doch ein paar Männer, rät ihr ihre schlechtere Hälfte.
Und plopp, ein Augenzwinkern. Scharf ist sie, weiß Gott. Sie fährt sich mit ihrer feuchten rosa Zunge über die Lippen.
France lacht über ihre eigene Geschmacklosigkeit.
– Schluck deine Hormone und laß uns in Frieden, rät ihr Huren-Maggy weiter. Du solltest dich in die Liebeslüfte schwingen, denn glaub mir: Nur die Sterne sind wirklich.
– Bist du etwa dort gewesen? erwidert France-die-Tugendhafte. Was mich betrifft, ich will nur ein Baby, alles andere ist mir schnuppe.
France verläßt das Bad und läßt Huren-Maggy, diese Nutte, im Spiegel zurück. Schließlich kann einem das eigene Spiegelbild nicht überall hin folgen. France geht ins Wohnzimmer.
Gähnende Leere. Ersticktes Lachen.
Sie öffnet das große Fenster.
Sie lehnt sich zur Stadt hinaus.

Hier gibt es aber auch gar nichts, eine einzige Betonwüste, das Ganze, sagt sich Sam. Wie soll sie das je durchhalten...
Im selben Moment entdeckt er den Mann.

Mechanisch registriert sie den Fassadenreiniger. EIN SCHWARZER.
Langsam, ganz langsam gleitet er in die Höhe. Als wolle er geradewegs zu ihr.

Der Mann scheint die Betonfläche hochzulaufen.
Sam empfindet seine Anwesenheit als eine Beleidigung. Als einen Störfaktor. Plötzlich ist ihm, als wolle ihm jemand aus lauter Bosheit unrecht geben. Als wolle ihm jemand beweisen, daß es selbst in der allerwüstesten Wüste einen Funken Leben gibt. Eine Hoffnung. Und daß diesem Funken Leben, gerade weil er so rar und vergänglich ist, eine um so größere Bedeutung zukommt.
Er ballt die Faust.

– Ich will ein Kind, murmelt France. Ein Kind, das mir gehört.

Sam sieht sich den Mann an.
Ein Fassadenreiniger. Er hängt an seinem Draht und bewegt sich behend wie eine Spinne nach oben – ein Seiltänzer.
Schnurstracks, so, als wolle er vor France hintreten. Als eile er zu einem Rendezvous.
Wenn er weiter so hochklettert, wird France ihn entdecken. Und dann wird er ihr etwas bedeuten, überlegt sich Sam.

– Ich will ein Kind, wiederholt France. EIN SCHWARZES KIND, EIN ROSA KIND, das ist mir schnuppe. Aber ich will ein Kind.

Unvermittelt überfällt Sam eine unklare Eifersucht. Heimtückisch, wie ein Schmerz. Und mit großer Ausstrahlungskraft versehen. Er kniept die Augen noch fester zusammen, um besser sehen zu können.
Ein Neger, das ist ja ein Neger! sagt er sich. Und dann schätzt er in Gedanken ab, daß er von dort, wo er jetzt steht, den Neger mit einem Zielfernrohr-Gewehr spielend leicht abknallen könnte. UNGESTRAFT.
Dieser unrechte Gedanke versetzt ihn in Schrecken. Wie konnte das passieren, daß er, der Unbeugsame, auch nur für den Bruchteil einer Sekunde so etwas hatte denken können?
Wie bin ich nur darauf gekommen? fragt er sich.

Von ihren eigenen Worten eingeschüchtert, schließt France das große Fenster. Sie läuft ins Bad.

Schnell, der Spiegel.
Schnell, ihr Spiegelbild. Sie steckt den Daumen in den Mund:
– Hast du gehört, was ich gesagt habe? EIN SCHWARZES KIND.
– Du Idiotin, verflixte Arschgeige, du! wirft ihr Huren-Maggy an den Kopf. Es ist deine Sache, von wem du dich ficken läßt, aber laß uns damit in Frieden.

Sam setzt seinen Weg fort.
Er ärgert sich über sich selbst. Das schlechte Gewissen quält ihn.
Eindeutig, diese Stadt raubt ihm den Verstand. Und auch France mit ihren Schrullen setzt ihm mehr und mehr zu. Mehr und mehr.
Er schaudert unter seinem Trenchcoat, dann legt er wieder sein Alltagsgesicht auf. Als er beim Häuserblock um die Ecke biegt, wirft er gegen seinen Willen noch kurz einen Blick zurück.
Der Fassadenreiniger hat in halber Höhe haltgemacht.

Sam erscheint es, als lauere er auf eine Beute.

——————— 9 Locomotive-Baba N'Doula sieht zur Sonne hoch.
Er schenkt ihr ein Lächeln, verjagt die blaue Fliege, die gerade die Schweißtropfen auf seiner Stirn aufsaugt, läßt den Schwamm in den Wasserbottich fallen und trocknet sich die Hände ab.
Oberhalb des Abgrunds stützt er sich auf die Ellbogen.
Die Stadt und ihre Menschen, die von hier oben alle gleich aussehen, fallen ihm ins Gesicht.
Er kramt eine Reiche-Leute-Zigarette aus seiner Tasche, eine mit Filter und king-size und all den Siebensächelchen und dem Mist.
Er zündet sie an. Ein Rauchschwall kommt aus der Nase. Er denkt:
– Eine N'Doula-Pause wird die Hauptstadt garantiert nicht zum Untergang verdammen. Und niemals, da bin ich sicher – niemals wird es einem Nigger gelingen, Wall Street zu sprengen, nur weil er mal fünf Minuten nicht arbeitet.

Er lacht sich schief. Für nix und wiedernix.
Er dreht der Stadt den Rücken und begutachtet eingehend die Fassade des Turms.
Hier, im dreizehnten Stock, eine Zwergpalme.
Die Büros sind vorbei. Ab dreißig Meter Höhe gibt's nur noch Wohnungen. Philodendrons, Gummibäume. Hier also, im Dreizehnten, Zwergpalme.
Locomotive nimmt seinen Schwanz in die Faust und beginnt, in aller Seelenruhe und ausgiebigst die Pflanze zu bepissen. Eine Gewohnheit, zweifelsohne, weil er in ihr eine Verhohnepiepelung des Dschungels wittert. Was weiß man schon. Boshaftigkeiten kann man nicht ergründen. Oder vielleicht doch?
Anfangs war Locomotive nicht so grimmig. Das kam erst nach und nach.
Zwangsläufig.
Sehen Sie sich nur mal dieses Miststück von einem Vogel an...

Fünfzehnter Stock. Neger-Halt. Noch eine Arbeitspause. Die Maschine muß schließlich auch mal ausruhen. Scheiß auf Wall Street.
Hier, der Mainate.
Ein schwarzer Vogel, in einen Käfig gesperrt. Die übliche Begrüßung.
– Tag, N'Doula-Vogel, sagt Locomotive.
– Tag, Nigger, antwortet der Vogel.
Und um das Gespräch in Gang zu halten, pfeift er die *Marseillaise*.
– Wenn du mich weiter Nigger nennst, erwürg ich dich. So: quiiieck, droht Baba.
Aber der Vogel ist ganz groß in Form und betet alle Sprüche herunter, die sein Herrchen ihm beigebracht hat:
– Du schwule Sau, du! Dicke schwule Sau! lockt der exotische Gelbschnabel.
Und weiter:
– Drecksjude! Alte Schachtel! Krusselnigger! Krusselnigger! Krusselnigger! – Und dazwischen, als harmonische Verbindung, die ersten Takte des *River-Kwai-Marsches*.

– Blödes Arschloch! N'Doula rollt die Augen vor Wut.
Er versetzt dem Käfig einen Schlag.
– Blödes Arschloch, wiederholt der Mainate, als er wieder im Gleichgewicht ist.
Einen langen Augenblick sehen Mensch und Tier sich an, beide auf der Hut und voller Vorurteile. Doch dann hat Locomotive eine Idee: Er könnte ja den Mechanismus einfach umdrehen. Schließlich ist dieser Vogel lediglich ein Werkzeug der Dummheit, oder? Nun, wozu gibt es Bumerangs? Gut, also...
Also beugt sich N'Doula mit einem Lächeln über den Käfig:
– Alle Weißen sind bekloppt! Er artikuliert sorgfältig.
Dann wartet er.
Der Mainate legt nachdenklich den Kopf zur Seite. Als wolle er das Für und Wider dieser Angabe abwägen.
Zuguterletzt gibt er weichen Vogeldreck von sich.
– Alle Weißen sind bekloppt! wiederholt N'Doula mit unendlicher Geduld.
Und einem gewinnenden Lächeln.
– Alle Weißen...? krächzt der Vogel.
Er schließt die Augen und sie schmelzen zu einem gelben Wölkchen auf der Hornhaut dahin.
Eifrig flötet er die *Marseillaise* again. Seiner Birne reicht's für heute, will er sagen.
– Morgen komm ich wieder und geb dir die nächste Stunde, verspricht ihm N'Doula.
– Alle Weißen... Die Drossel ist einverstanden.
Sie steigt mit beiden Füßen in ihr wohltemperiertes Vogelbad. Locomotive sieht zu, wie sie ihre Federn poliert, dann wirft er einen Blick auf seine *Swatch*. Die blaue Fliege tätigt einen hektischen Anflug und läßt sich auf seinem Kraushaar nieder. Locomotive versucht, sie ein für allemal zu erledigen. Hierzu verpaßt er sich einen Schlag auf den Schädel, als wolle er einen Büffel killen.
Holla, N'Doula.
Wenn er die Arbeit fertig haben will, bevor er sich dem Hintern widmet, muß er sich beeilen.
Also: kurbeln, was das Zeug hält, und vorwärts, gen Himmel...

10 Home, sweet Home!

Ich, Jean-Yves Grandvallet, Einberufungs-Nummer 6709, ausrasierter Nacken, in jeder Tasche eine Granate – ich bin auf dem Heimweg. Nach Sarcellopolis.
Mit einem Preßluftschnaufer speit der Zug mich aus.
Gegen den Strom von etwa dreißig Miesepetern, die in letzter Minute auf den Wagen aufspringen, setze ich meine Füße auf den Bahnsteig. Jeden Morgen dasselbe Lied. Lassen Sie sich stempeln, lassen Sie sich abstempeln. Graue Typen, ein bißchen wie Schafe. Halb-Durchschnittsbeamte. *Bodygraph*-Pappis in Dreiteilern. Die Aktentasche in der Hand und die Monatskarte im Mundwinkel festgeklemmt, kehren sie heute abend friedfertig wie die Lämmer in ihren Stall zurück.
Ordentlich gekämmt tragen sie ihren Schwanz nach Hause ins F 4.
Dabei ist nicht unbedingt geplant, ihn auch zu benutzen.
Das hängt davon ab, ob's Fußball in der Glotze gibt.

Von dem Bahnhofsvorplatz aus kann ich den Wohnblock sehen, in dem ich hause. Gleich am Fuße des großen Turms. Nicht schwer zu erkennen. Ich habe keine Lust, sofort dort einzulaufen, zumal meine Alten nicht da sein werden.
Wenn ich »meine Alten« sage, dann nur aus Spaß an der Freud.
Mein Vater, der nicht mein Vater ist, heißt Emile. Er hat 52 Jährchen auf dem Buckel. Er arbeitet in der Kanalisation. Meine Mutter, die nicht meine Mutter ist, heißt Victoire. Sie hat ihre 28 Lenze drauf und macht einen auf Friseuse. Ich liebe sie so, als ob sie meine echten Eltern wären. Irgendworan muß der Mensch ja hängen. Woher soll man sonst wissen, daß es einen gibt?
Mit Sarcellopolis ist es genauso: Wenn ich mir diese Zementmasse so ansehe – die ist ja wirklich nicht lustig, klar. Wenn man an die Trümmer denkt, die davon in fünfzig Jahren übrig sind, klar. Aber ich gehöre nun mal hierher. Hier bin ich aufgewachsen, ein Sozialbunker-Kid.
Irgendwohin muß man schließlich gehören.

In meiner grauen Vorzeit komme ich keineswegs aus der Retorte. Oh nein! Ich bin das Produkt eines Schippers aus der holländi-

schen Marine und eines Freudenmädchens aus Saint-Malo, die ihre Kunst in den Schaufenstern Amsterdams feilbot.
Rosy hieß sie, meine *mammi.*
Aber auf dem heißen Pflaster taufte man sie »die Amerikanerin«.
Ein Vamp, der nie genug Zuneigung kriegte und Wunder strickte, während sie Englisch büffelte. Pullis, Schals, Mützen – sie kettete ohn Unterlaß. Die Königin der linken Masche. Was bleibt einem in diesen Schaukästen schon anderes übrig.
Als sie aus Versehen die Dreißig erreichte, zog sich Rosy-Mamma mit olympischer Ruhe einen stämmigen Kerl von der Marine an Land, um sich meine Wenigkeit machen zu lassen und dann die Eileiter abbinden, denn ich war ihre große und einzige Liebe. Danach hat sie ihr Tausendschön über Bord geschmissen. Schluß mit der gewerblichen Unzucht. Ciao, ihr Lasterbolzen, Spritzenspezies und Zukurzgekommenen. Adios, ihr Macker, Matrosen und Kuppler. Rosy macht Schluß. Rosy haut ab.
Wir wollten mit dem Schiff nach Amerika fahren.
Wir sind mit dem Schiff in Frankreich gelandet.

In Saint-Malo haben wir uns eine Einzimmerwohnung gemietet.
Um uns herum nur Chintz. Und Mama werkelte.
Unseren Nachbarn hat sie erzählt, sie käme aus Amerika.
Niemand glaubte ihr, aber sie erzählte weiter, sie wäre in Amerika gewesen. Sie bestand darauf. Versteifte sich darauf. Das war ihr Ding: Amerika, Wolkenkratzer, Buicks, Sternenbanner, Gary Cooper.
Sie erzählte, sie sei in Amerika gewesen.
Vor allem nachmittags erzählte sie das, in den Bars. Sie nahm mich mit, wenn sie in die Bar ging. Ich fand das toll. Wegen der Kronkorken. Damals war ich noch nicht mal zwei.
Rosy-Mamma genehmigte sich nämlich gerne und häufig mal einen, einen Wein-Danke oder einen Rachenputzer. So hat sie auch Emile kennengelernt. Bei einem Gläschen.

Sie hatten sich nicht verabredet.
Emile hatte eine Anzeige in die Zeitung gesetzt. Eine Heiratsan-

zeige. War eben auf der Suche. Wartete, auf eine andere. Die 2702 aus der Septemberausgabe vom *Französischen Jagdmagazin*. Die, die ihm bei ihrer Antwort ein Foto beigelegt hatte. Nur: sie ist nie gekommen.
Über den Literkaraffen ist es Nacht geworden.
Meine Mutter hat ihm erzählt, daß sie in Amerika gewesen ist. Er hat ihr geglaubt. Sie ist näher rangerückt. Er hat ihr erzählt, daß es da, wo er wohnt, auch hohe buildings gibt. Sie hat gefragt, wie hoch? Er hat sofort übertrieben. Das war die pure Höflichkeit. Sie hat sie sehen wollen. Also auf nach Sarcellopolis.
Kurz und gut, plötzlich waren wir verheiratet.

Ein Jahr nach ihrer Ankunft ist sie gestorben, die *mammi*.
Aber wenn Emile besoffen ist, dann sagt er mir heute noch, daß er niemals jemanden getroffen habe, der so fachmännisch vom Empire State Building oder den Stränden von Malibu erzählte.
Dann sagt er mir auch einzelne Sätze, die Rosy-Mamma ihm beigebracht hat. Zum Beispiel lehnt er sich dann über den Balkon im Fünften links, sieht in das Abendrot oberhalb von Sacré Coeur und kündigt Wind an für den morgigen Tag: Ein Wind, sagt er gewöhnlich, schlimmer noch als der Chinook, der die Felsen hinabstürzt in die Dakota-Ebene…
Die States – für Emile ist es, als wäre er dort gewesen.
Und darum ist mein Adoptiver mein echter Vater geworden.

11

Zackig betrat Sam Schneider das Kommissariat, ohne die Begrüßung der Beamten in Uniform zu erwidern.
Fast im gleichen Moment öffnete sich eine der Türen, die zu den Büros führten, und ein Mann mit Brille trat in den Raum. Er trug einen Stoß Akten. Vom Aussehen her war er ein typischer Beamter: keine Ausstrahlung, fahle Haare, Ziertüchlein, Allerweltsschuhe von *André*. Ein Flair von Vetter-aus-der-Provinz.
– Guten Morgen, Kommissar, sagte Schneider mit einem Hauch von Verachtung in der Stimme.

– Guten Morgen, Snéder, antwortete Kommissar Bellanger. Was für ein schöner Tag heute, nicht wahr?
– Ich heiße nicht Snéder, platzte Schneider los, sondern SCHNEIDER, ganz einfach: Schneider, wie KAI-SER.
Plötzlich bückte er sich und hob ein zusammengeknülltes Papier vom Boden auf, das er geschickt in den Papierkorb beförderte.
– Dann eben Kaiser, wenn ich Ihnen damit eine Freude machen kann, sagte Bellanger schulterzuckend. Kein Grund zur Aufregung. Im übrigen: Seien Sie doch bitte so freundlich und kommen Sie in meinem Büro vorbei, sobald Sie eine freie Minute haben.
Der Kommissar ging den Gang hinunter und verschwand um die Ecke.
Das erste, was Sam sah, als er den Kopf hob, war ein baumlanger Schwarzer. Er stand in der Eingangstür dieses popeligen Kommissariats, hatte eine Kappe der Stadtreinigung auf dem Kopf und lehnte sich gegen seinen Besen.
– Eindeutig, dachte Sam, »die« machen sich überall breit.
Im gleichen Moment nahm er es sich übel, daß er schon wieder etwas Falsches gedacht hatte. Zweimal hintereinander in weniger als einer halben Stunde waren seine Gedanken entgleist. Er mußte sich mehr zusammennehmen. Trotzdem bellte er den Straßenkehrer an:
– He, du da, was willst du?
Der Bulle an der Schreibmaschine unterbrach sein Getippe.
Während er, um den Faden nicht zu verlieren, mit dem Daumen auf einer Taste das Gleichgewicht hielt, wandte er sich dem Besucher zu. Er war stolzer Besitzer einer ausgesprochen hübschen Glatze. Sie glänzte heiter im Licht und man sah deutlich den kreisrunden roten Abdruck seiner Schirmmütze.
– Es sind nur meine Papiere, sagte der Gastarbeiter. Ich habe meine Aufenthaltsgenehmigung verloren.
– Komm näher, befahl der Bulle an der Schreibmaschine. Und stell deinen Besen ab, du bist hier nicht auf'm Scheißhaus.
– Soll er ihn doch draußen lassen, unterbrach Schneider das Gespräch.
– Nein, nicht draußen, mein Lieber, lachte der Afrikaner. Mit dem Besen ist es wie mit den Autos: Sie werden so leicht geklaut.
Sam ballte die Faust. Nichts als Ärger.

______________ 12 *Swatch* neun Uhr dreißig. Bürste, Eimer, Seifenlauge: N'Doula ist mitten bei der Arbeit.
Siebzehnter Stock. Das Kind liegt krank, ausgestreckt auf dem fahrbaren Bett, man hat ihm Sandsäcke als Gewichte an die Knöchel gebunden... Tag, mein Junge!
Die Fensterscheiben sind reichlich schmutzig.
Keine blaue Fliege da!

Kurz vor zehn.
Neunzehnter Stock. Die alte Dame hat ihre Nase tief ins Buch gesteckt, denn ihre Augen lassen sie im Stich... Tag, alte Dame!
Die Fensterscheiben sind reichlich schmutzig.
Keine blaue Fliege da.

Punkt zehn Uhr dreißig.
Dreiundzwanzigster Stock. Jeden Tag derselbe Streit... Er, ein Glatzkopf in Hosenträgern und ohne Mumm. Sie, eine Matrone, im Morgenrock. Mit tief-männlicher Stimme schreit sie:
– Eines Tages bringe ich dich um!
Und sie verpaßt dem Zwerg eine Ohrfeige. Eine ausgewachsene Ohrfeige. Aus dem Gleichgewicht geraten, taumelt die halbe Portion auf einem Bein zum Fenster hin. Dort entdeckt er Locomotive, der im Freien hängt. Ein flüchtiger Blick hinter halb geschlossenen Lidern, Ringe unter den Augen... Ein Anflug von Traurigkeit. Schnell schließt er das Fenster. Er wendet sich wieder der Gorgo zu, die gerade zur zweiten Attacke durchlädt.
Jedem das Seine.
Ciao, poor couple! Diese Fenster putz ich nicht.
Ciao, und keine blaue Fliege da.
Wieder fährt N'Doula mit den Händen gen Himmel...

Zehn Uhr fünfunddreißig.
Vierundzwanzigster Stock. Der Radiospinner. Der Überinformierte. Fünf Radios auf einmal. Drei Fernseher außerdem, deren Bildschirme in Erwartung des Programmbeginns flimmern... Und davor?
Ein junger Kerl. Dreißig. Nichts als Haut und Knochen. Groß,

zerzaust, mit ausladenden Bewegungen, eine Brille weit unten auf dem krummen Zinken plaziert.

Drei Schritte auf dem Teppich, klack! Er nimmt die Zeitungen an sich. Alle auf einmal. Schon morgens ganz fieberhaft. Beschäftigt wie nichts. Und lesen, und ausschneiden: Head lines, Titel, Sensationen.

Aah! Was für ein Festmahl! Geiselnahme, Entführungen, Erpressung, Lösegeld! Streik bei der Metro! Vergewaltigung! Was für ein Saustall! Ein Mordsspaß, zum Ausschütten! Er lacht sich schief, der Journaillen-Geier. Mit einem Auge sieht er von den Papierbergen hoch, dabei lächelt er wie ein Kojote. Er entdeckt N'Doula, der sich gerade mit Bürste und Besen häuslich niederläßt.

– Tag, N'Doula!

– Tag, Massa Théo! Und? Genug Morde heute morgen?

– Ja, ja! Das scheint ein guter Tag zu werden! Drei Überfälle bereits und eine Vergewaltigung im Bois de Boulogne, die es in sich hat.

– Das freut mich für Sie, Massa Théo... Und wie steht's mit den Kriegen? Auch alles in Ordnung?

– Die Kriege? Danke der Nachfrage. Ja, sehr gut. Ein schwelender, zwei offene... einmal ganz abgesehen von der Sauerei in Kolwezi, den blutsaugenden Abgaben, die die Amin Dadas einstreichen, und den rassistischen Machenschaften in Südafrika...

Plötzlich wendet er sich von der Zeitung ab.

Er stürzt zum Fenster. Lehnt sich hinaus. Packt N'Doula am Kragen. Prustet vor Aufregung. Es fehlt nicht viel, und er würde zu dem Schwarzen auf die Gondel steigen. Völlig durchgedreht. Man könnte meinen, der Abgrund sei gar nicht da.

– Wissen Sie das eigentlich, Locomotive, fragt er gehetzt: Afrika ist das reinste Pulverfaß. Ob Russen, Amis, Chinesen oder wir arme Europäer mit unseren Nostalgien – wir alle haben doch nur eins im Sinn: Jeder will seinen Zivilisationsschrott auf eurer Haut zu Markte tragen. Die einen angeblich, um euch zu erretten, die anderen, um euch zu versklaven!

Er tritt ein paar Schritte zurück und holt tief Luft.

– Daß wir uns recht verstehen, fährt er fort. Wenn ich »versklaven« sage, dann meine ich eine Versklavung à la XX. Jahrhundert.

Klipp und klar. Adios, Onkel Toms Hütte! Keine Eisenkugeln, keine Ketten. Alles unsichtbar, nur Ideologie. Die Ketten der heutigen Versklavung sind ökonomischer Natur, versteht sich. Wir werden uns weiter mit den AMX verteidigen und mit *Transall* transportieren. Schlüsselfertige Ketten im Angebot.
Er erstickt beinahe, so sehr hat ihn die Leidenschaft gepackt.
– Denn wissen Sie, Locomotive, schließt er, und sein Gesicht ist wild und traurig zugleich, der Schwarzmarkt, das ist das Geheimnis.
Alle Energie weicht jetzt von ihm, und er wendet sich wieder seiner Morgenlektüre zu.
Schnell! Schnell! Die Kurbeln quietschen, und N'Doula stürzt sich erneut in die Lüfte...

13

Wenn Sie mich jetzt wieder unter die Augen bekommen, können Sie beobachten, wie ich versuche, auf dem Trottoir vor dem *Narval* Boden unter die Füße zu kriegen. Wie ein glückloser Seiltänzer.
Das *Narval* ist eine Kneipe, die vor vier bis fünf Jahren vor Berühmtheit nur so stank. Mein Gott, wie die Zeit vergeht!
Der Kneipier war ein Auvergnier. Ist er übrigens immer noch. Aus Chaint-Flour, wenn ich mich nicht irre. Rochu heißt er, und Jules davor. Er war dieser Auvergnier, der damals, an dem Wahlabend, mit seiner Schrotflinte auf die Jugendlichen losgeballert hat.
Das Aas! Seinen Laden, den hätt ich ihm glatt geschlossen. Das schwör ich Ihnen. Aber statt dessen: Einstellung des Verfahrens. Die Gute, Alte Justitia! Man muß die Schweigende Mehrheit ermutigen! Ewig diese idiotischen Rücksichten, ewig diese Neuschöpfungen der Politikaster, nur damit die Leute selig weiterschnarchen und ihre einzige Sorge bleibt, wie sie ihre neue Kücheneinrichtung abstottern können. Immer einen Kredit am laufen. Maloche/Poofe – man könnte meinen, ein Prolli is zu nix anderem da. Ich weiß, wovon ich rede. Hab selber mal 'ne Lehre angefangen. Bleigießer. Zwei Liter Milch mußten wir pro Tag trinken. Entweder Sie tun das, oder Sie kriegen 'ne Vergiftung, haben die uns erzählt.

Ungelogen, wir haben wirklich und wahrhaftig Sarggriffe produziert. Das Vorzimmer zur letzten Ruhestätte, in gewisser Weise.
Ich öffne die Tür zum *Narval.*
Eine Menge Leute stehen am Tresen.
Alle starren, den Kopf im Nacken, in die Flimmerkiste an der Decke. Dreißig Suffköppe etwa, in voller Blüte. Prollis, die der Enzian genauso gründlich ausgerottet hat wie das Freie Amerika einst die Apachen.
Andächtige Blicke allüberall.
Sie stehen da im blauen Dunst der Glimmstengel und lauschen, in den Seilen hängend, wie der Premierminister in einer Aufzeichnung zum besten gibt, welche Wohltaten er für Frankreichs Zukunft plant.
Rochu Jules ist stolz.
Hinter seinem Schnurrbart gibt er zu erkennen, wie sehr er seine Kundschaft mag. Er spendiert einen gespritzten Weißen. Noch mal dasselbe. Liebevoll. Sympathisch. Väterlich.
Noch eine Runde? Und einen Pernod für Arthur. Heute nacht werden Sie sicher besser schlafen! Nur nicht grübeln. Ein Arbeiter, der grübelt, das vermiest nur das Geschäft. All die Mißwirtschaft und Korruption, das sollten die Kallis aus den nördlichen Vorstädten erst gar nicht zu Gesicht kriegen. Sonst ist größte Vorsicht angesagt. Vorsicht: Meinungen. Vorsicht: Aufruhr. Schon wieder im Keim ersticken müssen. Denken Sie nur an den Mai 68! Was der uns eingebrockt hat: Nichts als Anmaßung und Taumel. Und den Roten Dany, den Cohn-Bendit. Oh nein, nie wieder. Da bleiben wir doch lieber bei unserem Rochu. Der ist jedenfalls von der ehrlichen Sorte. Ein wahrer Feuerkopf, wenn es um die Ordnung geht.

– Der da, Barre, mit seiner schnapsrauhen Stimme, »vonderSonneverwöhnt«, der Typ jedenfalls, der hat ganz schön Mumm!
– Stimmt, Marcel, sagt ein Zweiter, das ist kein Waschlappen ... Er haut mit der Faust auf den Tisch ... Das ist es, was wir brauchen: einen, der zuschlägt.
– Immer seid ihr auf der Seite des Stärkeren, mischt sich ein Dritter ein.

– Nein, Missjöh! Nicht doch, verteidigt sich der erste Redner, der ebensogut ein Geschäftsmann wie eine Null sein könnte. Ich bin der lebende Beweis, denn ich habe im ersten Wahlgang für die Ökologisten gestimmt.
– Und in der Stichwahl?
– Hm, in der Stichwahl? Das ist was anderes!... Da habe ich Chirac gewählt. Das ist doch der einzige, der die Nation zusammenhalten kann.
– Da hast du recht, Marcel. Ordnung muß sein! Sonst gar nix!
Ich bin am Ende der Theke angelangt.
Eines Tages wird es eine ganze Menge Kerle geben, die so sind wie ich: nicht größer, nicht stärker. Und bessere Argumente haben sie auch nicht. Aber sie werden auf die Straße gehen, mit 'ner irren Wut im Bauch.
Und dann, dann werden wir auf alle Arschlöcher losballern.

14

Kommissar Bellanger sah im Licht seiner Schreibtischfunzel etwas mickrig aus. Der Riesenschädel, der sich oberhalb der Strickkrawatte rundete, machte ihn auch nicht beeindruckender. Sein Serge-Anzug war etwas abgetragen, sein Tüchlein etwas schäbig und seine Augen etwas feucht, weshalb er häufig die Brille von der Nase zog.
Er faltete einen Brief auseinander, den er soeben erhalten hatte.
Er zog sich unter dem Schreibtisch die Socken hoch und beförderte auch die Strähne, die ihm die Stirn verschandelte, wieder an ihren Platz. Darauf seufzte er, und seine Stimme klang ausgesprochen trübsinnig, als er rief:
– Herein!

Umgehend öffnete Sam Schneider die Tür und schloß sie sorgfältig hinter sich. Nicht die Spur eines Geräuschs war zu hören. Auf diese Weise betonte er die Genauigkeit seiner Arbeit, seine Selbstkontrolle.
Er ging zwei Schritte, dann blieb er stehen und wartete.
Er sah seinen Vorgesetzten an und suchte dessen Blick. Komischerweise entschloß sich just in diesem Moment eine der gottver-

dammten Schnittlauchsträhnen des Kommissars, aus der Haarpracht auszuscheren. Der Zeitpunkt konnte nicht ungünstiger gewählt sein.
Sam betrachtete das als eine Art Provokation. Er ballte hinter seinem Rücken die Hand zur Faust. Wie er dieses kleine gräuliche Männchen mit seinem gekonnt gepflegten Schweigen haßte!
Sam suchte nach einem guten Auftritt und entschied sich für ein sanftes Lächeln.
Bedächtig setzte sich Bellanger die Brille auf die Nase. Dann schickte er sich in das entspannte Lächeln seines Mitarbeiters und fragte in harmlosem Ton:
– Snéder, ... kennen Sie das Lot?
– Nein, Chef, antwortete Sam.
Gleichwohl – die Frage brachte Sam Schneider aus der Fassung, und sein Lächeln bröckelte ab. Wütend beschloß er, auf der Stelle unaufgefordert Platz zu nehmen.
Kaum hatte er seinen Beschluß in die Tat umgesetzt, da wies Bellanger mit einer Handbewegung vage in den Raum und sagte:
– Ja, ja, setzen Sie sich nur...
Erst nach einer geraumen Weile brach der Kommissar das zermürbende Schweigen und fügte hinzu:
– Dann lassen Sie es sich erzählen, mein Lieber. Das Lot ist meine Heimat. Der Ort, an den ich »gehöre«. Mein Elsaß, wenn Sie es so wollen. Die Erde dort ist rot, und die Menschen sind herzlich.
Sam rutschte unruhig in seinem Sessel hin und her und beschloß, offen unangenehm zu werden:
– Ich bin einmal in der Gegend von Gramat gewesen, sagte er, aber wenn ich ehrlich bin, hat es mich nicht so übermäßig beeindruckt...
– Dann haben Sie sich sicher nicht richtig umsehen können, antwortete Bellanger voller Überzeugung.
Und um deutlich zu machen, daß er den Grabenkrieg nicht fürchtete, setzte er hinzu:
– Die Gegend dort ist die letzte Bastion, in der man weiß, was Stolz ist.
– Ich erinnere mich im wesentlichen an Schotter, an kilometerlange Mauern und an lauter alte Leute.

– Weil Paris uns die Jungen alle geraubt hat.
– Das stimmt... in den Nestern dort riecht es nach Tod.
– Längst nicht mehr, verteidigte sich Bellanger, während er seine Brillengläser polierte. Längst nicht mehr. Die jungen Leute kommen zurück, sie hängen dran. Mein Sohn zum Beispiel...
Volltreffer, dachte Sam und erkundigte sich beinahe liebenswürdig:
– Meinen Sie den, der 68 alles kurz und klein schlagen wollte?
– Hm, alles kurz und klein schlagen? Man sollte es nicht übertreiben.
– Und was macht er heute?
– Stellen Sie sich vor: Er ist Sänger geworden und singt... okzitanisch.
– Ach ja, der Regionalismus. Nicht gerade der letzte Schrei!
Plötzlich beugte sich Bellanger über den Schreibtisch. Er war kaum wiederzuerkennen.
– Sagen Sie, Monsieur Snéder, erkundigte er sich. Lesen Sie Gedichte?
Leicht aus der Fassung gebracht, der große Sam, trotz allem.
– Wie jedermann, denke ich... etwas Hugo, Baudelaire,... und außerdem Guy Béart und Charles Trénet, die mag ich besonders.
Bellanger maß ihn von Kopf bis Fuß voller Mitgefühl.
– Kennen Sie Robert Laffont? Oder sagen Ihnen die Namen Yves Rouquette oder Jean Larzac irgend etwas?
– Ich fürchte, nein, aber ich nehme an, daß man auch ohne sie leben kann.
– Das glauben *Sie*. Aber hören Sie sich einmal diese Sprache an, Snéder. Wie melodiös sie ist!

Aimariai estre lo Rus, a lo Chinès, o *l'Occitan*
Que metrà fuoc a tot Paris. Lo Lovre crama, venetz veire!
Avem sauvat la Pietat de Vilanova,
*Et tot ço de mai degolina, se bidorsa, flameja...**

* *Ich wäre gern ein Russ, ein Chines, ein Okzitan,*
Der ganz Paris in Flammen setzt. Der Louvre brennt, kommet und seht!
Gerettet ist die Pietà von Villeneuve,
Und alles, was übrig, zerrinnt, bäumt sich und geht in Flammen auf.

Das waren rauh klingende Worte, die Bellanger da mit trockener Kehle vortrug. Schneider war erstaunt über ihre ungezähmte Kraft.

Bellanger lehnte sich zurück und schrumpfte wieder auf seine alten Proportionen zusammen. Die eines kleinen, braunhaarigen Mannes. Er blickte verstohlen auf sein Abzeichen der Ehrenlegion.

– Ich muß Ihnen den Laden für zwei bis drei Tage überlassen, rückte er schließlich heraus. Seine Stimme war tonlos.

– Sie scheinen nicht gerade zu zerspringen vor Glück, wenn man Sie so anguckt.

– Da haben Sie hundert Prozent recht, Snéder.

– Auch wenn ich nicht so eine poetische Ader habe wie Sie, von meinem Beruf versteh ich was.

– In diesem Punkt habe ich nicht den gleichen Eifer wie Sie.

– Und auch nicht dieselbe Schule genossen.

– Und ebensowenig Ihre Art, die Dinge in die Hand zu nehmen, mein lieber Snéder.

Wieder herrschte Schweigen.

Die beiden Männer vermieden es, sich anzusehen. Schließlich brachte Sam ein Lächeln zustande.

– Ich wette, Sie fahren nach Hause?

– Sie haben's erfaßt, Snéder. Ich muß hinfahren und den Familienbesitz verkaufen. Langsam, aber unaufhaltsam stürzen die Scheunendächer ein.

– Ach, wirklich...

Und wieder Schweigen. Ein gottverdammtes, mieses Schweigen.

Bellanger nahm sein Tüchlein in die Hand, trocknete sich mit übertriebener Hingabe die Hände ab. Als er das Tuch wieder wegsteckte, ähnelte es einem feuchten Bügeltuch.

– Haben Sie wenigstens einen Käufer? warf der große Blonde vermittelnd ein.

– Ja, sagte Bellanger.

– Ich wette, ein Engländer, sagte Schneider und lächelte andeutungsweise. Die kaufen da in der Gegend einfach alles auf, oder?

– Ich habe an einen Amerikaner verkauft, gestand Bellanger. Sein Kelch ging allmählich zur bitteren Neige.
Schneider lachte jetzt laut heraus.
Wie der Kommissar da vor seinen Augen lauter Verzweiflungsblasen von sich gab, das bereitete Schneider ein höllisches Vergnügen. Ein letztes Mal noch wollte er ihm ordentlich den Kopf untertauchen:
– So trösten Sie sich doch, stieß er zu. Ihr Sohn hätte bestimmt keinen Finger krumm gemacht, um das Haus zu halten. Sie sehen ja selbst: Wenn es ans Zahlen geht, stiehlt sich die Jugend davon.
– Die müssen ihr eigenes Leben führen. Warum wollen Sie unbedingt, daß sie so leben wie wir?
– Ansichtssache. Wenn es nach mir ginge, dann würde denen ordentlich der Marsch geblasen, das garantier ich Ihnen.
Bellanger stand auf und nahm seine Brille ab. Er war bleich.
– Im Gleichschritt, nicht wahr? Vorwärts, *eins, zwei, drei**. Das meinten Sie doch, oder?
Nur mühsam konnte Bellanger seine Wut beherrschen. Mit zitternder Hand verrückte er die Brille auf der Schreibunterlage ein paar Zentimeter. Schließlich setzte er sich langsam wieder hin und fügte mit ruhiger Stimme hinzu:
– Pffhf, kann ich da nur sagen, Monsieur Snéder, pffhf. Und hoffentlich stolpern Sie drüber!

15

Der Kellner im Café wendet seinen Blick von der Tortengrafik ab, mit der der Flimmerkasten die galoppierende Inflation zu erläutern versucht. Er pflanzt sich vor mir auf und betrachtet spöttisch meinen Eierkopf. Als er sich daran erinnert, mit was für einer Matte ich vor sechs Monaten herumgelaufen bin, kann er sich das Lachen kaum verkneifen. Mit einer Heckenschere wäre ihm meine Frisur sicher nicht schlechter gelungen. Ich sehe sofort, daß er eine blöde Fresse hat. Heute haben einfach alle eine blöde Fresse.

* *Im Original deutsch.*

Meine Hand greift tief in die Tasche und packt zu. Sie stößt auf die Granate. Ich bin sicher, daß ich sie über kurz oder lang jemandem kredenzen werde.
– Was darf es sein? fragt die Krawattenfliege, der ein Haar aus der Nase wächst und ein Rasierklingenschnitt den Rand der dünnen Unterlippe verziert.
– Ein Glas Wasser, antworte ich.
– Schöwepps, Evian oder Perrier?
– Leitungswasser.
Das macht ihn sprachlos.
– Führen wir nicht.
– Dann müssen Sie eben heute eine Ausnahme machen. Ich trinke nichts anderes.
– Tut mir leid, Monsieur…
– Wenn du so weitermachst, wird es dir wirklich noch leidtun…
Ich lege meine Hand, mit der ich gerade noch die Granate festgehalten habe, auf den Tresen und drehe sie auf den Rücken. Die Handinnenfläche hat einen viereckigen Abdruck. Ich frage den Serviettenschwenker:
– Siehst du meine Lebenslinie?
Der andere antwortet nicht einmal. Er tut so, als sei nichts, er bleibt gleichgültig. Sicher ist ihm nicht entgangen, daß ich komisch aussehe. Er nimmt ein Handtuch und dreht ein Ballonglas damit trocken.
Er tut ganz desinteressiert. In Wirklichkeit ist er auf der Hut. Seine Konzentration ist halb bei Monsieur Barre, halb bei der Arbeit. Er nimmt sogar das Glas und hält es prüfend in Augenhöhe. Nicht daß er aus Versehen ein Streptokokkus übersieht! Nein, kein Schwanz in Sicht, alles blitzeblank.
Das Glas ist so dick, daß es auf seine Pupille wie eine Lupe wirkt. So kommt es, daß er eine riesige Faust, die immer größer wird, auf seinen Augapfel zuschnellen sieht.
Offen gestanden habe ich ganz ordentlich zugeschlagen.
Tadadadam! Seine Nase gibt ein Geräusch von sich, wie wenn eine Orange auf einen Kachelboden aufklatscht. Tränen vernebeln ihm die Dioptrien. Der Schmerz zersägt ihm den Kopf. Kch, kch, kch,

in alle Löcher dringen die Blitze ein. Oh mein Gott, von den Nasenhöhlen bis zum Gaumen, ein brüllender Schmerz. Im selben Moment schließen sich die Trommelfelle, und der Kellner hat einen warmen, bitteren Geschmack auf der Zunge.
Er geht zu Boden.
Wie ein Messer klappt er zusammen und denkt nur an seinen Namen: Crémier, Albert. Das darf er nicht vergessen. Die Neonlampe verlischt.
Niemand kümmert sich mehr um den Barre-Plan. Barre zum ersten, zum zweiten, und zum Retten. Rette sich, wer kann! Die Suffköppe kümmert's einen Scheiß, ob Barre die Lage rettet oder nicht, wenn...
Ich, der Splint, der Schütze aus der zweiten Ausbildungsklasse der Fünften Republik – ein gesunder Geist in gesundem Fleisch –, ich lehne mich über die Theke und greife mir ein sauberes Glas. Ich stelle es auf seinen Fuß, drehe den Wasserhahn auf, überprüfe die Wassertemperatur und erkläre den Umstehenden:
– Ich mag es gerne kühl... denn man Prost, alle miteinander.
Ich trinke das Glas in einem Zug leer. Ehrlich verdient. Nicht übel. Dann nehme ich Kurs auf den Ausgang.
Ich gehe an den Gästen vorbei. Ihre Blicke wandern verstohlen umher und wenden sich ab, wenn ich mich ihnen nähere und sie fixiere. Ich brauche gar nicht erst zu fragen: Keiner von denen da hat das Zeug zu einem Helden... keiner würde es wagen, sich zwischen mir und dem Ausgang aufzubauen.
Jetzt komme ich am letzten Typen vorbei – ein kleiner Dicker, der leicht taumelnd über einem *Pernod* hängt.
– Der wievielte Pastis ist das, mein Freund? frage ich, und der Dummkopf denkt tatsächlich nach.
– Der dritte, glaube ich...
– Säufer! stöhne ich. Deine Leber macht's wohl auch nicht mehr lange.
Ich drehe ihnen den Rücken zu und suche das Weite.
Immer noch mahnt Barre die Franzosen zu Spar- und Enthaltsamkeit. Plötzlich halte ich inne und drehe mich um. Ich brülle, aus tiefster Seele.
– Wwwwwaaauuu!

Sehr laut.
Sie springen alle hoch... kein Haar trocken... vor lauter Angst. Jammerfratzen! Nichts als Schiß... Die Schließmuskeln peinlichst unter Kontrolle!
Ich bin auf dem Sprung, wie ein Baseball-Spieler. Dann eine genau gepeilte Bewegung... paff!... schon entfährt meiner Hand wie durch ein Wunder eine Pastis-Karaffe... Sie zerschellt auf dem Bildschirm... Bawwwamm! Volltreffer! Erst der Glasregen, gefolgt von einer kurzen Pause... und dann der Rauch... ein trotziges Zisch, das sich langsam tief in den Magen frißt...
Die Leute, diese armen Schweine, schmeißen sich platt auf den Bauch... immerhin: Ihre Instinkte funktionieren noch. Dann implodiert es. Kein beeindruckendes Schauspiel übrigens... Aber bald schon züngeln und schlängeln die Flammen wie Tänzerinnen durch den Raum. Sie lassen sich nicht lange bitten. Panik ergreift die Gäste... Angst gesellt sich zu Angst... und schon, krach! biegen sich die Balken des Fußbodens... beinahe hätten die Leute sich zertrampelt.
Rochu Jules, der Wirt, steckt seine Birne aus der Bodenluke. Er hat gerade im Innern des Kellers seinen Beaujolais verstaut. Ob weiße Mäuse oder Fantasiegebilde – er sieht nur rennende Beine – tausendfüßig –, die ihm auf die Finger treten.
– Was ist denn eigentlich los? fragt er unter seinem Auvergnier-Schnäuzer hervor.
– Crémier, Albert! Siebenundzwanzig Jahre! antwortet der Kellner, der gerade wieder zu sich kommt.
– Meine Güte, es kokelt ja! brüllt der Auvergnier, und kaum hat er wieder Boden unter den Füßen, da nimmt er seine Beine in die Hände und husch zum Telefonbuch...
Während er blättert, ruft er nach seiner Frau, die im ersten Stock ist, im Bad.
– Renée! Renée, Liebling! Schnell, komm runter! Ein dringender Notfall!
– Ich bin ganz nackt! kommt das Geschrei aus den Höhen.
– Egal, mach dir etwas Feuer unterm Arsch! kreischt der Auvergnier, der vor lauter Aufregung die Nummer der Feuerwehr nicht finden kann.

– Muß das sein? Ausgerechnet jetzt, wo ich einmal baden kann!
– Ja, komm runter, so wie du bist! Beeilung!
Renée betrachtet ihre Leibesfülle (gute 105), die genüßlich im *Badedas*-Schaum schwimmt. Weiße, beruhigend aussehende Titten, wie die von Mae West. Ein tiefer Was-willst-du-jetzt-schon-wieder-Seufzer entsteigt ihrer Brust.
– Schon gut, ich komme! Es wird ja nicht gleich brennen! kreischt sie und nimmt ihre Füße aus dem Wasser.
– Doch! antwortet der Saint-Flourianer, als er den Hörer auflegt. Genau das tut's!
Und nicht gerade wenig.
Das kann selbst ich beurteilen, obwohl ich schon längst auf der Straße im Affenzahn das Weite suche.

Ohne daß Bellanger ihn darum gebeten hätte, war der große Blonde zur Tür gegangen. Jetzt standen sich die beiden Männer gegenüber, keiner von ihnen traute sich anscheinend, als erster zu reden. Sams stechend-blauer Blick ruhte für einen Augenblick auf den Schuhen seines Vorgesetzten. *André*-Schuhe.
– Die Menschen verstehen einander nicht, sagte er. Das muß am Jahrhundert liegen.
Das Telefon, das auf einem Untersatz stand, begann zu rattern. Das war die Erlösung.
Bellanger stürzte zum Schreibtisch.
– Ja bitte? fragte er.
Dann sagte jemand etwas, und er hörte eine ganze Weile zu. Zwischendurch sah er auf die Uhr und zu Schneider.
Sam stand in der Tür und wartete.
Er wußte: Etwas war im Gange, und zwar zu seinem Vorteil.
Er richtete sich auf.
Bellanger war bleich, als er den Hörer schließlich auflegte.
– Jetzt haben Sie den Fall, auf den Sie so gewartet haben, sagte er. In einer Stunde fährt mein Zug. Der Fall ist ganz frisch und gehört ganz Ihnen. Gehen Sie zu Maillard. Er wird Sie informieren.
– Und um was handelt es sich? Um einen Ehebrecher, den man in flagranti erwischt hat?

– Nein, vorsätzliche Brandstiftung.
– Ein richtiges Verbrechen wäre mir lieber gewesen.
Man konnte Sams Augen ansehen, daß er es ernst meinte. Als er den Raum verließ, erwischte Bellanger ihn am Ellbogen:
– Sie sind in meinen Augen ungemein gefährlich, Snéder, murmelte Bellanger.
– Das ist Ihre Sache, antwortete Sam.
Leise schloß er die Tür.
Kaum war er draußen, dachte er wieder an den Neger.

16

France entfernte gerade im achtundzwanzigsten Stockwerk des Wohnturms das Bild von Huren-Maggy aus dem Spiegel, als das Telefon wie wild zu läuten anfing.
France stürzte zum Apparat. Die Angst stand ihr ins Gesicht geschrieben. Sie starrte auf das graue Ding, das die Macht besaß, sie einfach zu stören. Ohne es zu berühren, kniete sie auf dem Teppich nieder und legte die Hände flach auf ihre nackten Schenkel, deren festes Fleisch eine Kurve beschrieb.
France drückte sich nah an den Apparat, der gellend und gebieterisch weiterschrillte.
– Weißt du, es ist mein freier Entschluß, ob ich rangehe oder nicht, murmelte France. Ein Lächeln huschte über ihr Gesicht, und sie sagte:
– Dein Kleines tut, was ihm gefällt, und ich scheiß auf dich!
Sie rannte zu dem großen Fenster und preßte die Stirn dagegen.
Sie wollte sich die Stadt ansehen, so wie immer. Doch im selben Moment entdeckte sie die Veränderung: Über einem der Wohnblocks schräg gegenüber stand wie ein Pilz dichter Rauch.
– Feuer! Da ist ein Feuer! sagte sie laut.
Sofort spürte sie, wie das Baby in ihr die Oberhand gewann. Sie führte einen Daumen zum Mund und wandte sich, von einer plötzlichen, heimtückischen Unsicherheit befallen, zum Telefon, das nach wie vor hartnäckig klingelte.
Natürlich war da eine Stimme am anderen Ende und natürlich die

von Sam – unausweichlich. Mit einem Mal stürzte sie an den Apparat. Doch gerade, als sie nach dem Hörer griff, erklang ein letztes ernüchtertes Ringeling, das mittendrin abbrach. Danach war das Läuten verstummt. France fröstelte.
– Das ist wirklich kein bißchen fiedelbumm, meinte sie.
Sie stellte sich wieder ans Fenster und öffnete es schließlich.

Als France sich vorbeugte, sah sie den Schwarzen. Fünf oder sechs Stockwerke tiefer war er, und auch er sah sich den Brand an...
Sam Schneider verließ im Laufschritt das Kommissariat. Er schwang sich in den 404 Combi, der mit dröhnendem Motor bereits auf ihn wartete. Türe zu, nun konnte es losgehen.
– Haben Sie Ihre Frau erreicht? fragte der Bullen-Fahrer.
– Nein, es nimmt niemand ab. Fahren wir.
Das Auto machte einen Satz nach vorne. Die Sirene heulte, das Blaulicht orgelte.
Sam vergaß seinen Ärger. Ein diffuses Gefühl zuckte in ihm auf. Eine Art Tatendurst, eine Gier. Handeln! Endlich jemand sein, der am Abzug sitzt. Fetzen brutaler Szenen schossen ihm durch den Kopf. Er schüttelte sich.
– Endlich passiert mal was in diesem gottverdammten Kaff! stieß er zwischen den Zähnen hervor.
– Hm, erwiderte der Brigadier neben ihm. Mir persönlich ist es lieber, wenn nichts passiert.
Sam heftete seine blauen Augen auf den anderen, direkt in Höhe des Mützenschirms. Unmenschlich, dieser Blick. Er tat förmlich weh. Infolgedessen zog es die andere uniformierte Pflaume vor, nach draußen zu sehen. Auf diese Weise stach ihn der Blick zumindest nicht so.
Draußen flog alles bei über hundertzehn pro Stunde im Affenzahn vorüber...

17 Im Zeitumdrehen befinde ich mich, der Vorortbahn sei Dank, in Saint-Denis. Saint-Denis du Nord – mit seinem Dom und seinen grünen Dächern, mit seinem König Dagobert und seinen Bewohnern, die alle heimliche Dionysier sind.

Drei Straßen vom Bahnhof entfernt stoße ich auf einen hageren Typen.

Ein städtischer Angestellter, kreidige Gesichtsfarbe, flache Mütze. Dickbejackt und leicht fröstelnd. Die geröteten Fäuste auf die Taschen gestemmt. Sieht geknickt aus, wie eine Blume in einem halbvertrockneten Blumentopf. Keine Nährstoffe mehr im Boden. Bräuchte mal wieder etwas normannische Heimatluft. Das Meer, sein Lebenselixier, hat er seit der Mittelschule nicht mehr gesehen. In seinen extra hohen Gummistiefeln steht er neben einem Loch herum, den einen Fuß auf einem beiseitegeschobenen Kanaldeckel abgestützt, der laut Prägung in Pont-à-Mousson in Lothringen gegossen wurde.

– Ich bin der Sohn von Grandvallet, stelle ich mich vor... Haben Sie vielleicht meinen Vater gesehen?

– Mimile, den Kanalarbeiter? Der treibt sich da unten irgendwo rum...

Dabei deutet er mit dem Kinn in die Tiefen der Unterwelt.

– Haben Sie eine Ahnung, in welcher Gegend?

– Ecke Ernest-Renan-Quai du Port, gibt er Auskunft.

Um zu zeigen, wie egal es ihm ist, was ich mache, verläßt er seinen Posten bei dem Loch.

Mit federnden Schritten überquert dieser Abschaum von einem Kanalarbeiter die Straße und haut sich in der Kneipe gegenüber auf einen Barhocker.

Als er seine blutleere Gosche öffnet, kommt kein einziger Zahn zum Vorschein. Die reinste Zahnklempnerwüste. Seine Zunge ist schwer, und aus dem Mund lacht einem der Speichel entgegen.

– Von hier aus kann ich das Loch genausogut sehen, rechtfertigt er sich. Und außerdem: Wer klaut schon ein Loch? Löcherdiebe, das gibt es nicht. Und was die Fußgänger angeht, die brauchen bloß einen Bogen drum zu machen.

Er wendet mir den Rücken zu.

Ich nutze diese abgewandte Aufmerksamkeit, und schwups! schon befinde ich mich untertage...

Ob ich mich hier unten in der Kanalisation auskenne? Ein wenig, mein Kenig!
Eine ganze Stadt für sich, Abbild der anderen, eine genaue Kopie der oberirdischen: die gleichen Kreuzungen, die gleichen Straßennamen. Die immerfeuchte Rue Paul Eluard und die Sackgasse Avenue Franklin.
Als ich noch klein war, höchstens zwölf vielleicht, nahm mein Vater mich halbe Portion manchmal mit, wenn er in die Kanalisation hinabstieg, und erklärte mir alles, stundenlang, mit einer Engelsgeduld. Die endlosen Gänge und die vielen Besonderheiten, die es zu beachten galt... Ich konnte alle Kanaldeckel namentlich runterbeten, so als wolle ich auf den Abwasserkanälen einen Taxischein oder ein Schifferpatent erwerben.
Alles hat er mir beigebracht, mein alter Herr.
– Güllenstadt und Mistdrecksratte! wer weiß, wozu du's einmal brauchen kannst, gab er zu. Das ist sicher kein Beruf, den ich dir wünschen würde. Aber man kann nie wissen, vielleicht ist es dir doch eines Tages zu was nutze.
Er dachte nach, wozu das der Fall sein könnte. Dann hatte er es. Hocherfreut. Richtig ausgelassen, der Alte. Er hatte etwas gefunden!
– Wenn es zu handfesten Auseinandersetzungen kommt!
Er zwinkerte mit einem Auge und streckte den Zeigefinger aus.
– Genau! Wenn du dich vor Bomben oder einmarschierenden Truppen verstecken mußt! Er dachte an 39-45, ein Krieg, der ihn ganz ordentlich mitgenommen hatte, meinen Papa.
Im Moment jedenfalls folge ich, von der Bildfläche verschwunden und unsichtbar für das nackte Auge des Gesetzes, den Gewölbegängen. Aus den Wänden schwitzt es, und ich balanciere von Bordsteinkante zu Bordsteinkante an dem schwarzen Gewässer entlang. Schleimig, zäh, wie Rotze, glitschig, ciao Gesellschaft! Mir ist, als krieche ich durch den Dickdarm wieder in den Bauch dieser alten Hure zurück. Schleimmassen, schandhaftes Treiben, prachtvolle Blähungen: so gelange ich schließlich zu meinem Vater.

Kein Faz erstaunt, mich zu sehen, der Kanalarbeiter.
– Wie geht es, Söhnchen?
Gut drauf, hochgezogene Knieschützer, etwas bläßlich im Gesicht.
– Geht so, Papa ... nicht schlecht, abgesehen von ein paar Schwierigkeiten ...
– Wer hat die nicht?
– Und du? Beißt etwas an?
Ich muß Ihnen die Szene einfach beschreiben. Emile steht da, im Halbschatten, am Rande der plätschernden Exkremente, eine Angel in der Hand. Mit seinem rausgestreckten Bauch sieht er aus wie ein Fischer von der Marne.
Gucken Sie doch nicht so dumm aus der Wäsche, und lassen Sie Ihre Augenbrauen ruhig unten. Eine Angel hat er in der Hand, Sie haben mich richtig verstanden. Einen Schößling, einen Bambusstock, eine Rute – neuestes Modell. Er ist am angeln, unser Köder-Künstler. Voller Stolz, unser Blinker-König, Regenwurm-King, Maifliegen-Werfer. Mit dem Arsch auf einem Korbsitz. Einfach so, als wäre nichts dabei. Ganz allein, mitten im Dunkeln und im Gestank. Die Lampe an der Mütze brennt. Der tragbare Kescher – alles ist gerichtet. Ready für den großen Fang.
– Ich bin unter die Großangler gegangen, informiert er mich. Und mittlerweile habe ich sogar Spitzengeräte, kleine 22er-Haken ... da hab ich volles Vertrauen.
– Aber Papa, ich dachte, um diese Zeit bist du am abschlämmen.
– Correcto, das sollte ich auch. Aber heute werden die Kumpels das ohne mich erledigen. Scheiß der Hund auf die Chefs.
Dabei bleibt er ganz ruhig, starrt unablässig in den Strom, läßt den Schwimmer keinen Moment aus den Augen und achtet auf die Strömung.
– Aber was fängst du denn in diesem Schlamm? Alte Schuhe?
– Nichts da! meint er und zieht seine chronische Laufnase hoch.
– Präser?
– Wie kommst du denn auf so was, Söhnchen? Er ist verärgert. Du mußt wissen: Das hier ist mein Werk. Alles Umleitung. Diese Fischzucht habe ich mir selbst angelegt. Integralo. Reines Seine-

Wasser. Da vorne sind die Staubretter und die Schleusenkammern... lauter 15 × 20 × 30er, mit bloßer Hand gemauert.
– Also so was wie ein Teich, könnte man sagen?
– Irgendwie ja. Seit drei Jahren züchte ich Schleie da drin. Außerdem habe ich siebenjährige Karpfen... Riesenviecher! Du wirst sie noch sehen. Gestern erst hatte ich so ein Biest an der Angel.
Emile nimmt an seinem Arm Maß, bis zum Ellenbogen.
Ich schüttele ungläubig das Haupt. Er tobt:
– Wirklich, Mössiöh! Das Biest hat sogar versucht, mich die Raspail runter zu ziehen. Am Square de Geyter hat es sich losgerissen, nach zwei Stunden. Ein Supertier, und so fett, das kannst du dir gar nicht vorstellen.
Plötzlich wird er traurig.
– Ja, ja, außer den Augen! Mein Gott, ... die waren gräßlich!
– Was war mit denen?
– Stell dir vor, die waren weiß, total weiß. Sahen aus wie Perlen. Leblos. Diese Flossentiere sind völlig blind geworden, weil sie immer im Dunkelmunkel und in irgendwelchen Reinigungsmittelchen leben müssen. Die Schuppen auch... Seit geraumer Zeit schon habe ich den Eindruck, daß sie ausbleichen.
– Also sind es keine Karpfen mehr, sondern Chicorées.
– Lach nicht, du Flegel. Das hier ist immerhin mein kleines Stück Natur, meine Zuflucht sozusagen. Verstehste? Wie soll ich mich sonst gegen die täglichen Gemeinheiten wehren, kannst du mir das verraten?
Ich betrachte sein Clownsgesicht. Der Beaujolais, entschuldige ich ihn. Er hat einfach ein Recht darauf, mein alter Herr, auf gute Zeiten.
– Papa...
– Was is?
– Ich habe Mist gebaut...
– Oh! Und? Was Schlimmes?
– Ich weiß nicht genau... eine Brandstiftungsgeschichte... Bin vorher abgehauen.
Der Alte spuckt ins Wasser und witzelt unbeeindruckt weiter:
– Nun, du bist ja volljährig, sagt er cool. Zumindest muß ich nicht dran glauben, wenn es was zu blechen gibt.

– Wenn die Polente nach mir fragt, dann sag ihnen, du hast mich nicht gesehen.
– Du hast doch nur acht Tage Urlaub, da werden sie dich allemal schnappen, wenn du wieder in die Kaserne kommst.
– Ich habe nicht vor, zurückzugehen.
Mein alter Herr scheint nachzudenken.
– Das ist deine Sache. Jeder muß so leben, wie er will. Du hättest einen ordentlichen Beruf erlernen können, bei deinen geschickten Händen.
– Damit ich so ende wie du: mit den Füßen in der Scheiße!
– Das ist komisch, ich verstehe euch Junge nicht. Zu meiner Zeit sagte man zu seinem Vater: Steh auf, damit ich deinen Platz einnehmen kann. Und heute? Das genaue Gegenteil: Niemals, nicht für alle Reichtümer der Erde, möchte ich an deiner Stelle sein.
Leider kann er seine philosophischen Ausführungen nicht fortsetzen, der Kanalarbeiter. Ping! Der Korken beginnt zu tänzeln, plötzlich taucht er ab...
Der Vater muß ordentlich ziehen, während er sich vorsichtig erhebt. Die Angelrolle spult sich ab und schmilzt zusehends dahin. Beeindruckend.
– Das Monster! flüstert der Schlickufer-Angler.
Er hat gerade noch die Zeit für ein letztes:
– Ihr habt ja recht, Söhnchen... Jeder muß sich seinen eigenen Dampfer suchen, seinen eigenen Weg gehen. Versteck dich ruhig hier, wenn du willst. Es ist alles da, was du brauchst... Ein Schlafsack, Konservendosen... Alles vorbereitet, für den Fall der Fälle... Die finden dich hier nie! Aber sei so lieb und sag Victoire, wenn du zu Hause vorbeigehst, daß ich heut erst später komme.
Dann ist der Walfänger der nördlichen Vorstädte verschwunden. Schiffbrüchig! Verloren, fortgerissen! An der Leine seines Fangs biegt er soeben – pitsch, patsch – in seinen Stiefeln um die unterirdische Straßenecke.
Der Moby Dick der Vororte ist streitsüchtiger denn je. Er reißt meinen Papa in einer Ölspur mit sich fort, Richtung Fort de la Briche...

______________ 18 Aus den Schattenschluchten heraus, aus denen sich die einzelnen Wohnklötze zur Sonne reckten, schraubte sich immer schriller eine Sirene ins Ohr. Ein Löschzug, gefolgt von einem kleineren Feuerwehrwagen, hielt auf dem Platz vor dem Einkaufszentrum 3.

Angesichts dieser plötzlichen Belebung vergaß France sich für Sekunden. Von oben betrachtet wirkte die Szene unwirklich, nicht für fünf Pfennig beängstigend. Wie in einer Filmeinstellung rannten Menschen in alle Himmelsrichtungen. Aus Jux rahmte France sie mit dem Finger ein, schloß das eine Auge und folgte mit dem anderen durch den Bildausschnitt hindurch dem Hin und Her der Feuerwehrleute, die mit ihren Wasserschläuchen auf den Platten komplizierte Muster erzeugten.

Eine schwarze, dichtgedrängte Traube von Gaffern sah mit erhobenen Köpfen dem Brand zu. Nur mit Mühe gelang es der Polizei, die quecksilbrige Meute in Schach zu halten. Ein drittes rotes Auto kam heran. In der Zwischenzeit wurde die Leiter immer höher ausgefahren. Ein Mann stieg im Glanze von *Glasklar* gen Himmel.

Er trug ein Beil in der Hand und kannte seinen Weg.

Rochu Renée hatte sich im dritten Stock wie auf einer Klippe zum Fensterbrett gerettet. Dürftig bekleidet erwartete sie den beherzten Feuerwehrhelden. Langsam tauchte seine Silhouette zwischen ihren wogenden Titten auf, und er wuchs zu stattlicher Größe heran.

Mallibert hieß diese Ausführung eines Feuerwehrmannes.

Er hatte in der Ausbildung am Seitpferd den zweiten Platz belegt und in der ganzen Kaserne mit seinen Hüftschwüngen eine gewisse Berühmtheit erlangt.

Als er auf der Höhe seiner Aufgabe angelangt war, staunte er nicht schlecht, daß die vor ihm stehende beleibte Nacktheit ihn nach Namen und Vornamen befragte. Ohne diese Information wolle sie nicht einmal darüber nachdenken, ob sie sich in seine Hände begebe – wie brenzlig die Situation auch sei:

– Mallibert, Joseph, betete der Feuermann brav und artig runter.

Dann fügte er hinzu:
– Sie müssen jetzt einen großen Schritt machen...
Den machte sie.
Zweihundertundvierzig Pfund blindes Vertrauen. Die große Leiter tangote ein wenig, dann rumbate sie nur noch. Schließlich hatte sie wieder festen Stand in der Hebevorrichtung erlangt.
Just in diesem Moment löste sich aus einer der Zimmerdecken eine glühende Masse und übersäte die Umgebung mit brennenden Teilchen, die aus allen Öffnungen heraussprühten. Ein harmonisches Oh ging durch die Menge.
Der Feuerwehrmann hielt seinen Körper schützend vor Renée. Bei einer Belichtungszeit von 250 pro Sekunde ergäbe dieser wahrhaft heroische Akt das ideale Umschlagbild für den Kalender in der Feuerwache.

Von der Telefonzelle aus konnte Sam Schneider die Menge gut überblicken.
Er geriet ganz außer sich, als er sah, wie ein mit Kameras behangener Typ sich erfolgreich einen Weg durch die Absperrung der Ordnungshüter bahnte. Ein Bulle, der schon ein Bäuchlein ansetzte, machte drei zögernde Schritte hinter ihm her, dann hielt er inne. Sein Kinn versank im Speck. Er machte unverrichteter Dinge kehrt, und um seine Autorität wieder herzustellen, schrie er die umstehenden Gaffer an.
Sam öffnete die Tür der Telefonzelle, um den vorbeieilenden Reporter zu sich zu rufen.
– Hey, Sie da, haben Sie durch Zufall eine Telefonmünze...
Der andere blieb kaum stehen.
– Zieh Leine, rief er über die Schulter, ich werde doch nicht für eine lächerliche Telefonmünze meinen Aufmacher verpassen!
Sam hob den Kopf und erblickte Madame Rochu, die immer noch am Runtersteigen war. Ein paar Rotzlöffel skandierten ihr Hau-Ruck und andere anfeuernde Laute zu, während der Photograph, der mittlerweile bei seinen Kollegen angekommen war, sich ganz den Auslöserfreuden hingab.
Zugegeben, der Anblick war scharf.
Sam Schneider bahnte sich einen Weg durch die Umstehenden und

erblickte einen schnauzbärtigen Blaubeschürzten, der sich kein Fizzchen der Szenerie entgehen ließ.
– Bei Männern ist ja Fett schon kein Schönheitsmerkmal, sagte letzterer und wandte sich dem Polizisten zu, äber bei Frauen ist es erst recht kein angenehmer Anblick...
Schneider erledigte ihn mit einem Blick in Preußischblau. Wann immer es um Frauen ging, war er unbarmherzig.
– Finden Sie, daß ich ein dreckiges Schwein bin, wenn ich so etwas sage? redete der andere weiter, während er in seiner Brusttasche wühlte. Das meinen Sie doch, oder?
– Offen gesagt, ja.
– Nun, Monsieur, ich kann mir das erlauben. Die Dame dort, ist meine Frau. Dreißig Ehejahre – da hat man so seine Rechte, wissen Sie...
– Nicht, daß ich wüßte. Aber hätten Sie vielleicht eine Telefonmünze für mich?
– Sie werden's schon noch sehen, seufzte Rochu Jules. Er holte eine Handvoll Münzen aus seiner Tasche und fischte ihm erst eine, dann sogar eine zweite Telefonmünze daraus hervor.
– Bleiben Sie in der Nähe, befahl ihm Sam. Ich bin Inspektor Schneider. Ich brauche nachher Ihre Aussage...
Ergeben, wie er war, ließ der Kneipier seinen Schnurrbart hängen und ging seiner Angetrauten entgegen. Im Blitzlicht der Fotomenschen hüllte Mallibert Joseph sie in ein paar Decken. Nach drei Schritten sah Rochu völlig gebeugt aus. Und wie wenn er das Wiedersehen hinauszögern wollte, drehte er sich zu dem Polizisten zurück und rief:
– Das Feuer ist mir scheißegal, ich bin ja versichert...
Aber der große Blonde mit den blauen Augen war längst in der Telefonzelle verschwunden.

Das Telefon klingelte von neuem in der Wohnung. Mit Nachdruck. France zog ein angeekeltes Gesicht. Zu spät, jetzt hatte sie keine Lust mehr dranzugehen. Lieber wollte sie die Geschichte von dem Brand zuende verfolgen. Sie bekam einen schmollenden Gesichtsausdruck. Wie widerwillig ging sie ans Telefon, kniete nieder und nahm den Hörer ab, ohne einen Ton zu sagen.

Ganz deutlich vernahm sie eine Unruhe. Straßenlärm, Schreie, Sirenen. Das Gemurmel der Menschen aus der Außenwelt.
– Niemals werde ich mich trauen, rauszugehen, dachte sie.
Die Vorstellung, sie könne durch die Straßen schlendern, schien ihr völlig unsinnig. Jetzt waren sie schon zwei Monate hier, und noch keinmal hatte sie einen Fuß vor die Tür gesetzt. Einen Moment lang ging ihr das Bild durch den Kopf, wie Sam jeden Mittag, unter der Last des prallgefüllten Einkaufsnetzes schier zusammenbrechend, nach Hause kam. Belustigt lächelte sie darüber.
Plötzlich sprach eine Stimme zu ihr. Sie klang sehr nahe.
– Hallo, Kleines, bist du's? Bist du dran, Kleines? So antworte doch! Ich bin's, Sam.
Sie hielt den Hörer von sich.
Sie starrte ihn an, als wäre er eine unschickliche Erscheinung.
– Du mußt mir zuhören, Kleines, bitte! Die Stimme wurde ungeduldig.
Mit einer Fingerspitze unterbrach France – sagenhaft, wie einfach das war! – die Verbindung.
Sie prustete vor Lachen, als sie hörte, wie sich der Ton beinahe überschlug. Tütütütütüt. Wirklich, der Ton ging durch Mark und Bein.
– Fiedelbumm, mein Lieber... du siehst, ich will dir nicht zuhören.
Sie legte endgültig auf.

——— 19 Zwölf Uhr mittags. Gare Montparnasse.
Gleis 4, mein Rendezvous.
Logo habe ich meinen Sonderurlaub nur bekommen, weil ich ihm meinen Hintern angeboten habe. Oder besser: Als Feldwebel Reig an jenem berüchtigten Abend auf seiner Bude zur Tat schreiten wollte, mußte ich mir was Gutes einfallen lassen.
Anfangs war ich vorsichtig, wollte diesem Söldner ja nicht die Hoffnung nehmen, ihn nicht vor den Kopf stoßen. Also habe ich so getan, als wäre ich einer, der es schon mit sich machen ließ. In puncto Arsch.

Holla, stop! Achtung, Schmierseife! Doch nicht so, habe ich zu ihm gesagt. Doch nicht direkt unter der Fahne, wenn man so will. Einfach auf dem nackten Bettgestell. Wie Tiere, irgendwie. Und nur zwei Meter entfernt von dem Adjutanten, den man im Nachbarzimmer schnarchen hörte. Nein! Wahre Liebe brauchte einfach gute Bedingungen. Und möglichst wenig Schwierigkeiten.
Darauf habe ich ihn dann noch zu seiner Riesenlatte beglückwünscht. Und zu den Schmissen. Bravo, einfach großartig. Dieser Enthusiasmus schmeichelte ihm. Wir haben sogar Späßchen gemacht. Seinem Glied einen verschlüsselten Namen gegeben. Charly Bravo haben wir ihn getauft.
Und dann haben wir uns ein champagnöses Gesöff reingezogen.
Nachdem sein Verhau wieder Proportionen angenommen hatte, die einem Gespräch zuträglicher waren, versprach ich ihm das Blaue vom Himmel. Den Mond. Das Atlas-Gebirge. Ein paar spezielle Torturen. Den Legionärsarsch. Und anderen ausgeklügelten Schweinkram, so daß er schließlich bereit war, mir bis ans Ende der Welt zu folgen.
– Verdammter Mist, was bist du doch für ein geiler Fruchtzwerg, sagte er und wurde von oben bis unten rot auf seiner Quadratpoofe. Ach, Scheiße. Wenn ich nur daran denke! Der Speichel floß ihm nur so runter angesichts der Futterkrippe, die ihm winkte.
– Ach ja, Scheiße! wiederholte er rastlos.
Er kam gar nicht davon los, dieser »Vater-unbekannt«-Fritze.
So kam es immerhin, daß ich acht Tage Sonderurlaub einheimste.
Und so kam es außerdem, daß er justindemomänt – sein Herz schlug heftig unter den Orden und nährte seine Hoffnungen – aus dem tiefsten Bretonischen in der Hauptstadt einlief.

Einmal in der Menge untergetaucht, war er nichts Besonderes, dieser Reig. Irgendso ein Typ, der sich kaum von den anderen unterschied. Außer seinem Käppi, das fiel einfach auf.
Ich hatte sogar Mühe, ihn ausfindig zu machen. Beinahe hätte ich ihn verpaßt. Aber jetzt! Ein Wink. Er hat mich gesehen. Wir lachen uns über die Köpfe hinweg zu. Drecksau, elendige.
Ängstlich ist er, und ganz rot. Fühlt sich unwohl inmitten all der Metropolos. Tollpatschig ist er, wie nie.

Eine feierliche Umarmung, halb landsmännisch, halb Kusine ersten Grades. Wir begrüßen uns. Linkisch wie ein Bräutigam überreicht er mir ein Paket.
– Hier, das ist für dich, meint er. Ich dachte, du magst die vielleicht…
Waffeln, Marke *Pont-Aven,* und eine Schachtel Butterkekse.
– Die sind aus Buchweizenmehl, erklärt er.
Ich nehme ihm seinen Koffer ab.
Hilfsbereit. Säuisch. Wild entschlossen schleife ich ihn zum Ausschank. Wir setzen uns, die Beine breit. Starren ins Leere, ohne ein Wort zu wechseln. Sehen uns die vorbeifahrenden Züge an.
Nachdem wir einen Kir runtergeschlürft haben, nimmt dieser Reig das Händchenhalten in Angriff. Ich überlasse ihm meine Linke, und er fängt an, sie zu kneten. Liebesbekundungen. Mit meiner Rechten greife ich in die Tasche und tätschele die Granate. So schaffe ich es, die Liebkosungen zu überstehen.
Ich sehe ihn zögernd an. Errötend macht er den Vorschlag:
– Ich nehme mir eine Poofe im Hotel… Ich muß ja sowieso irgendwo schlafen, konstruiert er einen Vorwand.
Dann fährt er leidenschaftlich fort:
– Ich deponiere meinen Kram, wir löschen unseren Kohldampf, und danach verziehen wir uns ein wenig, wenn du nichts dagegen hast… Nur wir zwei…
Fast ängstlich kommen diese Sätze alles in allem heraus.
– Was macht Charly Bravo? frage ich aus Höflichkeit.
Er, dankbar:
– Danke, dem geht's gut, eine richtige Fahnenstange.
Und ich sofort dazwischen:
– Sag mal, Max…
– Ja?
– Es wäre nett, wenn du dich umziehen würdest. Mit der Uniform, das ist so auffällig. Hier wimmelt es nur so vor Millis. Und außerdem, 'chweiß auch nich, aber irgendwie schlägt mir die Montur aufs Gemüt.
Er geht auf der Stelle drauf ein.
– Claro, meint er.
Und seine Augen suchen die Umgebung ab nach einer Oase.

– Haste die Toilette gesehen? fragt er und schwenkt seinen Kunststoffkoffer.
– Da, gleich hinter uns. Ich zeige mit dem Daumen drauf.
Er steht sofort auf und zahlt. Ich trage ihm seinen Koffer hinterher. Hilfsbereit. Mit Schlafzimmerblick. Alles, was man sich nur denken kann.
Wir begeben uns zu besagtem Örtchen.
Auf der Seite der Weihwasserbecken uriniert ein schrankartiger Lederjackentyp mit dem Rücken zu uns. Ohne auf unsere Gegenwart Rücksicht zu nehmen, läßt er einen fahren. Ich deute auf die Ein-Mann-Abteile. Fünwe an der Zahl, in Reih und Glied. Alle frei. Die Seitenwände gehen nicht bis zur Decke.
– Wer die Wahl hat, hat die Qual, sage ich dem Feldwebel.
– Die da! entscheidet er sich für die Hinterste.
Er steckt eine Münze in den Schlitz. Ich reiche ihm den Koffer.
– Dauert nur 'ne Minute, verspricht er. Halte mal mein Käppi.
– Laß dir Zeit, ermutige ich ihn. Ich werde derweil pissen.
So begeben wir uns, Tür an Tür, jeder in seine eigene Pißbude. Ich höre, wie er sich einschließt, meine Türe lasse ich offen stehen. Der Lederjackenschrank da drüben schüttelt sein Teil ausgiebig trokken. Schlußendlich geht er raus.
Jetzt gibt es nur noch Reig und mich und die Stehklos. Ich schließe die Augen. Was für eine Ruhe! Das Wasser tröpfelt und schlurft über *Villeroy und Boch* dahin. Weiße Kacheln. Ein Geräusch, fast wie an einer Quelle.
Ich öffne die Augen wieder. Hole meine Granate raus. Löse den Splint.
Ich höre, wie der Unteroffizier nebenan sich abmüht, seine Buxen vom Leibe zu kriegen. Sicher hält er gerade mühsam auf einem Bein das Gleichgewicht, dieser Leuteschinder.
– Ach Scheiße, seufzt er im Halbdunkel, ich krieg's nicht drüber gezogen, jetzt muß ich die Stiefel doch ausziehen.
Ich, Jean-Yves Grandvallet, der Super-Angriffs-Granatiero, ich löse die Sicherung...
10, 9, 8...
– Was tut man nicht alles für die Schönheit! macht sich dieser eklige Kapo noch lustig.

7, 6, 5...
Ich, Nr. 6709, Kosename Splint, geschoren und glattrasiert, schmeiße allen Vogels der Welt zum Wohle, ruhigen Blutes und voller Haß das Käppi über die Trennwand – und innendrin: die Granate. Fluchtartig verlasse ich das Örtchen.
Ich stehe in der Bahnhofshalle.
Ich laufe und laufe. Menschen, Visagen, erstaunte Blicke. Einstellungen rattern in Sekunden vorbei. Ich stoße gegen etwas, remple jemanden an. Nichts kann mich aufhalten.
Plötzlich kommt neben mir, genauso außer Atem wie ich, ein Typ aus einem Warenhaus angewetzt, der mir nur mit knapper Not ausweichen kann.
Er schiebt einen Landauer vor sich her. Für Babys. Funkelnagelneu. Überall Chrom. Er läuft, wir laufen. Dunkel ist er und klein, wie ein Ithaker. Alle beide laufen wir in dieselbe Richtung. Wo bleibt bloß der Ausgang, meine Güte! Endlich. Der Typ und ich. Er mit seinem Landauer, ich mit meinen *Pont-Avener* Köstlichkeiten... Als plötzlich, kch, bsssssssssttt! Die Bienen zischen auf der Jagd nach Honig haarscharf an unseren Ohren vorbei. Ehrlich! Wir schlagen Haken wie bei den Truppenübungen.
Ich drehe mich um.
Ein Bulle, und da noch einer! Sie spielen in unserem Rücken auf ihren 7,65ern herum. Versuchen, ihren Laufrückstand durch Zielschießen wettzumachen.
Aber der Autor kann nun einmal nicht überall gleichzeitig sein...
4, 3, 2...
Reig sieht im Halbdunkel der Toiletten zu, wie das mörderische Knäuel in konzentrischen Kreisbewegungen gleich einem Golfball in dem Scheißloch zum Stillstand kommt.
Er streckt die Hand aus.
1, o!
Tadadadam! Die Granate explodiert.
Reig reißt es alles auf einmal aus dem Leib, den Arm, das Leben und viele Meter Darm. Ein Blutbad im WeCe. Nun ist der Ort ganz gewiß nicht mehr so sauber, wie man ihn beim Betreten vorgefunden hat.
In der Bahnhofshalle gibt es einen unglaublichen Aufruhr. Die

Zivilisten bleiben stehen, sehen sich an. Die Uniformierten nicht minder. Eine Unruhe, wenn man so will. Ein Erwarten.
Wir, der dunkle Typ und ich, wir nutzen die Lage.
Wir laufen weiter. Beide gleich schnell. Beide gleich viel Schiß. Beide auf Reißaus...

Nachdem wir auf der Treppe Kinderwagen Potemkin gespielt haben, stehen wir draußen auf dem Bürgersteig. Mitten auf der Straße, zwischen lauter Menschen, die nicht den Schimmer einer Ahnung haben, welches Drama sich gerade ereignet hat. Alles ordinäre Rindviecher. Eine Menge Gleichgültiger, die, ohne sich anzusehen, zu irgendeiner Arbeit, einem heimischen Herd oder einer Liebe strömen.
Jetzt können wir endlich den Schritt verlangsamen. Der Sauerstoff steht bereits auf Reserve.
– Danke sehr, sind die ersten Worte des kleinen, dunkelhaarigen Bärtchenträgers mit den lebhaften Augen.
Abgesehen von einer kleinen Handreichung auf der Treppe wegen seiner Kinderkarre, die uns aufzuhalten drohte, habe ich ihm keinen Dienst erwiesen. Ich erkläre ihm, daß ich aus Eigennutz gelaufen bin. Dann frage ich:
– Und du, was hast du angestellt, daß du so rasen mußt?
– Ich habe geklaut, sagt er stolz und deutet mit der Nasenspitze auf den Landauer. Schön, ne?
– Sammelst du die?
– Nein, der ist für Perla.
– Perla?
– Meine Frau. Sie erwartet ein Kind. Und ich auch, fügt er gutgelaunt hinzu.
Er lacht laut auf. Wir gehen weiter. Er guckt mich an.
– Und du? fragt er. Was hast du gemacht?
– Ich habe jemanden umgebracht. Einen Soldaten.
Er bleibt stehen.
– Ich heiße Gustavo Gac, sagt er mit rauher Stimme. Ich bin Chilene und lebe in Paris. Man sollte alle Soldaten umbringen, überall auf der Welt.
Er sieht mich eindringlich an:

– Pisagua, Coyaque, Isla Dawson, sagt dir das was?
– Nein.
– Macht nichts.
Nachsichtig streckt er mir seine Hand entgegen.
Im selben Moment landet ein Spatz direkt neben uns, ein Freundschaftsgruß von Vogel. Der Spatz neigt sein Köpfchen zur Seite. Er verdreht die Augen gen Himmel. Nicht der Schatten einer Fliege in Sicht. Nur der Tour Montparnasse.
Ciao!
Und wir gehen jeder seiner Wege, ich zur Métro, er zu Fuß, weiter.
Gutes Durchwurschteln und ein mieses Leben.

——————— 20 Achtundzwanzigster Stock. Nirwana. Siebter Himmel, Reizwäsche. Herzrasen. Puls: 120, verrückter Neger!
Locomotive lehnt sich lautlos zum offenen Fenster hinein. Tändelnd bläht sich der Vorhang im Wind. Locomotive riskiert einen unschuldigen Blick.
Da, da ist sie ja, die Frau des großen Blonden.
Famose Hinteransicht, rotes Mondgesicht, Füßchen in die Luft. Frau in Bauchlage. Nackt auf dem Bett, Kopf im Ellbogen ruhend.
Die Blumen auf der Bettwäsche, noch von der Nacht zerzaust, sind in Festtagsstimmung, eine Polyester-Symphonie, von *Irisette*, Modell: ANBETUNG. Oh, lala, was für ein blendendes Farborchester!
Ihre Haare hat sie hochgesteckt wie ein Osterei. Mit einem Bändchen drum, das vorne zu einer riesigen rosa Schleife gebunden ist.
Ein Spektakel, ich schwör's Ihnen. Und ausschließlich für den Neger bestimmt, diese zeitgenössische Innenansicht. Die Überdecken sind aus Leoparden-Imitat, 85% Acryl, unwiderstehlich, wie ein Pelz. Exquisit eingerichtet.
N'Doula sieht genauer hin. Sie liest.
Was liest sie wohl? Ein Fotomagazin. Neugierig wie des Schneiders

Weib beugt N'Doula sich weiter vor. Zu gerne wüßte er, wovon sie träumt, die Fleischeslustige... lauter Schwangere gibt es in diesem Heft. Ja, mein Lieber, lauter Mütter und Kinder, allüberall. Auf jeder Seite dasselbe.
Ganz langsam und vorsichtig drückt Locomotive das Fenster auf. Der Spalt wird größer, jetzt kann er schon besser sehen, der Neger. Er genießt die Ansicht nachgerade. Miam, miam, was für eine Vertiefung zwischen den Schenkeln. Und diese Grübchen! Richtig lustig, diese Grübchen.
Apropos Grübchen, Locomotive treibt es die geballte Eifersucht in den Kopf. Die geballte Eifersucht – sie macht sich zu einer Reise nach Afrika auf den Weg, und das Bild des Rotschopfes verblaßt.
Schon ist N'Doula bis in die Haarspitzen seinen Fantasmen erlegen...
Seine Augen fallen ohne Vorwarnung fast aus den Höhlen.
Die Lippe hängt schlaff nach unten, seine Geister schwinden. Weg ist er, Locomotive. Der Blick geht ins Leere, findet keinen Halt.
Sein Körper ist zwar im achtundzwanzigsten Stock auf dem 48. nördlichen Breitengrad, aber seine Gedanken, seine Birne gewissermaßen, die ist woanders.
Am Äquator.
Sie schwitzt aus allen Poren in der Schwüle des Nachmittags. Sie ist auf dem Heimweg, Mittagsruhe. Ringsum der Dschungel, lärmende Affen, Chamäleontiere, die Blätter spielen...
N'Doulas Geschlecht ist bis obenhin voll Sonne.
Die Hütten liegen in sanftem Schlaf. IMPALA MACHINE-LOVE, seine Frau, kommt auf ihn zu... Die Liebe!
Erinnerungen! So viele Erinnerungen!
Die blaue Fliege kann kommen, soviel sie will, und sich noch so aufdringlich an Locomotives Krusselkopf zu schaffen machen, er, Baba, ist und bleibt abwesend. Bsssst! Fliegen-Schlampe. Sie kann, soviel sie will, ihm ist es schnuppe.
Er befindet sich achttausend Kilometer von der Roten mit ihrem großen Blonden entfernt und sticht durch den Busch, der Eingeborene, hin zum N'Doula-Dorf.
Dort kommen ihm schreckliche Szenen in den Sinn, so real und

ehebrecherisch in einem, daß er vor N'Doula-Zorn nur so erbebt.

Und so sehen Sie hier, oberhalb von Sarcelles, Val d'Oise, Département 95, den Neger mit der größten kriminellen Wut im Bauch: eine Wut à la N'Doula-Othello. Leidenschaftlich. Aus Fleisch und Blut.

Dieses Rasen!

Diese verfluchte Einbildung!

Rittlings saß er auf dem wollüstigen Hintern von Machine-Love Impala, dieser Saukerl von TAXI-JOE, und sicher amüsierte er sich köstlich!

Vor allem wenn er auch nur einen winzigen Moment an diesen Idioten von Locomotive-Baba N'Doula dachte, an diesen bekloppten Ehemann, der in dieses Frankreich gefahren war, wo er die Fassaden der imperialistischen Wohnblocks putzte.

Wenn sie nach der Liebe am Ufer des Kouilou-Stromes, wo alles voller Alligatoren war, dreihundert Meter kraulen gingen, gab Taxi-Joe, dieses Miststück, sicher dem ganzen Dorf die Geschichte zum besten, wie und warum N'Doula, das arme Schwein von einer Krämerseele, seine Frau beim Spiel verloren hatte, als er einmal zuviel Palmwein intus hatte. Völlig bekloppt mußte der gewesen sein.

War er auch gewesen, N'Doula.

Impala zu verspielen. Diese Schönheit! Diese »Keine-war-so-wie-sie-in-der-Liebe«. Schitt!

Bananen-Schitt! Alles futsch! Kopra-Öl, Tunika-Stoffballen, Jeep-Land-Rover – alles Schitt!

Und sicher teilte die treulose Machine-Love mit den schönen Zähnen, den Porzellanaugen und den Brüsten, die so hart waren wie ihr Herz – sicher teilte sie, hahaha, aus vollem Halse das Gelächter von ganz N'Doula-Dorf. Und ihren Arsch teilte sie sicher auch mit diesem Mistkerl von Taxi-Joe, der sie durch Falschspielen gewonnen hatte und sich nun von einem Tag auf den anderen für berechtigt hielt, sein mieses Schwenke-Schwänzchen in ihrem heißen Bauch spazieren zu führen.

Total?
Total, auf'm trockenen, N'Doula.
Nachts eisekalt. Hunger? Vorbei. Eine Jammergestalt.
Lachen? Ficken? Is nich mehr. Ohne Impala? Is nich mehr.
Der Neger wird grau. Du verlierst deine Schnürsenkel. Dein Lachen. Dein Ansehen. Deine Freunde.
Halt! Jemand hat dir die Zuversicht geklaut.
Bleibt nur: Abhauen.
Abhauen, weit weg. Ins Land der Mäuse.
Mäuse, Piepen, Flöhe. Kein Entrinnen, mein Lieber.

Sam steckte eine zweite Telefonmünze in den Schlitz. Wütend drückte er auf den Knopf. Sobald die Verbindung hergestellt war, sprach er in rasendem Tempo in den Apparat:
– Ich bin's, France. Leg nicht auf. Ich weiß, daß du dran bist. Ich wollte dir nur sagen, daß ich dich liebe und daß ich für uns beide arbeite. Wenn du dich zum Fenster rausbeugst, müßtest du das Feuer sehen können. Das ist eine verbrecherische Tat. Und ich muß den mickrigen Spinner, der den Brand gelegt hat, schnappen. Hörst du, das ist sehr wichtig für mich, oder richtiger: für uns. Bellanger mußte wegfahren. Vielleicht werde ich durch diesen Fall zum Kommissar befördert... und dann können wir hier wieder abhauen...
Er hielt inne, denn er war unsicher, ob sie ihm überhaupt zuhörte.
Er ballte die Faust und redete mit abgehackter Stimme weiter:
– France, du mußt mir mit der Versorgung ein bißchen helfen... Einverstanden? Sag doch was. Ich kann heute nicht zu Mittag nach Hause kommen, also mußt du dir die *Findus*-Pfannkuchen aus dem Kühlfach holen... Das kannst du schon ganz alleine, meine Kleine... wie eine Große. Mach sie dir warm, auf kleiner Flamme, Stufe 4 oder 5 oder so ähnlich... 10 Minuten, glaube ich. ...Hörst du mir zu? Und am Nachmittag kommt Sam vorbei und sieht nach dir, einverstanden?
– ...
– Ich liebe dich. Sag doch bitte, daß du mir zuhörst...
In der Leitung war ein Knistern.

Sam fürchtete schon, daß sie wieder auflegte. Aber nein, das Knistern war da und blieb.
Er konnte ihren Atem hören.

France sah zu der großen Fensterscheibe hin.
Sie lachte zärtlich. Und wirklich, ihr Atem ging schneller.
– Sam, flüsterte sie in den Apparat. Sam, ich bin ganz nackt und draußen steht ein großer Neger, der mich durchs Fenster anstarrt.

Sam hob den Kopf.
Sofort sah er die Gondel des Fassadenreinigers.
Sie hatte in der Höhe ihrer Wohnung Halt gemacht. Sam schrie:
– So schließ dich doch ein. Mein Gott!
Aber France hatte schon aufgelegt.
Im nächsten Moment stand Sam bereits vor einer neuen Situation.
Ein Bulle stürmte die Telefonzelle. Er war außer Atem.
– Hören Sie, Chef, sagte er, wir haben es. Der Junge ist identifiziert, mit Hilfe des Kellners aus der Kneipe. Er ist bewaffnet, der Kerl... hat 'ne Granate dabei.
– Was erzählen Sie mir da?
– Is wahr, Chef. Er ist in Vannes beim Militär. Hat gerade Urlaub. Maillard kontaktiert bereits den Kommandeur. Wenn wir es geschickt anstellen, können wir ihn glatt bei seinen Eltern auflesen.
Sam legte wütend den Hörer auf die Gabel.
Den hatte er völlig vergessen. Ein Tutututut, als wolle sich jemand lustig machen.
Er warf einen kurzen Blick nach oben, den Wohnturm hinauf, zuckte die Schultern und rannte auf den 404 zu.
Der Wagen machte auf den Radkappen kehrt und verschwand.

21 Bssssstt! Bssssstt!

Einen Sprung, Locomotive! Zurück nach Frankreich! Die blaue Fliege, die seinen Kopf umschwirrt. Verdammtes Insektenbiest! Warum hast du es ausgerechnet auf N'Doula abgesehen? So ein Dickschädel, und so behaart! Blöde Viecher, diese Fliegen. Erst

machen sie sich über jemanden her, dann torkeln sie davon, und schwups! schon sind sie wieder da.
Und es kommt noch so viel hinzu, es liegt nicht nur an der Fliege... Oh la la! diese Rothaarige. Mit ihren grünen Augen – eine einzige kalte Wut – steht sie da, streckt die Arme aus, hält die Gondel fest und schüttelt den Buschträumer wieder und wieder. Sie packt ihn sogar mit ihren *Cutex*-Krallen.
– Was treiben Sie hier, Sie Spanner aus der Savanna? fragt sie mit spitzer schriller Stimme.
N'Doula reißt seine Gedanken zusammen.
In der Zwischenzeit hat die Rote ihm ihre Krallen in den Unterarm gerammt. Ein Blutstropfen perlt herunter. Gedankenverloren lutscht Sam ihn auf. Betrachtet sich die Angreiferin, auch ihre Brust und ihr goldenes Dreieck. Seine Ohren werden feuerrot.
– Du hast dir die Augen ausgeguckt, ne? sagt das Weibsstück. Ohne einen Übergang ist sie zum verächtlichen Du übergewechselt, das in unseren zivilisierten Breiten so häufig geworden ist.
N'Doula gibt keine Antwort. Wenn man in flagranti bei der Geilheit erwischt wird, ist es ratsam, die Fakten nicht zu leugnen. So erdrückend, wie sie sind.
Er senkt den Kopf.
– Biss wohl ein ganz Verschämter, wenn's um das Thema geht? fragt die Rote. Im hintersten Winkel ihres Blicks lauert die Verruchtheit.
Sie dreht Locomotive den Rücken zu und geht nackt, wie sie ist, ohne Scham, als ob der Neger gar nicht da wäre, sie gar nicht ansehen könnte, ins Nebenzimmer, wo sie sich einschließt.
Was soll er machen, N'Doula?
Locomotive überlegt. Lust, die hat er schon, einen ganzen Schwarm spürt er in seiner Bauchhöhle, aber wer weiß, welche Scherereien er kriegt, wenn er einen Fuß in die fremde Wohnung setzt... Und wenn die Rote womöglich gerade bei den Bullen anrief? Hm, was dann? Oder wenn sie gerade eine ganze Meute zusammentrommelte, um sie auf ihn zu hetzen? Ehrenmänner vielleicht oder Nachbarn, eine Bürgermiliz oder irgendwelche Knilche, Marke Negerfresser? Sollte es schließlich geben, oder? ... Und was, wenn sie mit einem Revolver wiederkäme? Notwehr. Und wenn...

Locomotive legt die Hände auf die Kurbeln.
Gerade schickt er sich an, wieder runterzugleiten.
Zu spät! Die Tür geht auf.

Pfirsich-Haut tritt in Erscheinung.
Keine Waffe in der Hand. Keinen Mörder im Rücken. No Lynchen in Sicht. Bekleidet mit einem langen, durchsichtigen Morgenrock.
France ist dick geschminkt. Hat sich ihr Huren-Maggy-Gesicht aufgelegt. Jetzt ist sie Huren-Maggy.
– Komm rein, sagt sie in einem Ton, der keinen Widerspruch duldet.
Sie geht zu einem der Möbelstücke, nimmt ein Päckchen Zigaretten zur Hand, bedient sich und wendet sich wieder Locomotive zu, der seine Gondel nicht verlassen hat.
– Los, bleib doch nicht wie angewurzelt stehen, komm rein, hab' ich gesagt.
Sie dreht sich im Kreis. Man könnte glauben, er wäre gar nicht da.
Sie zündet ihren Glimmstengel an und überwacht im Spiegel, wie der große Typ einen Schritt macht und auf dem Balkon steht. Maggy findet ihn gar nicht mal so übel. Gut gebaut, von Kopf bis Fuß, könnte man sagen. Und drollig sieht er aus, fast ängstlich.
Gebieterisch wendet sie sich dem Exoten zu.
– Rauchst du?
Er läßt die Arme runterhängen, weiß nicht so recht, wohin damit, und deutet ein Nein an.
– Hast du die Sprache verloren?
Noch eine Nein-Bewegung. Nix hat er verloren, N'Doula.
– Wie groß bist du?
Keine Antwort. Sie geht auf ihn zu. Vergleicht mit ausgestreckter Hand ihre und seine Größe. Berührt, ja berührt ganz zart den Körper des Negers.
– Ich bin einssiebenundfünfzig... wirklich mini, wenn man dich daneben so sieht!
Sie macht ein paar Schritte rückwärts. Lacht sich schief. Streicht sich eine Strähne aus dem Gesicht.

– Sag mal, bemerkt sie. Du scheinst ja auf die ganz feine Art raufgekommen zu sein. Wie heißt du?
– N'Doula, Madame.
– Das ist doch kein Name, sondern eine Strafe. Hast du nichts anderes anzubieten?
– Man nennt mich auch Locomotive...
– Locomotive? Te-tsch, te-tsch, te-tsch?? ahmt sie das Geräusch nach. Bist du etwa bei der Bahn?
N'Doula versteckt ein kleines Lachen hinter der großen Hand. Er ist immer noch eingeschüchtert.
– Locomotive einfach, weil N'Doula nie müde, erklärt er dem Rotschopf.
– Das heißt, du hast einen guten Zug, und es fehlt dir nie an Nachschub. Richtig verstanden? übersetzt sie. Und wieder gewinnt das Verruchte die Oberhand in ihrem Gesicht. Sie sieht N'Doula an und fährt fort:
– Ich heiße France, aber alle nennen mich Maggy.
Sie verlagert ihr gesamtes Körpergewicht auf eine Hüfte. Ihre schöne Seite rundet sich, und sie legt eine Hand auf den behaglichen Anblick. Dann fragt sie:
– Was willst du eigentlich?
Locomotive tritt von einem Fuß auf den anderen. Ihm ist keineswegs wohl in seiner Haut. Er wirft ihr einen kurzen Blick zu, dann senkt er den Kopf und läßt seine Brust vor verschämtem Lachen erbeben. Seine elfenbeinernen Zähne und seine rosarote Zunge sind wieder hinter einer Handfläche verschwunden. Er lacht sich schief und hat einen dünnen Speichelfilm zwischen den Lippen.
– Idiot von einem Neger, du! Maggy hält es nicht mehr aus. Tief in ihrem Innern köchelt eine dumpfe Verachtung, gegen die sie machtlos ist. Hängengeblieben. Atavistisch. Jahrtausendealt. Versuchen Sie mal, gegen einen Instinkt anzukämpfen. Schmutziger Neger!
– Du wolltest mich vergewaltigen, nicht wahr?... Gib's schon zu!
Erstaunlich direkt, die Dame, mein lieber Mann!
N'Doula kann es gar nicht fassen. Wie kaltblütig die weißen Frauen doch sind. Was die sich den Männern gegenüber alles er-

dreisten! Plötzlich lacht er offen heraus, lacht sich kaputt. Er schwenkt ein Bein in die Luft und senkt es wieder, hebt ein Bein in die Luft und senkt es wieder. Er hebt ein Bein in die Luft und klopft sich auf den Schenkel.
– Ah! Ah! er tanzt durch die Gegend wie Rumpelstilzchen. Ihm kommen sogar echte Freudentränen.
– Bbouou! Bouououou! gluckst er hervor, und weil es zuviel ist, wischt er die Tränen mit dem Handrücken weg.
Maggy-France kriegt das Geschehen in den falschen Hals. Sie wird eine kleine Furie. Ihre Schönheit ist wie weggeblasen. Ihre Anziehung auch. Niedere Gefühle verändern das Aussehen saumäßig. Zum Nachteil. Nehmen Sie nur die Fälle von Lynchjustiz, Razzien und Racheakten – haben Sie jemals auf einem dieser Pressephotos ein Gesicht gesehen, das nicht entstellt aussah?
Kurz gesagt: In Siebenmeilenstiefeln wird Huren-Maggy von ihrer wahren Natur eingeholt.
– Weißt du, bricht es aus ihr heraus, wenn du mich vergewaltigen willst, mußt du schon früher aufstehen. Ich bin eine Nutte, wenn du's wissen willst. Eine Nutte, klar? Ich verkaufe meinen Hintern, Nigger! Und zwar in einem Nobelviertel... Ich verkehre nur in besseren Kreisen, Industrielle aus Lille-Roubaix-Tourcoing. Nicht mit so Hängern wie dir. Du kannst dir Maggy gar nicht leisten, verstehste? Selbst wenn du hier alle Fenster putzen würdest und die von da drüben noch mit dazu – es würde nicht reichen. Viel zu teuer und zu fein für dich, die Maggy! Kapiert?
N'Doula ist das Lachen vergangen.
– Ja, Madame, murmelt er.
Und enttäuscht sieht er runter auf seine schnürsenkellosen Turnschuhe.
Er lacht nicht mehr, N'Doula.
France hat sofort verstanden, daß mit einem Mal ein anderer Ton herrscht. Als habe jemand ihn angeknipst. Sie starrt auf den Neger. Plötzlich, in einer bösen Sekunde, bekommt es ihre schwarze Seele mit der Angst. Da hat Maggy ihr ja 'ne schöne Suppe eingebrockt.
Sie will rückwärts zur Wand gehen. Dabei stößt sie mit der Hüfte gegen die Anrichte. Eine Schale aus Baccarat-Kristall gerät ins

Wanken. Locomotive bemerkt, daß er es ist, der ihr Angst macht.
– Ich wollte doch nur ein bißchen N'Doula-Vergnügen, Madame, redet er sich aus der Affaire und nach vorwärts.
Nur einen Schritt.
– Bleib stehn oder ich schrei! warnt ihn der Rotschopf.
Ihre Krallen wandern bedrohlich in Richtung seiner Augen.
– Ich bin verheiratet, mußt du wissen! Schützend wie ein Schild schwenkt sie das Argument durch die Luft. Und nimm dich in acht! Mein Mann ist bei der Polizei. Inspektor, wenn du es genau wissen willst.
– Verheiratet? Ist ja in Ordnung, schickt N'Doula sich in die unbestreitbaren Tatsachen. Aber die Abwesenden sind immer im Nachteil.
France senkt ihre Krallen.
– Ich verstehe, sagt sie fast erleichtert. Du willst mich erpressen. Ja, hab ich's richtig verstanden? Entweder ich besorg's dir gratis oder du verpfeifst mich bei meinem Mann.
– N'Doula hatte gar nicht so weit gedacht, aber wenn Sie so lotterlebig sind, warum dann nicht auch N'Doula? Warum sollte ein Afrikaner nicht auch mal was rausschlagen?
France fühlt sich unwohl.
Ihr ist plötzlich, als ersticke sie in ihrer Ecke. Inmitten ihrer Blümchentapete packt sie eine von diesen Claustrodingsbums. Sie ruft Maggy zu Hilfe und entscheidet sich für den Angriff.
Sie geht auf den großen Neger zu und legt ihre *Cutex*-Hände auf seine Brust. Sofort kommen, wie bei einem Blutsturz, alle Tiere des Waldes mit wildem Geschrei in N'Doulas Hose zusammen. Die Urzeit zwischen den Beinen und Schummer vor den Augen. Nebelschwaden.
Die Rothaarige klammert sich an ihn. Sie schlängelt ihm ihre Konstriktorarme um den Hals und umgarnt ihn zärtlich.
Locomotive, hoch oben in den Lianen, hört die Stimme der Roten nur undeutlich, als sie flüstert:
– Ich habe völlig verstanden, mein Lulatsch... Du hast dir in deinem Köpfchen ausgedacht, daß du ein Auge auf mich werfen könntest... So ist es doch, oder?

Sie beißt ihm ins Ohrläppchen. N'Doula erhebt keinen Protest. Auch Leiden ist eine Form der Liebe.
Sie umarmt ihn noch einmal. Ganz zierlich wirkt sie in seinen Armen, während sie ihn zwingt, rückwärtszugehen.
Schritt für Schritt, wobei jeder Schritt von einem Kuß begleitet ist, der überspielen soll, daß N'Doula Boden verliert. Ohne es zu merken, steht er plötzlich mit dem Rücken am Balkongeländer.
Sie löst ihre Lippen von seinem Mund. Sieht ihn an. In Großaufnahme erblickt sie die roten Äderchen, die die Augäpfel wie Risse durchziehen.
Sie lacht lauthals.
– Komisch, sagt sie. Ihr Schwarzen habt so viel Blut in euren Adern, da merkt man sofort, wenn ihr verlegen werdet. Du bist doch ganz verlegen oder? ... Red schon, Miststück! Und sie greift durch die Hose hindurch nach seinem Geschlecht. Verdreht ihm die schwarzblütige Latte ganz ordentlich. Ein wenig aus Lust, ein wenig aus Verrücktheit, im übrigen aus Aggressivität. Sie will ihm weh tun. Noch einmal langt sie kräftig zu. Und noch mal.
– Autsch! macht N'Doula, vor Schmerz und Lust.
Sie bleckt die Zähne – ein Lächeln, dann geht alles sehr schnell.
Mit einem Ruck stößt sie ihn, so fest sie nur kann.
N'Doula verschwindet nach rückwärts. Um ein Haar hätte er sich plattgelegt. Er gleitet über die Brüstung und findet sich kopfüber in der Gondel wieder. Er hätte ebensogut runterfallen können, der Nigger, wie ein Stein bis ganz nach unten. Zerschmettert hätte es ihn. Achtundzwanzig Stockwerke tief... Multipliziert mit drei Metern, das macht vierundachtzig Meter Schwerkraft, und reichlich Zeit, um mitzukriegen, wie du stirbst. Oh lala, diese Ärschin! Schneeärschchen.
Und sie, diese Behämmerte, steht da im offenen Bademantel hinter dem Baumwollvorhang und lacht und lacht, Donnerlittchen, und zeigt alle ihre Zähne.
N'Doula steht auf.
Er versucht, die Gondel, die hin und her schwingt und gegen die Fassade stößt, wieder in seine Gewalt zu bringen.
Die Rote öffnet kurz das Fenster, das sie zuvor schnellstens geschlossen hatte. Sie schreit:

– Ich stehe nur auf Blonden. Du kannst ja wiederkommen, wenn du blond bist. Dann spendier ich dir ne Tour auf meinem Bauch. Versprochen. Versprochen, Nigger!
Dann verrammelt sie das Fenster endgültig.
N'Doula hängt in der Luft.
Zwischen Himmel und Erde. *Swatch* dreizehn Uhr. Mechanisch greift er sich an seinen Lockenkopf. Bssssst! Die blaue Fliege! Miststück, immer noch da! Eigensinnig, das Mistviech. Eine treue Anhängerin der Negritude, die dumme Kuh.
– Die spinnen, die Fliegen, und die Weißen ebenfalls, tröstet sich Locomotive. Blond? Warum eigentlich nicht? fragt er sich nach reiflicher Überlegung. Sag schon: Warum nicht? Und wenn's nur wäre, um die Fliegen zu ärgern ... Damit sie sich nicht mehr an seinen Haaren vergreifen ...
Blond? Wird gemacht.
Und ganz langsam, krk hiii, krk hiii, läßt du dich wie eine Spinne wieder runter, ganz runter. Und Sarcelles, das ist das Netz.
Schnauze, Fliege!

22

Durch das sechsfach vergrößernde Fernrohr hindurch konnte Sam Schneider klar und deutlich die Zähne des Negers erkennen. Er legte das Fadenkreuz genau auf das Gesicht. Von dort, wo er stand, dachte er sich, mußte es ein leichtes sein, ihm mit einem 22er Geschoß long rifle eine Kugel in den Mund zu jagen, ein Kinderspiel, wie das Zerbrechen eines Streichholzes vielleicht, zumal mit dem 100-Meter-Visier. Er versetzte dem Karabiner einen kleinen Ruck, um einen Schuß zu simulieren. In Gedanken ein Piff-paff – mausetot der Typ.
Statt zu schießen, beobachtete Sam, wie der Neger, der die Gefahr nicht einmal ahnte, an seinen Kurbeln herumdrehte, als sei der Teufel persönlich hinter ihm her. Erst als die Gondel hinter dem höchsten Wohnblock außer Sicht geriet, beendete Sam die gezielte Verfolgung der Talfahrt mittels des Fernrohrs. Er ließ die Waffe sinken und wandte sich der Blonden zu. Knapp 25 Jahre.
– Wem gehört das Gewehr? fragte er. Dem Sohn?
– Nein, Emile. Dem Vater. Meinem Mann, wenn Sie so wollen.

– Wissen Sie, daß man mit diesem Ding einen Menschen aus einem Kilometer Entfernung umbringen kann?
– Hm, was mich betrifft, ich habe nicht vor, jemanden zu töten.
Die Blonde lachte sich schief. Sie hielt sich den Bademantel zu, der über dem Busen auseinanderklaffte. Schneider wandte sich unbehaglich ab. Im nächsten Moment ärgerte er sich über sich selbst. Er fixierte sie mit strenger Miene. Doch ohne die Augen niederzuschlagen, biß die Blonde in ihr Croissant. Sie brachte ein ersticktes »Ach, Mist« hervor und las die Krümel von ihrer eher üppigen Vorderseite auf.
Der Zivilbulle, der mit Sam gekommen war, ließ seinen prächtigen Fettwanst erbeben, wodurch der schmale, von Hosenträgern unterstützte Gürtel fast verschwand. Die ist vielleicht 'ne Nummer, die da, schwärmte er mit Kennerblick.
Die Blonde hörte auf zu kauen, und ein weiterer Krümel, der bislang an ihrem Mundwinkel hängengeblieben war, fiel herunter. Unfreundlich sah sie zu dem beleibten Bullen rüber.
– Kann ich sonst noch etwas für Sie tun? fragte sie.
Sie wartete die Antwort gar nicht erst ab, sondern ging mit in die Luft gestreckten Zehen zu den himmelblauen Schlappen. Sie schlüpfte hinein, ohne sich runterzubeugen.
– Ich bin nicht mal dazu gekommen, in meine Schluffen zu steigen, stellte sie fest. Öffnen Sie dies ... Öffnen Sie jenes ... Man könnte meinen, Sie wären zu allem berechtigt.
Sam stellte das Gewehr an den Platz zurück, an dem er es gefunden hatte, hinter den Schrank. Er ging auf die Blonde zu, ergriff sie beim Arm und drehte sie daran um. Dem Augenschein nach hatte diese Geste nichts Brutales, aber in Wirklichkeit drückten seine Finger so fest zu, daß die Blonde sich vor Schmerz auf die Lippen biß.
– Sind Sie sicher, daß Sie Grandvallet nicht gesehen haben? fragte er.
– Ja, Ehrenwort. Ich schwör es, und ich lüge nie, spottete sie.
Sie versenkte ihre Gucker in Sams blaue Augen und wurde wieder heiter. Wie er diese Sorte Mädchen haßte! Sie hatte eine unverfrorene Nase, wohlgerundete Arschbacken, eine angerauhte Stimme. Und sie roch gut, nach Sauberkeit. Er haßte dieses gesunde Ausse-

hen. Dieses Wohlaufsein, das sie verbreitete! Durch den Ärmel hindurch konnte Sam die Wärme ihres Körpers spüren. Er lockerte den Griff.
Ostentativ nahm sie die Faust des Polizisten zwischen Daumen und Zeigefinger. Dann zog sie angeekelt die Hand zurück, so als sei eine Spinne auf sie gekrochen.
– Oh, ich muß doch sehr bitten! kreischte sie. Ich bin unschuldig. Ich habe nichts verbrochen. Ich kenne ihn einfach so, den Jungen … Guten Morgen, Guten Abend … Im übrigen ist es sechs Monate her, daß wir ihn zum letzten Mal gesehen haben. Ganz zu schweigen davon, daß ich gar nicht seine Mutter bin. Es ist schließlich nicht meine Schuld, daß sein Vater mich geheiratet hat.
– Wo ist Ihr Mann?
– Auf der Arbeit, falls Sie wissen, was das ist.
– Und wo?
– In Saint-Denis. Ist das wichtig?
– Und sein Arbeitgeber?
Jetzt lachte die Blonde ganz offen. Sie ließ sich in voller Größe auf das Skaisofa fallen und streckte die Beine in die Luft. Ihre Schenkel waren fest, Knabenschenkel. Schneider wandte verschämt den Blick zur Seite.
– Er arbeitet bei Stinker & Co. KG, sagte die Blonde und machte Anstalten, sich die Nase zuzuhalten.
Der Dickbauch des Bullen, der mit Sam gekommen war, wurde erneut vom Gelächter erschüttert.
– Er ist Kanalarbeiter, informierte er. Ein Suffkopp.
Die Blonde war im Nu wieder auf den Beinen. Ihre Wangen erglühten. Sie streckte zwei Finger aus und piekste sie dem Dicken in die Magengegend:
– Also, das lasse ich mir nicht bieten, heulte sie auf. Emile ist zwar beileibe nicht der Hübscheste, aber ich lasse nicht zu, daß man ihn beleidigt.
Ganz außer sich machte sie ein paar Schritte rückwärts.
– Er, das bin ich, fügte sie stolz hinzu.
– Du hast wohl schon lange nicht mehr in den Spiegel geguckt, meine Süße, sagte der Bulle. Du bist eine ganze Ecke besser gebaut als dein Göttergatte.

– Ach, Sie Allesschlucker, Sie, bleiben Sie doch auf dem Teppich. Mich kann man nicht kaufen, und ich will auch gar nicht wissen, wie schnell sie einen hochkriegen.
– Junges Fräulein, darf ich's wagen, Ihnen einen Waldspaziergang vorzuschlagen?
Schneider ballte eine Faust.
– Jetzt reicht's, Caillevert, schnitt er ihm abrupt das Wort ab.
Dann wandte er sich an die Blonde:
– Und Sie, antworten Sie mir bitte auf meine Fragen. Haben Sie einen Beruf?
– Ist das ein Verhör? explodierte die Blonde.
– Ich habe gefragt, ob Sie einer geregelten Tätigkeit nachgehen? wiederholte Schneider mit unendlicher Geduld.
– Ich bin im Friseurgewerbe tätig. Wenn Sie es genau wissen wollen. Bei Josépha – Frisuren, Rasuren und Perücken aller Art.
– Stimmt, mischte sich Caillevert ein. Sie ist die Königin der Tönung!
Die Blonde seufzte.
– Wenn der nicht auf der Stelle seinen Rand hält, warnte sie, dann sag ich kein Sterbenswörtchen mehr.
Immer noch von den Socken, schüttelte sie den Kopf:
– Das ist ja ein ganz Unausstehlicher, Ihr Untergebener.
Schneider wandte sich an Caillevert:
– Ach bitte, seien Sie doch so freundlich und gehen Sie mal ins Wohnzimmer nachschauen, ob ich vielleicht dort bin ...
Der andere machte ein langes Gesicht und entfernte sich. Im Nebenzimmer kam er vor dem Barwagen zum Stehen. Ein rustikales Modell aus massiver Buche, Nußbaum-furniert und -gebeizt. Darauf stand ein Flaschenhalter aus dem Versandhauskatalog *Manufrance*. Seit sechs Monaten träumte Caillevert davon. Mit einem Mal sah er eher aus wie einer, der sich aller Pflichten enthoben sieht.
Schneider seinerseits setzte auf die Psychologie und schenkte der Blonden ein dünnes Lächeln.
– Setzen Sie sich doch, Madame, sagte er mit ausgewählter Höflichkeit. Und fangen wir noch einmal von vorne an. Ich bin Inspektor Sam Schneider und habe den Auftrag, die Brandstiftung im *Narval* aufzuklären.

– Das wurde ja höchste Zeit! So laß ich es mir gefallen, sagte die Blonde. Immerhin ist Ihr Ton jetzt verbindlicher. Also, was möchten Sie wissen?
– Ihren Namen, Vornamen und Beruf.
– Ich heiße Victoire, sagte die Blonde, aber mein Mann nennt mich immer Samothrake. Er meint, ich wäre nicht gerade auf den Kopf gefallen …

23 Emile, mein Vater?

Der ist so gehörnt wie ein Zehnender. Oh nein, Victoire ist keineswegs völlig schlecht. Sie schampooniert, das ja. Preßt ihren Unterleib immer gegen den Sessel, so isses nun mal im Friseurgeschäft, da muß man sich exponieren.
Als man sie in den »Herren«-Teil rüberbugsiert hat, da hat sie es vorausgesagt, daß es sich bezahlt machen würde. Is doch so, Waschen, Legen, Föhnen – Strähne um Strähne – dabei wird das Goldene Dreieck fast automatisch zu einer Versuchung. Man muß sich der Phallokratie, wie sie das nennen, schließlich anpassen, sonst is nix mit Trinkgeldern.
Sicher, es ist nicht nur der Gewinn, der einem winkt, es ist auch die Hitze. Was für eine Temperatur. Davon erzählt sie oft genug, Victoire:
– Wir sind richtig naßgeschwitzt unter den Blusen. Seit wir diese malvenfarbenen haben, ist das so, die gepunkteten. Mag ja sein, daß sie animierender sind, aber sie sind aus irgendso 'nem Polyzeug. Hundert Prozent, da kann die Haut nicht atmen, oder zumindest so gut wie nicht.
Aber lassen Sie es sich gesagt sein: Es ist nicht nur die tropische Hitze im Salon, die Victoire in Wallungen versetzt. Nein, weit gefehlt. Sehen Sie selbst. Ich brauche nur ein bißchen zu nahe an ihr vorbeizugehen, schon merke ich, daß sie in Hormonen schwimmt. Noch nie habe ich eine solche Feuchtigkeitsspenderin gesehen. Wenn die nicht meine Stiefmutter wäre, dann hätte ich sie schon lange mal ausprobiert, das garantier ich.
Ab und an überkommt es sie, da kann sie nichts dafür. Doing! … Mitten im Abwasch zum Beispiel. Ich stehe gerade hinter ihr und

trockne die Teller ab, während Papa im Wohnzimmer seinen Pferde-Wettschein ausfüllt. Plötzlich ist es stärker als sie, und sie steht in Flammen. Ein ganzer Kronleuchter. Das ist gewissermaßen wie ein Schicksalsschlag, darum bin ich ihr auch nie böse.
Denn Obacht, Victoire ist im Grunde ihres Herzens total ehrlich. Meinen alten Herrn zum Beispiel hat sie damals kein bißchen verarscht, als er sie um alles in der Welt heiraten wollte.
Sie hat sich mit ihren *Cutex*-Fingern seinen Dickkopf geschnappt. Dann hat sie ihm in die Augen gesehen und gesagt:
– Emile, du bist Witwer und hast deine zweiundfünfzig auf dem Buckel, ein kleines Bäuchlein und willst nicht mehr hoch hinaus. Ich heirate dich gerne, denn du läßt mich in Ruhe und bist so mild und gut wie *Toblerone.* Aber komm nicht an und beschwer dich, wenn ich fremdgehe. Ich bin noch keine dreißig – achtundzwanzig gerade mal – und mein Körper hat noch jede Menge Zunder. Wenn ich also hin und wieder Feuer fange, darfst du keinen Krach schlagen.
Mein Vater hat gelacht mit seiner bleichen gutmütigen Birne.
Daß er so bleich ist, das kommt von dem Job. Kanalarbeiter, das ist wie Kaffeeweißer für's Gesicht. Da fehlen einem einfach die Strahlen der Gestirne.
Ja, er hat gelacht, daran erinnere ich mich. Und dann hat er ganz ruhig geantwortet:
– Hör zu, Victoire. Dann, wenn ich frei hab, dann bist du für mich da. Das reicht mir. Samstags, sonntags und an Feiertagen, da läßt du meinen Pimmel rein, der Rest ist mir wurscht! ...
So hat er sie gekriegt, seine Victoire.
Und eigentlich ist sie ein kluges Ding, dieses Mädchen. Mein alter Herr hat ihr ja was eingebracht: Freundlichkeit, Stabilität und so'n Kram. Money ist auch da, jeden Monatsersten. Pünktlich. Und Victoire hat das Sagen.
Papa hat etwas Taschengeld, einen Renn-Tip hier, ein paar Dudulewürmer zum Angeln dort – alles wohl ausgewogen. Kein Ärger, wie man sieht.
– Das wirst du schon noch merken, sagt er mir oft. In dem Alter wird man klug. Rosy, deine Mutter, die habe ich fertiggemacht, das war nicht mehr feierlich. Ich habe sie umgebracht, Stück für Stück. War ohnehin nicht bei guter Gesundheit. Und obendrein

hatte ich einen Hüftschwung, der hatte sich gewaschen! Das hat sie allegemacht. Manchmal bin ich mir deswegen böse, manchmal weniger ... Ach trotzdem – schrecklich, wie unduldsam man oft mit sich ist.
Und dann lacht er sich normalerweise schief, mein Adoptiver.
Ein Lachen, bei dem man bis in den Rachen sehen kann, keineswegs böse gemeint.
Eine Saufnase ist er, aber nicht übel.

– Die Bullen sind hinter dir her! informiert mich Victoire. Und rechts, links, rechts – drei Küßchen auf die Wangen.
Barfüßig tapst sie auf nassen Sohlen zurück unter die Dusche, aus der ich sie herausgeklingelt habe. Haus C, 5. Stock links, Appartement 32.
Ich habe gerade genügend Zeit, eine Banane zu vertilgen, da ist sie schon wieder raus aus der Dusche. Tropfnaß. Sie dreht sich um und hält mir ihren Körper zum Trockenreiben hin. Nicht zu fest, bitte, und auf dem Rücken vor allem.
– Besonders da, wo ich nicht drankomme, präzisiert sie ihre Anweisung. Und wo du schon mal dabei bist, könntest du mich bitte auch noch kratzen? Du wärest ein Schatz! Wirklich!
Was für ein angenehmer Hintern. Schöne Haut, schöne Zähne, diese Victoire.
Ich rubbele, kratze, poliere. Ich lasse keine Ecke aus. Mit Nachdruck, wo nötig. Die Rückenwirbel, zwischen den Schulterblättern, alles!
Victoire erklärt:
– Tschuldige, daß ich dich darum bitte, aber dein Vater hat nie Zeit dafür. Entweder er muß ganz schnell weg oder er hat schmutzige Nägel. Zwangsläufig, bei dem Beruf! Ich will ihn gar nicht kritisieren. Emile hat eben andere gute Seiten!
– Sind die Bullen hier gewesen?
– Ja, in Zivil gesteckte waren das ... Den Spaß hättste sehen sollen. Ich hatte den Mund voller Croissant und meine Persönlichkeit war gänzlich unbedeckt. Der Chef, ein großer Blonder, wußte nicht, wohin mit seinen Augen. Der strotzte nur so vor Komplexen, der Macker.

– Was wollten sie?
– Sie haben gesagt, daß sie wiederkommen. Dann haben sie ihre Meinung geändert und einen blauen Wisch dagelassen.
– Zeig mal …
– Auf dem Dings da vorne!
– Wo?
– Auf dem Dingsbums, … auf der Anrichte. Nein! Bist du blind? Links, das muß doch ins Auge stechen!
Eine Vorladung, wie es sich gehört.
– Sie haben gemeint, es sei in deinem Interesse, so schnell wie möglich anzutanzen.
– Und was noch?
– Daß du offensichtlich, kaum bist du angekommen, schon wieder rückfällig geworden bist … Savigny-sur-Orge habe dir wohl nicht gereicht. Und ähnliche Sprüche. Sie sahen genervt aus.
– Und sonst? Was gibt es Neues in den letzten sechs Monaten?
– Nichts, was einen vom Hocker reißt.
– Was macht das Leben?
– Das Übliche.
– Und der Job?
– Kein Grund, die Straßenseite zu wechseln.
– Und im Bett?
Keine Antwort.
– Papa reicht dir nicht, nicht wahr?
Keine Antwort.
– Befummelst du dich?
Ihre Antwort ist: nein, und ich sei wohl verrückt.
– Also hilfst du dir woanders aus?
– Klar doch, aber mit den Typen ist es doch immer dasselbe, wenn ich ehrlich bin. Worte, nichts als Worte, und nicht für fünf Pfennig Phantasie. Mit Emile zumindest, da hab ich meinen Spaß.
Victoire lacht.
Sie wiegt ihre Hüften.
Sie errötet.
Sie läuft in ihr Zimmer. Ihre Pobacken strahlen vor Glück, als sie von nebenan rüberruft:
– Tschuldige bitte, aber ich muß mir die Haare wegmachen.

Ich öffne einen Schrank und stopfe mir die nötigsten Klamotten in einen Seesack. Hinter dem Schrank ist mein Gewehr, das weiß ich noch. Oh nein, es steht daneben. Irgendwer muß es weggestellt haben. Ich ziehe das Magazin heraus. Zehn blaue Schnellfeuerbohnen, Reichweite 1,5 Kilometer. Volle Breitseite. Ich stecke das Magazin wieder rein. Eine kurze Bewegung, tak, tak, schon steckt eine Kugel im Lauf. Ich lege an, einmal, zweimal. Schnell, schneller! Eines Tages bin ich vielleicht darauf angewiesen – wer weiß? Um mein mieses kleines Leben zu verteidigen vielleicht, oder einfach, um auf ein paar Bullen draufzuballern. Um möglichst viele von denen mitzunehmen, wenn ich krepiere.
Ich weiß auch nicht, was es ist, was mich plötzlich packt, hier, ganz alleine, vor dem Schrankspiegel. Ich simuliere meinen zukünftigen Todeskampf. Dadadadadam ... Ich greife mir mit der Hand an den Bauch und lasse mir um den Mund herum einen Ausdruck verkrampfter Verzweiflung stehen. Haargenau stelle ich mir vor, wie drei schmerzhafte Bastos, Kaliber 38, den unteren Teil meines Dickdarms zerfetzen. Ohne einen Schrei von mir zu geben, breche ich zusammen. Zeitlupentempo. Hab ich alles neulich abends im Fernsehen bei Sam Peckinpah gelernt.
Ein Viertel Scheiße und drei Viertel Blut, es ist soweit, ich gebe den Geist auf. Die Einsatztruppen können den Angriff abblasen.
Grandvallet, einer der Vorstadtjungs, ist tot. Im Orkus, das Aas. Ein Schuh, mit Nägeln besetzt, dreht mich um. Finito.
Ich öffne das eine Auge.
Ich ertappe mich beim Totsein, gebe ein wildes Lachen von mir und richte mich auf! On my feet. Ich ziehe mir die Buxen hoch, streiche mir mit der Hand über den Kopf und sehe mich scharf an.
Manchmal sehe ich richtig plem aus, völlig plemplem.
Ich höre Victoire nebenan trällern und teile ihr mit:
– Bei Vater Emile wird es heute etwas später. Ich soll dir sagen, daß er noch plätschern muß.
Im Nu tut sie sich schrecklich leid.
– Verdammter Mist, setzt sie an. Du kannst dir gar nicht vorstellen, wie sehr ich die Schnauze voll hab. Nie ist er da!
Wie gut, daß ich nicht gesagt habe, daß der Kanalarbeiter auf

Karpfenjagd gegangen ist. Ich verstaue den Karabiner hinter dem Schrank, an seinem Stammplatz.
Dann gehe ich in den Flur und sage:
– Er kann doch nichts dafür, daß es so spät wird. Sieht so aus, als wäre irgendeine Kreuzung verstopft.
– Schon gut, er tut mir ja leid, ereifert sich Victoire. In letzter Zeit schimpft er ununterbrochen auf den ganzen Plastikkram. So, als ob es wieder eine Epidemie gäbe. Die Leute schmeißen einfach alles in den Abfluß.
– Und die Ratten? Tun die ihren Job nicht mehr?
– Die mögen kein Plaste. Ein Instinkt, die sind doch nicht verrückt. Krebsfördernd, angeblich ...
Komisch, eine eklige Krankheit. Wenn man sich das mal überlegt: Sie ist in allen Köpfen ... Krebs, Krebs, Krebs. Was für ein kleines, häßliches Wort. Eine Angst. Merkwürdig, diese Angst.
Ich betrete Victoires Zimmer.
Sie hat sich eine Creme auf die Beine geschmiert. Enthaarungscreme.
– Am Montag sind es nur noch zwei Tage, dann sind wir unterwegs. Endlich! seufzt sie.
– Wohin?
– Dein Vater hat irgend etwas von der Küste gemeint, Saint-Malo, oder so etwas Ähnliches.
Sie streckt das Bein in die Luft und spachtelt es ein.
– Ach richtig, das hab ich ja noch nicht erzählt: Wir haben einen Wohnwagen gekauft. »Bel Air« heißt er oder so ähnlich. Emile freut sich schrecklich auf Saint-Malo.
Schäkernd bettet sie ihr Füßchen in meinen Händen. Ihr Bauch wölbt sich unter einem kleinen Lachen.
– Erst gestern habe ich deinem Vater ein paar Pillen gekauft.
– Für die Leber?
– Nein, Bräunungspillen.
– Bräunungspillen?
Mir klappt die Kinnlade runter.
– Und? Warum nicht? Hast du mal Emiles Haut gesehen? Mit so einem Bleichgesicht kann ich unmöglich auf den Zeltplätzen rumziehen.

– Was spricht dagegen?
Sie dreht ihren Fuß im Gelenk.
– Alle Leute würden sofort sehen, was wir für welche sind.
– Und? Was macht das?
– Prestige, mein Lieber, verschanzt sie sich. Wenn du braun bist, dann halten sie dich für wohlhabender ... Die Prollis sind nur im Ausschnitt der Unterhemden braungebrannt. Aber Emile, noch eine Woche und er ist am ganzen Körper braun wie ein Kupferkessel.
Ich sehe sie an und amüsiere mich köstlich. Sie redet weiter:
– Und was meinste? Alle werden glauben, daß er in Perros eine Yacht vor Anker hat.
– Du bist ja auch nicht besonders gerade heraus. Immer mußte dir irgendwelche Geschichten ausdenken.
– Ja, gibt sie zu. Aber das tu ich nur aus Kompensation.
Diesen Satz hat sie in der *Marie Claire* gelesen.
Ich streichle sie unter dem Arm.
Das verpaßt ihr auf der Stelle eine Gänsehaut. Sie versinkt bis zu den Brüsten unter der Decke. Und dann – schwups, liegt sie ausgestreckt auf dem Bett.
Eines verhängnisvollen Tages wird die Versuchung meine Hände doch erreichen, und sie werden den Umweg über Victoires Bauch einschlagen. Ein Heiliger, wem das nicht passiert! Emile vergib mir, aber so bleibt Victoires Befriedigung wenigstens in der Familie. Immer noch besser, als sie irgendwelchen Dahergelaufenen zu überlassen.
Wie dem auch sei, ich setze mich schnellstens ab. Tue so, als wäre mir ihre Haut, die mich tief beeindruckt, völlig wurscht. Ich umarme sie ruckzuck. Eine leichte Berührung, wie unter Geschwistern.
– Wenn die Bullen dich fragen, ob du weißt, wo ich bin, dann bitte, Samothrake, heb die Arme zum Himmel und hab mich vergessen.
– Ja, ja, Jean-Y., gurrt sie. Versprochen!
Plötzlich kriegt sie einen verträumten Blick und streicht mir mit der Hand über den Kopf. Gegen den Strich.
– Eins muß man denen lassen bei der Armee, Haareschneiden, das können sie, sagt sie mit Kennermiene.

Sie packt mich an meiner Zwei-Zentimeter-Bürste. Logo, das ist ihr Ding, die Haare. Da wird sie leidenschaftlich, wie elektrisiert.
– Soll ich sie dir nicht noch etwas beischneiden? fragt sie.
– Keine Zeit.
– Bist du sicher?
Wenn sie den Mund öffnet, hat sie einen verführerischen Film aus Speichel zwischen den Lippen. Ich bewege mich, aber sie hält mich am Hals zurück.
Ihre Fingernägel amüsieren sich in meiner Nackenfalte. Ohne Lineal zieht sie mir eine lustvolle Diagonale quer über den Rücken. Und ich Idiot bleibe auf allen vieren über ihr hocken und bewege mich nicht. Gespannt auf ihre Begierde.
– Miau, Jean-Y., schnurrt sie erneut.
Und ich, wie ein Bekloppter:
– Miau, Victoire, miau!
Ansteckend, ich sag's Ihnen.
Unsere Herzen? Ein Aufruhr. Ihre Augen? Ein Schleier. Meine Arme? Eine Schwäche.
Und eine glühende Sonne im Bauch.
– Ich muß erst um zwei Uhr zur Arbeit, flüstert sie. Komm, ich habe Lust. *Jetzt!*

——— 24 Mit einem kraftvollen Hüftschwung kommt Moby Dick an die Oberfläche des schwarzen Gewässers.
Zwei Köpfe hatte er, der Karpfen, aber nur in einem der Mäuler hatte sich die Angel festgehakt. Emile erspähte den Fisch im Schein seiner Grubenlampe. Gute vierzehn Pfund schätzte er sein Gewicht.
Weder Mann noch Tier schienen Müdigkeit zu verspüren.
– Entweder du oder ich, sagte der Kanalarbeiter und gab etwas Leine nach.
Im selben Moment verschwand das Biest in den blaugrünen Tiefen. Perlende Luftbläschen erschienen in seinem Kielwasser. Die Angelrolle spielte verrückt. Moby Dick zog die Rue Anatole France hinunter.
Emile folgte ihm auf den sickerfeuchten Trottoirs in einiger Entfer-

nung. Er war nur darauf aus, die Verbindung zu seinem Feind nicht zu verlieren. Er versuchte gar nicht erst, ihm durch ein ruckartiges Ziehen an der Leine eine Wunde ins Maul zu reißen.
Mehrere Stunden trotzten sie einander bereits, der Mann und das Tier, und sie waren dazu übergegangen, vor jedem neuen Zweikampf erst einmal wieder neue Kräfte zu sammeln.
Aus einer Art Hochachtung heraus.
In der Rue des Prairies schwamm Moby Dick eine Zeitlang zwischen zwei Zuflüssen entlang. Außer Sichtweite für den Kanalarbeiter schwamm er zwei oder drei Mal an einer Mauer hin und zurück, die sich in der Mitte des Kanals befand. Dabei stieß er auf einen Eisenriegel, der aus den Steinen herausragte. Einem sicheren Instinkt folgend, drehte das Tier in schnellem Tempo mehrere Runden um den Spieß und mit jedem Mal verhedderte sich die Leine mehr. Als der Angler den weißlichen Schein im Wasser vor sich sah, holte er die Leine ein. Doch zu spät. Es war bereits zu spät. Das Nylon hatte sich in dem Eisen verhakt und hielt.
– Satansbraten! fluchte der Kanalarbeiter und wäre beinahe auf einem Ölfleck ausgerutscht.
Da Emile den wahren Grund des Widerstandes nicht erkannte, stemmte er sich mit festem Ruck in die Leine.
– Heute werd ich dich fangen und du wirst sterben, brummelte er, während er weiter zog. Aber da kein Zucken des Fisches zu spüren war, dämmerte ihm mit einem Mal, daß er verloren hatte.
Er ließ die Angel runterhängen und zog erst ganz vorsichtig, dann immer fester an der Schnur, um durch einen veränderten Einfallswinkel die Leine einholen zu können.
Der Mann stand am Ufer der Abwässer und wickelte sich geduldig die Leine um die rechte Hand. Wenn er dran zog, schnitt ihm der durchsichtige Faden zunehmend ins Fleisch. Das Nylon bewies alle Dehnbarkeit, die in ihm steckte.
Moby Dick bewegte seine Flossen ein wenig, ansonsten wartete er unbeweglich. Er wartete guten Mutes. Seine beiden Mäuler pochten sachte.
Mit einem Mal riß die Leine.
Der Mann hatte plötzlich das Gefühl, ins Leere einzuholen. Er fühlte sich erniedrigt und verharrte ohne Bewegung.

Moby Dick – endlich befreit! – machte einen Sprung aus dem Wasser.
Nun sah man ihn in vollem Glanze. Es schien, als mache er sich lustig, wie er da sein Leben feierte, mit vier toten Augen und zwei blutigen Lachgesichtern.
Wutschnaubend stieß er mit der Stirn eine Tonne beiseite, die auf dem Wasser trieb, und kehrte in seine Hölle zurück.
Emile stand, dumpf geworden, am Ufer des schwarzen Gewässers.
Gedankenverloren löschte er seine Lampe und steckte sich eine Bräunungspille in den Mund.

25 Nervös schob der Superinformierte aus dem vierundzwanzigsten Stock seine »14/12« auf dem abschüssigen Zinken nach oben. »14/12« – so nannte der große Théo seine Brille.
Daß er kurzsichtig war, war ihm schnurzegal. Aber der Astigmatismus – das war 'ne echte Sauerei. Das verzerrte jedes Ereignis an den Rändern.
Gegenwärtig, es war Viertel nach eins, schlürfte er gespannt wie ein Flitzebogen die Worte mehrerer Sprecher von den umliegenden Sendeanstalten in sich rein. In der Backentasche ein vergessenes Stück Schinken gehortet. Chauvinistische und hurrapatriotische Stimmen überschlugen sich mit den neuesten Nachrichten aus Afrika.
Auf allen Kanälen und in allen Sendern sprang auf den verschiedensten Frequenzen, 819 Zeilen lang, das Fallschirmspringer-Regiment auf das zairische Kolwezi hinunter, und man feierte die Heldentaten der Französischen Armee. Man mußte schon eine ganze Ecke zurückdenken, zum Suez-Kanal oder zur Maginot-Linie, in die guten alten Legionärs-Zeiten, um sich an vergleichbare Jubelreden der Nachrichten-Quasselstrippen zu erinnern.
Théo wechselte völlig verzückt von einem Bildschirm zum nächsten, drehte hier an einem Knöpfchen, dort die Kontraste etwas schärfer und legte wieder woanders ein paar Dezibel zu. Was für ein verdammt herrlicher Tag! Seit dem Rugby-Sieg im Fünf-Natio-

nen-Turnier, der legendären Wüstenschlacht von Koufra, der Rückeroberung der Hochebene von Craonne, seit der Kannonade von Valmy hatte Frankreich in der Hitparade der Ehre nicht mehr so weit oben gestanden.
Die gesamte vom Ruhmeshagel angezogene Weltöffentlichkeit hatte per Aufzeichnung Anteil daran, wie unsere Armee, die Verteidiger Belgiens und der Freiheit, mit ihren Springerstiefeln den katangischen Stammesobskurantismus zerstampfte. Zurück, ihr Gendarmen! Und ihr auch, Zigarrenhelden, behaarte Männer aus Havanna und Rumtrinker. Bugeaud soll den ortsansässigen Ammen zu Hilfe eilen und der Heilige Erulin die Hintern der Barmherzigen Schwestern beschützen. Théo schluckte den Schinken samt Kruste hinunter. Er stürzte zwei Glas Wasser hinterher und nahm sich vor, sich zur Feier der Ereignisse stante pede einen Fernschreiber, Marke *Siemens*, zu mieten.

Sam Schneider drehte das Radio an und hörte die laufenden Nachrichten. Auch er war ehrlich erfreut über die Initiative des Präsidenten.
Zur inneren Stärkung bzw. um seine Stimmung der nationalen anzugleichen, legte er die Füße auf Bellangers Schreibtisch. Eine Machtübernahme, in gewisser Weise.
Er hatte sich von der Ordonnanz ein Sandwich und heißen Tee bringen lassen. Für ihn war Maßhalten eine Tugend.
Er war verdrießlicher Laune, denn die Untersuchung hatte den Tiefpunkt erreicht. Der Typ war im wahrsten Sinne des Wortes von der Bildfläche verschwunden. Niemand schien ihn gesehen zu haben. Das einzige, was Sam besaß, war ein Foto von diesem Mistkerl. 13 × 18er Format, im Blaumann, ein Hanswurst, der auf einer Kühlerhaube saß und ihm affektiert die Zunge rausstreckte.
Sam hatte Abzüge davon machen lassen und sie unter seinen Leuten verteilt. Die Stadt war dicht. Die Wohnung seiner Adoptiveltern, der Bahnhof, die Bushaltestellen und die drei Taxistände – alles wurde strengstens überwacht. Trotzdem, irgend etwas sagte Sam, daß dieses Miststück von einer Vorstadtexistenz ihm bereits durch die Lappen gegangen war. Nacheinander brach er drei Blei-

stifte in der Mitte entzwei, alle drei Rasse *Faber Castell,* Stärke 2, dabei waren sie völlig unschuldig. Er ärgerte sich prompt über diese abgeschmackte Gebärde. Dann versuchte er, seine Frau anzurufen, aber France nahm nicht ab.
Schneider überlegte sich, ob es nicht vernünftig wäre, auf einen Sprung in seiner Wohnung vorbeizufahren. Um nachzusehen, ob auch alles in Ordnung war. Nur kurz hin und zurück. Um nachzusehen, ob der Neger ... Er konnte sich nicht entschließen. Eine Minute später hielt er die Idee für ebenso verrückt und übertrieben wie das Zerbrechen der Bleiminen.
Er wurde starr. Richtete sich auf. France konnte einem wirklich das Leben verleiden. Er seufzte und plazierte seine langen Beine unter dem Schreibtisch.
Gerade wollte er das Transistorradio ausschalten, da berichtete der Sprecher von einer Granatenexplosion im Gare Montparnasse.
GRANATE!
Es lag an dem Wort, Granate, daß er mitten in der Bewegung innehielt. Seine Hand blieb in der Luft stehen. Die Stimme aus dem Lautsprecher dechiffrierte in abgehackten Worten eine *afp*-Meldung: »... das Opfer, ein Unteroffizier aus der Kaserne in Vannes, ist seinen Verletzungen erlegen. Es hat den Anschein, als habe der Terrorist, ein ganz junger Mann, die Tat alleine begangen ... Aber die Polizei schließt eine Mittäterschaft von ein oder mehreren Komplizen bislang nicht aus ...«
Einer von der Armee ... aus Vannes ... Grandvallet! Genau, Grandvallet hatte den Anschlag verübt! Aber was war das Motiv? Schneider setzte blitzschnell seine Gehirnzellen in Betrieb. Wo war der Zusammenhang mit dem Anschlag im *Narval?* Es gab keinen, offensichtlich. Lediglich ein paar offene Rechnungen, die beglichen werden mußten. Unvorhersehbare Handlungen. Eine Art Wut, Gewalt im Reinzustand. Er ballte die Faust, beugte sich über das Transistorradio und stellte den Sender besser ein: »... Soeben erreichte uns die Nachricht, daß möglicherweise (und ich wiederhole: möglicherweise) im Zusammenhang mit dem Anschlag ein chilenischer Flüchtling verhaftet worden ist. Der Mann wird zur Stunde in einem Polizeirevier im fünften Arrondissement verhört.«

Sollte er anrufen? Sich die Nachricht bestätigen lassen? Seinen Namen nennen? Sam verwarf die Idee.

»... Allem Anschein nach sollte der Verhaftete bei der Operation, deren Motiv den mit dem Fall betrauten Beamten bislang unbekannt ist, die Verfolger ablenken. Bislang hat sich jedoch keine politische Organisation zu dem Attentat bekannt ... Sie hörten den *Heißen Draht* ... es ist jetzt 13 Uhr 28 ...«

Zu Sams Freude fischen die Bullen in Paris offensichtlich im trüben. Sam steht auf und läuft durch den Raum. Plötzlich ist der Knilch ein großer Fang geworden. Wem der ins Netz geht, der würde eine verdammt gute Presse haben. Ganz ordentlich ins Rampenlicht geraten. Sam überlegte sich, daß er momentan der einzige ist, der so viel über den Mörder weiß. Er kennt seinen Namen und seine mögliche Absteige. Das ist ein gewaltiger Vorsprung gegenüber seinen Pariser Kollegen.

Vor einem der Fenster blieb er stehen. Er dachte an Paris, die Menschenmenge. Dann dachte er an diesen Zwanzigjährigen, der auf der Suche nach einem Unterschlupf war. War er Mitglied in einer politischen Organisation? Möglicherweise. Wenn das der Fall war, und nur dann, würde er einen Unterschlupf, eine Zuflucht finden. Wenn nicht, dann war er ganz einfach ein gehetztes Wild, und es gab guten Grund zu der Annahme, daß er früher oder später hier auftauchen würde. Wegen seiner Bindungen. Vielleicht auch wegen seines Karabiners, seiner Waffe, die noch in der elterlichen Wohnung stand. Irgend etwas sagte Sam, daß der Typ alles dransetzen würde, um sie zu holen. Vor allem jetzt, wo er gesucht wurde.

Der große Blonde zog eine Grimasse. Er ärgerte sich, daß er ausgerechnet Caillevert mit der Überwachung des Sozialbunkers beauftragt hatte. Sam vertraute ihm nicht besonders, denn der Dicke war ein notorischer Säufer. Ein waschechter, unsäglicher, gemeiner und abgefeimter Alkoholiker. Schneider versuchte sich mit dem Gedanken zu beruhigen, daß Maillard ihn gegen fünfzehn Uhr ablösen würde.

Im Radio hörte man einen Sprecher, der in höchsten Tönen ein Anti-Schuppen-Shampoo anpries und ihm alle erdenklichen guten Eigenschaften andichtete. Dann meinte er, daß es nun Zeit sei,

Pierre Bellemare wieder auf seinen Abenteuern zu begleiten. Sam drehte der Stimme den Saft ab.
Er verstaute das Radio wieder in der Schreibtischschublade. Bevor er sie schloß, fiel sein Blick auf Bellangers Kamm und Nagelschere. Behutsam entfernte er ein Haar seines Vorgesetzten, das zwischen zwei Kammzähnen hängengeblieben war. Er hielt es ins Licht und betrachtete es. Dann ein kurzer Ruck, ein verächtliches Lächeln, und schon war das Haar entzwei. Außerdem entschied er, daß er die Pariser Bullen an seinen neuesten Entdeckungen nicht teilhaben lassen wollte.

26

Überall war es in etwa halb zwei.
Der Sommer war da.
Ein Schwirren, ein Raunen, eine Lust, die anschwoll.
Es war die Stunde der Leere. Überall Ebbe. In den Aufzügen, Straßen und Bahnhöfen.
Die Männer und Frauen der Stadt hatten sich zurückgezogen, jeder in seine Zelle, und die Kinder, welch praktische Abstellkammer, in die Schule. Ein Raunen unter den Lindenbäumen.
Die Hitze, die Verdauung und der Widerschein des Lichts beherrschten die Erwachsenen. Eine unmerkliche Benommenheit.
Dieser säuische Sommer drang durch alle Ritzen und Poren.
Die Mattigkeit des After-Lunch. Gelüste der Haut. Flüstern. Erstickte Schreie. Ein Schwirren.
Seufzer. Einsamkeiten. Wahnzustände.
Und eine Lust, die anschwoll.

Hier vorne beobachtet ein Arbeitsloser im Fernglas die Brust eines Mädchens. Sie nimmt gerade den heimtückischen Knubbel aufs Korn, den sie an ihrem Busen entdeckt hat. Er träumt davon, ihre beiden Himmelskugeln zu küssen. Sie hat nur eine Angst im Kopf: Krebs. Er dagegen, weil er seine Arbeit verloren hat: Nichtstun.
Dort drüben beklagt ein alter Mann, daß er nicht mehr alle seine Sinne auf die kleine Spanierin von gegenüber konzentrieren kann. Er versteift sich, ganz in Schweiß gebadet, auf diese Niederlage.

Oh, verbrauchter Körper! Du Verräter an den Verrücktheiten der Nacht! Alter. Aufgabe.
Wieder woanders sitzt ein Fettleibiger mit geschlossenen Augen in einem Kolonialsessel und verdaut. Dabei kehrt er in Gedanken in die Gelenkigkeiten seiner Jugend zurück.
Im fünfzehnten Stock des Wohnturms tapst ein Mann mit Holzbein auf seiner erhöhten Sohle durch das Zimmer, immer im Kreis um den Vogelkäfig herum.
Ab und an unterbricht er seinen Schritt und sagt, die Hände auf dem Rücken zusammengelegt:
– Schwule Sau! Dicke, fette, schwule Sau!
Der Vogel wiederholt:
– Schwule Sau! Dicke, fette, schwule Sau!
Er plustert sich auf und setzt hinzu:
– Jacob, Jacob, schöner Kopp!
Jacob, so hieß er, und sein Name gefiel ihm.
Der Holzbeiner nimmt seine Wanderung wieder auf – zum Irrewerden!
Er hält wieder inne und streicht sich nachdenklich mit der Hand über den Bart. Der Vogel sucht den Blick seines Herrn und legt sein Köpfchen zur Seite.
– Drecksjude! Alte Schachtel! sagt der Holzbeiner.
– Krusselnigger! Krusselnigger! Krusselnigger! echot der Vogel.
Und dann stimmt er die verschiedenen Schweinereien mit den ersten Takten des *River-Kwai Marsches* aufeinander ab.

Ein Polizist in Zivil namens Maillard spähte am Bahnhof mit trübsinniger Miene nach den wenigen Reisenden, die vorbeigingen.
Länger als eine Stunde stand er hier bereits Wache, und keine Spur von einem Halunken war in Sicht. Was dachte sich dieser Schneider eigentlich? Etwa, daß sich Grandvallet der Polizei in die Arme schmeißen würde? Eine Niete, der Typ. Und dieser Hochmut! So etwas hatte er noch nie gesehen. Schneider, dieses elsässische Stück Scheiße.
Maillard spuckte vor die eigenen Füße.
Mit trockener Kehle ging er rüber zu dem Fotoautomaten und glotzte auf die aushängenden Paßfotos.

Ist doch komisch, stellte er fest, auf diesen Dingern sieht wirklich jeder aus wie ein Verbrecher.
Im achtundzwanzigsten Stock war France und wartete auf etwas. Genau genommen wußte sie nicht mehr, auf was. Die Hitze und die Gelüste nach allem und jedem waren zu groß, als daß sie sich hätte erinnern können. Sie feuchtete den Daumen an und ließ ihn mechanisch über die Lippen ihrer Scham gleiten.
Sie war ganz offen und voller Erwartung.
Mehrmals versuchte Huren-Maggy in einem der Spiegel in Erscheinung zu treten. Sie hätte France so gerne gesagt, was sie von dieser Warterei, von dieser Passivität hielt. Sie hatte, wenn man so will, ihre eigenen Vorstellungen darüber. Aber France weigerte sich kategorisch, sie zu Wort kommen zu lassen, und mied mit großer Sorgfalt alle Spiegel. Fiedelbumm, meine Liebe. Platz du nur und wüte recht ordentlich. Du hast ein zu großes Plappermaul, mein Hurchen.
Außerdem hatte France von ihren Ratschlägen die Nase gestrichen voll. Huren-Maggy war vorbei. Aus und vorbei: France-Baby mußte sich jetzt was Neues ausdenken.
Sie nahm den Lippenstift in die Hand und schrieb mit geschlossenen Augen, damit sie sich nicht sehen konnte, einige Worte auf den Spiegel, die keinen Sinn ergaben. Die ersten, die ihr einfielen.
Sie schrieb: rot, Vergewaltigung, Blut, blood, Mary und Rotblutvergewaltigung. Sie hätte ja gerne noch Marybody hinzugefügt, aber dann entschied sie sich für »Schist«, ein Wort, das schmutzig klingen sollte, schmutziger ging's nicht, und das offensichtlich alles Archaische und Unaussprechliche in ihr zur Sprache bringen sollte.
Als sie die Augen wieder öffnete, war Huren-Maggy gestorben.
Das einzige Wort, das sie ernstlich anrührte, war MARY.
Das war der Vorname ihrer Zwillingsschwester.
Sie war vor drei Jahren ermordet worden.

Sam Schneider hatte das Büro verlassen.
Er trat beim Gehen immer auf den eigenen Schatten. Mit Riesenschritten, aufrecht und zielstrebig, lief er in der unerbittlichen Sonne den Boulevard entlang.

Der Rollrasen, den die städtischen Gartenarbeiter herangeschleppt und in Bahnen ausgelegt hatten, wurde in der Hitze bröselig hart.
Die wasserlosen Springbrunnenschalen weiter unten, die mit Kaugummi-Staniolpapier übersät waren, glänzten silberfarben im Licht. Mehrere mit Meßlatten abgesteckte Blumenbeete ließen die geometrischen Figuren der Grünanlage erahnen.
Sam hielt beim Gehen die Fäuste fest geschlossen.
Und wenn der Sommer noch so da war, er würde sein Jackett trotzdem nicht ausziehen.
Er bemühte sich, an dieses Miststück von Grandvallet zu denken. Er machte eine Aufstellung, aus welchen Gründen er diesen Unbekannten haßte. Um sich dessen Gesichtszüge einzuprägen, zog er das Photo aus der Tasche.
Würde der Kerl ihm entwischen? An den Sperren vorbeikommen und sich woanders verhaften lassen? Ihm entwischen? Ausgerechnet ihm? Sam hatte plötzlich den Eindruck, daß dieses Wild, das er da hetzte, sein Gegengift war, das Ventil für seine eigenen Probleme. Ja, er mußte die ganze Gewalt, die France in ihm provozierte, auf jemand anderen abwälzen. Jemand mußte dafür bezahlen.
Bilder der Gewalt bohrten sich in seine Hirnwindungen. Nur zu gerne hätte er ein bißchen rumgeballert.
Automatisch drehte er sich um, um sicherzugehen, daß er ganz alleine auf dem Boulevard war. Niemand da, niemand zu sehen, der ihn hätte verurteilen können. Er blieb stehen.
Ohne daß er hätte erklären können, warum, zog er, über seinen eigenen Schatten gebeugt, seine Waffe.
Aber wenn er nicht schießen konnte, war es nur der halbe Spaß.
Töten!
Schießen! Töten!

France griff nach dem Kajalstift und begann sich zu schminken. Sie wollte ein helles Make-Up nehmen und einen farblosen Puder darüber. Dann zog sie einen braunen und einen grauen Lidschatten von den Schläfen ausgehend im Bogen zu den Augen hin. Vom Ohr zu den Wangenhöhlen hin modellierte ein violetter Schatten

ihr Gesicht. Wie ein dunkler Strich. Wenn sie den Mund öffnete, sah man ihre Raubtierzähne.
Beim ersten Blick in den Spiegel wußte France, daß BLOODY MARY von den Toten auferstanden war.
Es bestand kein Zweifel: Die Frau, die sie aus dem Spiegel anblickte, sah *exakt genauso aus* wie die Frau, die sie am Strand gefunden hatten. Drei Jahre war das her. Drei Jahre bereits. Drei Jahre, Mary.
Die gleiche helle Hautfarbe und der gleiche Blick ins Leere wie damals auf der Titelseite in den Zeitungen.
Und dein besudelter Bauch, Mary, Mary.
France rannte in die Küche.
Sie schnappte sich das Ketchup aus dem Regal. Leerte den Inhalt der Flasche in die aufgehaltene Hand. Schüttelte die Flasche. Ein roter Brei. Tomaten – blutrot.
Plötzlich beschmierte sie sich den Bauch damit.
Im selben Moment soufflierte BLOODY MARY ihr, daß das grausame Spiel mit dem großen Blonden beginnen konnte ...

27

Akut geschwächt durch ein zwingendes Hungergefühl ließ sich Inspektor Caillevert von einem unwillkürlichen Gähnen überwältigen. Ein sabberndes, stinkendes Riesenmaul tat sich auf. Er konnte spüren, wie das Trommelfell sich weitete und schließlich ganz offen war. Und er konnte sogar spüren, wie sich für Momente der Ohrenschmalzpfropfen löste, der gewöhnlich das Trommelfell versiegelte.
Der Straßenlärm drang jetzt bis zu ihm vor. Er war deutlicher zu vernehmen als sonst, und auch sein Blick wurde klarer. Sieh mal an, dachte Caillevert, bei Gelegenheit mußte er sich die Gehörgänge reinigen lassen.
Verträumt fuhr er sich mit den feisten Fingern über den Bauch. Seine Eingeweide schickten als Antwort von irgendwoher ein langsames, langgezogenes, lebensunfrohes Verdauungslamento auf den Weg nach oben. Durch dunkle, von dem Genuß unzähliger Aperitive längst ausgebrannte Gänge stieg die Luftblase hinauf bis in den Mund des Polizisten. Dort angekommen blubberte sie wie

auf einer Sumpfoberfläche: Zu Zweidritteln trocken, leicht schweflig und als Zugabe der Nachgeschmack von Anisette, einem Schnaps, den er vor weniger als fünf Minuten in der Kneipe an der Ecke zu sich genommen hatte.
Der Dicke schluckte seine innere Bitterkeit hinunter und stänkerte über Schneider. Daß er zur Mittagessenszeit im Hausflur dieses miesen Sozialbunkers Schmiere stehen mußte, ging ihm zutiefst gegen den Strich. Und all das nur wegen dieses Jungen. Klar bauen die manchmal Scheiße, aber das liegt am Alter, sagte Fernande, die Frau von Caillevert, immer. Sehen Sie sich doch mal an, was für eine Natur wir denen zu bieten haben. Alles aus zweiter Hand. Lauter rachitische Birken, die wie Blindenstöcke auf Kalkstein gepflanzt wurden, um den Bauschutt zu begrünen. Niemals hätte man Chopin auf einem Waschmaschinengehäuse großziehen können. Und dann würde Fernande noch hinzufügen: Der Heilige Ludwig saß schließlich auch nicht auf 'ner *Arthur Martin,* als er der Gerechtigkeit zum Siege verhalf. Das war eine Anspielung darauf, wie streng die Gerichte mit ihrem eigenen Neffen verfahren waren, der sich im *Prisunic* in der Rue Soljenitsyne an ein paar Elektrogeräten die langen Finger verbrannt hatte, wofür er sich drei Monate ohne Bewährung eingefangen hatte.
Doch Fernande hatte zwar ihre Prinzipien, aber eben einen dicken Arsch. Und wo wir schon davon reden: einen schrecklichen Arsch. Ein Trauerspiel. Ausladend, fett. Eine Schande.
Caillevert litt wirklich unter diesem Stand der Dinge. Die Vergleiche, die er Tag für Tag anstellte, wenn er sich über fremder Leute Frauen beugte, fielen gegen seinen Willen recht ungünstig aus.
Und gerade nach Hintern war er nun einmal völlig verrückt. Selbst nach den ordinärsten. Die kleine Blonde da oben zum Beispiel, diese Samothrake von dem Scheiß-Kanalarbeiter, nun, die hatte wohlgeformte Rundungen. Vielleicht keine Prinzipien oder Umgangsformen wie Fernande. Aber ihre Pobacken, die konnten sich sehen lassen, das mußte man zugeben. Nette Pobacken, frech, übermütig und anregend.
Und überall, auf der Straße, in den Auslagen und in den Zeitschriften: Arschbacken, Arschbacken, die man lieben, denen man dienen und die man nach eigenem Bedürfnis bekleiden wollte. Man

konnte meinen, daß ein riesiger Hintern versuchte, auf der Welt Platz zu nehmen. Zum Ersticken, nicht wahr?
Caillevert konnte sich nicht länger beherrschen und zog einen *Marker* aus der Tasche. Nachdem er sich vergewissert hatte, daß niemand ihn sehen konnte, begann er, unterhalb des Grandvallet'schen Briefkastens sorgfältig eine realistische Zeichnung von einem dicken roten Hintern.
Die Ärsche waren schuld daran, daß Caillevert angefangen hatte zu trinken. Er kam mittlerweile auf acht Aperitive am Tag und fast drei Liter schweren Rotwein.
Eine Alkoholemie aus Verzweiflung in gewisser Weise.

Ich, Jean-Yves Grandvallet, 18 Jährchen, auf der Höhe meiner Kräfte, Wolfszähne, das Geschlecht bockschwer und den Bauch voller Sterne vor lauter geteilter Freude – ich verglühe zu Asche zwischen den Schenkeln von Samothrake.
Hitze, runtergelassene Rollos. Lichtstrahlen, die unser beider Körper berühren. Kein Geräusch. Doch: Im Spiegelschrank von *Schöner Wohnen* knarren die Furniere.
Ich sehe SIE an.
SIE. Die Innenflächen ihrer Hände sind nach oben gerichtet. So als unterwerfe sie sich ihrer Lust. Ein »Rein ins Vergnügen«! Ihre Augen wollen sich nicht öffnen.
ICH spüre ihre Gänsehaut, die meine Wimpern streift.
Ich beschnuppere meine Finger.
Die Bettücher, an denen ich sie abwischen kann.
Eine Schärfe im Mund, die nach uns schmeckt.
Sie bewegt den Kopf. Ganz sanft.
Sie kommt zurück.
Sie tritt in die Atmosphäre ein.
Sie findet auf ihren Planeten zurück.
Sie befindet sich im Herzen der Stadt. Lang ausgestreckt auf ihrem Bett, ertastet sie meine Schenkel und öffnet die Augen. Sie sieht mich zum ersten Mal. Ein Marsmensch, unter ihrem Federbett. Sie hat Emile betrogen. Sie schreit:
– Ach, was hab ich bloß getan! Was bin ich doch bekloppt! Warum, bitte schön, kann ich mich niemals beherrschen?

Victoire nimmt den Kopf zwischen die Hände und weint.

Mit viel Eifer hatte Caillevert die ausladenden Kurven seines ach so schönen Hintern vollendet. Er trat einen Schritt zurück, um sein Werk zu begutachten. Nachdem er sozusagen seiner Libido auf künstlerische Weise Ausdruck verliehen hatte, begann er, seine Skizze auszuformulieren. Er setzte Samothrakes Namen darunter und brachte darüber hinaus seine anonyme Verehrung zur Sprache, was in seinen Worten folgendes ergab: »Samothrake hat den schönsten Arsch, wie gern würd ich ihn lecken!« Aber es kam noch schlimmer. Die poetischen Gäule gingen mit ihm durch, und er verewigte in ungelenken Buchstaben die gymnastischen Fähigkeiten, die er sich für seine Zunge erträumte. Gerade als er den Schlußpunkt daruntersetzte, stand die Königin seiner Phantasiewelten leibhaftig vor ihm.
Mit leicht niedergeschlagenen Lidern und Überresten der Glut auf den Wangen stand Victoire auf hohen Hacken und miniberockt vor ihm. Sie sah ihn wütend an, denn über seine Schultern hinweg hatte sie bereits Kenntnis erhalten von dem polizeilichen Fresko.
– Also ehrlich! Ihnen geht es wohl zu gut! begann sie. Dann scheuerte sie ihm eine. Cailleverts Hut drehte sich auf dem Schädel und seine puterrote Gesichtsfarbe bekam weiße Flecken. Victoires Finger zeichneten sich ab.
– Auf der Stelle entfernen Sie mir diese Arschficker-Schmierereien, kreischte sie. Was sollen denn die Nachbarn von mir denken?
Verstört sah Caillevert sie an, er war zu keiner Reaktion in der Lage.
– Los, stehen Sie nicht da wie bestellt und nicht abgeholt! fährt sie ihn an und läßt eine zweite Ohrfeige folgen. Wenn Ihre Zunge so gelenkig ist, dann rubbeln Sie doch die Wand damit ab. Ich will, daß von dieser Sauerei keine Spur mehr übrigbleibt.
Und noch eine Ohrfeige.
– Hallo! Vielleicht sollten Sie mal genauer hingucken, mit wem Sie es zu tun haben! protestierte der Pofanatiker, der augenscheinlich wieder Bulle wurde. Außerdem: Das war ich nicht.
Er rülpste und gewann seine Sicherheit zurück. Ein beißender Geruch machte die Runde um Victoires hübsches Gesichtchen.

– Was heißt hier: War ich nicht? empörte sie sich. Erst kippst du dir 'nen Pastis hinter die Binde und bist entsprechend erregt, und dann hast du die Frechheit, zu behaupten, daß du es nicht gewesen bist?

Hatte er.

– Das war ich nicht! wiederholte er mit einem allerliebsten Wimpernaufschlag.

Er nutzte den Aufschub, um seinen Hut, der immer noch Schlagseite hatte, geradezurücken. Nachdem er so sein normales Aussehen vollständig wiederhergestellt hatte, steckte er seinen *Marker* in die Tasche, und kaum war auch dieses letzte Beweisstück seines schändlichen Tuns verschwunden, da ergriff er Victoire mit Gewalt am Handgelenk und zog sie an sich heran.

– Das war ich nicht, wiederholte er noch einmal, diesmal begleitet von einem dreckigen Lachen und einem: Und außerdem bin ich im Dienst.

Victoire war angewidert. Angewidert, sonst gar nichts.

– Aber ich hab's doch genau gesehen, du dicke fette Schweinebacke! Sie ist außer sich.

– Gar nichts hast du gesehen, meine Süße. Sonst muß ich dich nämlich einsperren.

– Da bin ich aber gespannt! Unter welchem Vorwand, wenn ich fragen darf?

Der übelriechende Atem des Bullen schwallte ihr jetzt voll ins Gesicht.

– Prostitution, brachte er vor, und seine Stimme troff vor Zufriedenheit. Du hast dich mit Freiern abgegeben. Ich habe das Geld in deiner Tasche gefunden.

– Und mit wem, bitte sehr?

– Ich habe diverse brave Familienväter bei der Hand, die mir nichts abschlagen können, schon gar nicht eine Zeugenaussage.

– Lassen Sie mich sofort los, oder ich mache einen Aufstand.

– Mach ruhig, mein Häschen! Deinen angeschlagenen Ruf kriegst du auch mit *Patex* nicht wieder hin. Ich werde überall rumposaunen, daß du eine total wilde Muschi hast, und sie werden mir glauben.

– Du Mistkerl, du, elende Schweinebacke!

Sie trommelte auf ihn ein wie auf eine verschlossene Türe. Mistkerl, elende Sau!
Und immer noch dieser Atem! Bah, Pfui!
In letzter Verzweiflung rammte sie dem Dicken mit aller Kraft ihr Knie in den Unterleib. Seine Lippen nahmen binnen Sekunden die Form eines Achters an. Ihm war offensichtlich unwohl, und er klappte nach vorne zusammen.
Auf diese Weise entdeckte Victoire die Anwesenheit von Jean-Y., der exakt hinter dem Polizisten stand. Sein Körper hing in der Luft, war mitten in der Bewegung. Wie ein Golfspieler sah er aus. Noch bevor Victoire schreien oder sonst etwas tun konnte, hatte Jean-Y. bereits mit der Eisenstange zugeschlagen.
Victoire ging durch den Kopf, daß nichts mehr jemals wieder so sein würde wie bisher. Caillevert seufzte tief und fiel ihr entgegen. Sie trat einen Schritt zurück, damit er nicht auf ihr landete. Beim Aufprall auf dem Zementboden machte der Kopf ein Geräusch, wie wenn eine Orange zerplatschte. Die Schulter des Bullen kam auf Victoires rechtem Fuß zu liegen. Mit einem allzu plötzlichen Ruck versuchte sie, sich davon loszumachen. Mist, ihr Riemchenschuh blieb unter dem Körper stecken.
Sie war leicht in Panik, hielt auf Zehenspitzen das Gleichgewicht und sah zu Jean-Y. rüber.
– Was machen wir bloß mit dem? murmelte sie.
Der Dicke hatte seinen Hut verloren, und eine ordinäre Glatze kam zum Vorschein. Fleisch, das niemals das Licht der Sonne erblickt hatte. Schwarzes Blut floß ihm aus der Schädelbasis. Der Schädel selbst sah mit einem Mal wächsern aus, und am Übergang zum Nacken war er wie plissiert. Das lag sicher daran, daß der Bulle sehr verrenkt dalag.
Sicher.
– Was machen wir? fragte Victoire noch einmal.
– Wir verstecken ihn im Keller, sagte Jean-Y. Was für ein elendiges Arschloch.
Er begann den Leichnam an den Beinen wegzuziehen. Victoire schloß die Augen und beugte sich ganz schnell nach unten, um ihren Schuh am Riemchen hervorzuzerren. Ruckzuck hatte sie ihn übergestreift.

Dann packte sie den Bullen unter den Achseln, aber es war ihr unmöglich, ihn hochzuheben.
– Laß man, sagte Jean-Y. Ich ziehe ihn schon weg von hier. Besser, wir schlagen keine Wurzeln.
Victoire rannte zur Kellertür und öffnete sie.
Mit zurückgebeugtem Oberkörper zog Jean-Y. die Leiche mühsam die fünf Meter bis zur Kellertreppe.
– Jetzt wird es leichter gehen, sagte er trocken, jetzt geht's abwärts.
Und wirklich, kaum tat er die ersten Schritte rückwärts die Steintreppe hinunter, schon ging alles schneller. Caillevert kam hinterher wie ein komischer Hampelmann. Beim Anblick des Kopfes allerdings drehte sich einem der Magen um. Der Kopf rollte und schlug bei jeder Stufe auf wie eine zu schwer geratene Kugel. Das Geräusch war unerträglich.
– Ich muß mein Mittagessen wieder von mir geben, kündigte Victoire an.
Sie hielt sich die Hand vor den Mund und stürzte nach oben.
Von der Kellertür aus konnte man die Blutspur sehen, die beim Schleifen des Körpers über die Steinplatten zurückgeblieben war.
Victoire vergaß ihren Brechreiz und rannte wie eine Irre zu den Mülleimern. Drei an der Zahl, solide, gegossene Plastiktonnen, die an der Stelle standen, wo der Flur einen Knick machte. Victoire hob einen der Deckel hoch und sah hinein. Zunächst fand sie nur Zeitungen, dann auch Stoffreste. Sie nahm eine Handvoll Tücher heraus, die Zeitungen ebenfalls. Damit kehrte sie zu den Blutspuren zurück und wischte und wischte, auf allen vieren. Ihr Rock rutschte hoch, da war nichts zu machen. Sie verlor das Zeitgefühl. Immer wieder lief sie zu den Mülltonnen hin und wieder zurück. Kam wieder und rieb. Hartnäckig. Verbissen. So, nun war sie fertig, und ein verrückter Gedanke ging ihr durch den Kopf. Ein typischer Hausfrauengedanke: Das ist das gute an den Steinplatten: Sie sind so wunderbar einfach sauberzuhalten. Nichts als Blödsinn, werbegesteuerte Gedanken.
Dann schreckte sie plötzlich hoch.
Sie hatte Schritte gehört. Ja, Schritte. Noch in der Hocke drehte sie

sich um, während sie ein Stück Zeitung in der Hand zerknäulte. Eine Haarsträhne verdeckte ihr den Ausblick. Sie kam sich völlig idiotisch vor. Sie zog den Rock runter, denn sie fühlte sich unwohl unter dem Blick, den der Unbekannte auf ihre Schenkel warf.

Er stand ungefähr drei Meter von ihr entfernt.

Er hatte Sommersprossen im Gesicht, hielt einen Revolver in der Hand und trug einen Filzhut tief in die Stirn gezogen.

– Hände hoch! sagte er mit Fistelstimme.

Langsam erhob sie sich. Sie lächelte und nahm mechanisch die Hände in Gesichtshöhe.

– Was hast du da auf dem Boden gemacht? fragte er dann.

Und weiter:

– Wenn du den Hut deines Vaters suchst, den hab ich auf.

Er zog Cailleverts Hut vom Kopf, und sein karottenrotes Haar erschien in vollem Glanze. Er war sieben, allerhöchstens siebeneinhalb. Und ein Glückspilz.

– Ich habe dein Höschen gesehen, verkündete er gewichtig.

– Das fängt ja heutzutage schon früh an! jammerte Samothrake als Antwort.

– Grün ist sie, Marke *Dim,* präzisierte der Rotschopf seine Beobachtung.

Dann zog er die Nase hoch.

Victoire nahm die Arme wieder runter, da alle Kraft von ihr gewichen war. Am liebsten hätte sie jetzt laut los geheult.

Plötzlich entdeckte der Bengel das Papierknäuel.

– Blutest du? fragte er.

– Ja. Nein, hob sie an.

– Wer blutet denn nun, wenn du's nicht bist.

– Komm, wir schmeißen einfach das Papier in den Müll, und dann blutet niemand mehr, schlug sie leise vor.

Sie schluckte die Spucke herunter und strich sich die Strähne aus dem Gesicht.

Dann ging sie den Flur entlang und warf die Zeitung in den Abfall. Für einen Augenblick konnte man die blutgetränkten Tücher sehen.

– Das ist verdächtig, sagte der Junge.

– Wie heißt du? fragte Samothrake, um abzulenken.

– Butch Cassidy. Aber trotzdem, das ist verdächtig.
Sie beugte sich zu ihm runter und sah ihn eindringlich an. Er hatte sich Cailleverts Hut wieder auf den Kopf gesetzt und erwiderte ihren Blick.
– Kannst du ein Geheimnis für dich behalten, Butch?
– Kommt drauf an, was für eins.
– Ich habe mit meinem Bruder ein paar Kätzchen getötet.
Er zwinkerte mit den Augen.
– Wieviele?
– Acht.
– Is ja zum Kotzen.
– Ich möchte nicht sehen, was du tun würdest. Denk doch mal an diese arme Katzenmutter, verteidigte sich Samothrake. Wir brauchen einfach eine Geburtenkontrolle, oder?
Er schien über dieses entscheidende Problem nachzudenken.
– Und du? fragte er, nimmste die Pille?
– Ja, woher weißt du das?
– Nun, weille keine Kinder hass.
– Also ehrlich! Woher willst du wissen, daß ich keine hab?
– Frauen, die 'n Haufen Kinder haben, zeigen keine Höschen.
Urplötzlich betastete er ihre Brust.
– Und außerdem haben sie dicke, fette Titten. Meine Mutter zum Beispiel, die hatte sooo 'ne Brust.
– Gibt es deine Mutter nicht mehr?
– Nein, die ist in diesem Winter von uns gegangen. Seit dem Krankenhaus sind wir verwitwert, und jetzt wäscht Papa das Geschirr ab.
Im selben Moment tauchte Jean-Y. in der Kellertür auf.
Als er den Bengel sah, streifte er seine Hände an der Jeans sauber.
– Ist das dein Bruder? fragte das Karottenkind.
– Ja, log Victoire.
Butch Cassidy ging auf Jean-Yves zu und starrte ihn ohne jede Freundlichkeit an. Er machte eine Bewegung, als wolle er sich mit der Handkante die Kehle durchschneiden.
– Und? Quieck? Bist du fertig mit den Katzenmorden? befragte er Jean-Yves ohne Umschweife.

Samothrake gab Jean-Y. mit den Augen ein Zeichen. Er verstand, daß er »Ja« sagen sollte. Also nickte er vage mit dem Kopf und schloß die Kellertüre hinter sich.
– Nun, wenn du das wirklich gemacht hast, dann bist du ein ganz schönes Schwein, entschied der Bengel.
Er wirbelte seine Pistole um den Zeigefinger, dann machte er mit dem Rücken zur Wand ein paar Schritte nach hinten, denn er wollte keine Überraschung erleben. Den Einsatz-Colt aus Plastik fest in der Hand. Er fuchtelte mit der Waffe in der Gegend herum und setzte zum Angriff an.
– Butch Cassidy, solltet ihr wissen, seufzte er, ist bei weitem nicht so blöd, wie ihr denkt. Ich glaube euch eure Katzengeschichte nicht.
Es folgte Schweigen. Victoire und Jean-Y. tauschten panische Blicke.
– Ich muß unbedingt zur Arbeit. Victoire wurde weinerlich. Wir treffen uns später, Butch, einverstanden?
– So einfach kommt ihr mir nicht davon. Butchs Worte kamen gelassen raus.
– Du kleine Rotznase, du, ließ Grandvallet sich hinreißen. Wart's ab, dir werd ich noch 'ne ordentliche Tracht Prügel verpassen.
– Wenn du das tust, dann schrei ich so laut, das kannst du dir gar nicht vorstellen.
– Komm, wir hauen ab, bat Victoire.
– Ich habe euch in der Hand, stellte Butch fest. Auch wenn ihr mir jetzt nicht die Wahrheit sagt. Ich werde schon noch erfahren, was dahintersteckt. Ich hab euch in der Hand, wiederholte das Karottenkind.
Er machte auf dem Absatz kehrt und tat so, als wolle er sich entfernen. Mit zwei großen Schritten war Grandvallet hinter ihm und packte ihn am Handgelenk. Der Junge hielt den Arm steif und rollte die kastanienbraunen Augen.
– Hör auf! schrie er und rümpfte die Nase. Du machst mir meine Uhr kaputt.
Jean-Y. lockerte den Griff. Als er die Hand öffnete, entdeckte er eine Armbanduhrattrappe, die der Bengel sich mit Kuli auf den Unterarm eintätowiert hatte.

– Das is 'ne *Timex,* unterrichtete ihn der Kleine. Genau dieselbe wie die, die's im Tabakgeschäft an der Ecke gibt. Die große, gleich rechts in der Auslage, wenn man reinkommt.
– Möchtest du gerne eine *echte* Uhr haben? fragte Victoire.
Sie kniete wieder vor dem Kleinen nieder. Ein schneller Blick seinerseits auf ihren rechten Oberschenkel, dann sagte er:
– Ihr habt etwas angestellt, nicht wahr?
Grandvallet wurde jetzt ärgerlich.
– Wir werden uns doch nicht die ganze Nacht mit dem da um die Ohren schlagen, sagte er und deutete auf Butch Cassidy. Weißt du, wo der Alte seinen Wohnwagen hat?
Grandvallet sah jetzt sichtlich genervt aus. Samothrake war das gar nicht recht. Jean-Y. hatte bereits einmal einen Typen mit seinem Siegelring niedergeschlagen. Damals hatte er den gleichen Gesichtsausdruck gehabt.
– In der Tiefgarage, gab sie Auskunft. In der, die zum Wohnturm gehört. Warum fragst du?
– Wir könnten diesen kleinen Gernegroß doch dort einsperren.
– Selber kleiner Gernegroß, Sie, gab der Karottenkopf zu bedenken, wobei er in das Höflichkeits-Sie seine ganze Verachtung legte.
Grandvallet hob die Hand, um ihm eine runterzuhauen.
– Hör auf, das ist doch nur ein Kind! Und außerdem: Ich hab den Schlüssel nicht.
– Nicht nötig, das erledige ich schon.
Victoire seufzte.
– Nein, meinte sie, so kommen wir da nie wieder raus ... Es ist besser, du schläfst heute nacht im Wohnwagen, ich gehe jetzt zur Arbeit und er ...
Sie wandte sich zu dem Bengel.
– Nun, er geht nach Hause, und morgen kriegt er 'ne schöne Uhr, und dann ist alles vergessen, O. K.?
Victoire streckte die Hand aus, um Butch über das Gesicht zu streicheln.
– Einverstanden?
Sie hätte ihn so gerne zutraulich gemacht! Aber er wich ihrer Nähe aus und schnalzte mit der Zunge gegen den Gaumen.

– Nicht einverstanden.
Und sein Blick war voller Mißtrauen.
– Ein Kinderspiel wird sie nicht gerade, die neue Generation!
Jean-Y. zog eine Grimasse.
– Das kommt davon, wenn es keine Kriege gibt, bemerkte Butch Cassidy altklug.
– Komm ... wenn du niemandem etwas erzählst ... Victoire war dem Nervenzusammenbruch nahe, als sie es noch einmal versuchte, ... dann schenk ich dir 'ne schöne Uhr.
– Einverstanden, sagte Butch Cassidy, einverstanden.
Er steckte den Ballermann zurück ins Halfter.
– Aber dann sofort, war seine Forderung.
– Einverstanden, stimmte Victoire zu.
– Sofort, und zwar aus Quarz, erhöhte der Rothaarige den Preis.
– Wenn du unbedingt willst. Sie kapitulierte.
– Ja, ich will! Und gib mir die Hand, wenn wir über die Straße gehen. In meinem Alter muß man höllisch aufpassen mit den Autos.

28

Locomotive Baba N'Doula ertappte sich im Spiegel des Friseursalons. Er gefiel sich auf Anhieb. Er war mächtig stolz auf seinen Anzug.
Er machte zwei, drei Schritte im Samba-Rhythmus, um die Nadelstreifen in Bewegung zu setzen, dann erhellte sich sein Gesicht. Er war einfach todschick. Und die Schuhe erst, mein Lieber, auf denen die Bügelfalte auflag, die waren ein echter Auftritt.
Ein Auftritt, N'Doula, Samba, Samba.
Wie Sammy Soft, männlicher Abkömmling von Marie-Galante in Guadaloupe, der bei der Post arbeitete, immer sagte: Hat er einen schönen Schlips, ist der ganze Neger schön.
Hübsch wie nichts, Gedankenstrich, dieser Kerl, und die Taschen voller Rum. Winters, von morgens bis abends. Aber nie besoffen, das nicht. Nur gelbe Augen. Er war es gewesen, der Locomotive zu seinem Standort in den Lüften verholfen hatte. Und er hatte ihm auch die Adresse von Madame Josépha gegeben, die ihrerseits im

Gosier, einem Landstrich im Basse Terre, geboren war. Madame Josépha hatte in der Friseurbranche beachtlichen Erfolg. Sie war eine Künstlerin, das mußte man schon sagen, und sie befehligte ein großes Personal. Die Haarschneider waren alle jung und alle farbig, die Haarwäscherinnen, man höre und staune, waren lauter Weiße. Eine Attraktion, logo.

Als Locomotive-Baba den Salon betrat, war er sich der Wahl seines Anzugs, den er sich von Sammy Soft geliehen hatte, sehr sicher und folglich auch seiner selbst.

Ein starker Geruch nach Haarspray und Aftershave drang ihm wohlriechend in die Nase. Es war Mittagszeit, Flautenzeit, Mahlzeit, Radiozeit. Ein Junge aß ein Sandwich mit Schinken. Eine kleine Brunette kehrte Haare von den blitzblanken Kacheln. Dabei tänzelte sie vor sich hin.

Madame Josépha, die sich ein Tuch als Turban um den Kopf geschlagen hatte, schloß gerade die Lade der Registrierkasse. Sie deutete mit einem Bleistift zu Locomotive hin und setzte ein breites Lächeln auf.

– Haben Sie einen Te'min? trällerte sie.

– Nein, Madame. Aber ich komme von Sammy Soft, sagte Locomotive.

Ihr breites Lächeln wurde noch breiter, und sie trat auf ihn zu.

– Kommen Sie 'ein, trällerte sie weiter. Bitte, tun Sie mi' den Gefallen und setzen Sie sich ... Hie', etwas zum Lesen ... Lesen Sie *Pa'is Match* oder das da, das ist ganz o'dentlich gepfeffe't.

Erfreut ließ sich Locomotive in die Tiefen eines Skaisessels fallen. Tschschschttt, machte das Möbel, und Baba versank in dem Komfort. Eine Fliege flog durch die Luft.

Josépha schob ihre gewaltig wogenden Formen wieder hinter die Kasse. Locomotive nahm eine Zeitung vom Stapel, doch bevor er sich in sie vertiefte, warf er einen prüfenden Blick auf die Ausstattung. Das war echter *de-luxe,* wie bei den amerikanischen Autos. Alles glänzte, mein Lieber, ganz zu schweigen von den Farben! Malvenrot, rosa, gelb und der ganze Regenbogen um die Spiegel herum.

Wie ein anderer Ausspruch von Sammy Soft, dem französischen

Postler, gebürtigen Guadalouper, besagte: Sei ein reicher Neger, und schon bist du weniger Neger. Sieh dir doch nur die Araber an mit ihrem Öl.
Baba fing Josèphas lachenden Blick auf. Bei dem Geld, das sie hier verdiente, würde sie schon bald nicht mehr zu den Negerinnen gehören. Er erwiderte ihr Lächeln. Lächeln kostet nix. Und außerdem kann sich niemand was dafür kaufen.
– Sie we'den sofo't bedient, trällerte sie.
– Ich habe es nicht eilig, sagte Locomotive.
– Wollen Sie die Haa'e schneiden? trällerte sie weiter.
– Oder einen Af'o-Look?
– Nein, sagte Locomotive.
– Sie haben 'echt, ein Af'o ist affig, trällerte sie.
– Ich bin hier, weil ich blonde Haare möchte, erzählte Locomotive.
– Blond?
– Ja, blond, wie gelb, sagte Locomotive. Und um sich deutlich auszudrücken, zeigte er auf die Wand.
– Ein ungewöhnliche' Einfall, trällerte sie.
– Aus Liebeliebe zu einer Frau, sagte Locomotive.
– Nun, da gibt es nichts zu diskutie'en, trällerte sie.
Sie schlug ihren Blick nieder auf die Tasten der Kasse. Einmal Waschen: 10 F'ancs, einmal Entfä'ben: 20 F'ancs, eine Tönungspackung: 40 F'ancs. Das wa' ein gute' Kunde.
Sie hob den Kopf und sah Locomotive voller Sympathie an.
Der Junge mit dem Sandwich hatte gerade einen dieser berüchtigten Schluckaufs: Brot, hicks, ohne Butter, hicks, und nichts zu trinken dazu, hicks, das kommt davon. Die Haarwäscherin hob einen Arm in die Luft und betrachtete im mittleren Spiegel ihre Achselhöhlen. Was für ein Gestrüpp.
Sie wandte sich zu dem Jungen und bat ihn:
– Sag mal, Bimbo, könntest du mich vielleicht rasieren?
Die Fliege flog der Länge nach durch das Zimmer und durch die offenstehende Tür auf den Bürgersteig hinaus.
Draußen spritzte die Sonne Staub. Kein Windhauch vor der Türe.
Der Sommer lag in der Luft. Ein Schwirren. Ein Dunst. Ein schattenhafter Gemütszustand.

Die Stadt schlief mit geballten Fäusten. In ihrer amerikanischen Aufmachung schien sie nur auf eine Mundharmonikamelodie, auf Humphrey Bogart oder den Engel Marylin zu warten.
Der Sommer lag in der Luft.
Ein Verhängnis. Eine Schwere. Eine Trägheit.
Locomotive war es heiß.
Er knöpfte sich unter seiner Krawatte den Hemdkragen auf. Das konnte man nicht sehen, und der Schick blieb erhalten.
Madame Josépha gähnte.
Sie hatte eine rosa Zunge. Plötzlich berührten ihre Nägel die Tasten der Kasse. Es machte klingeling. Sie hatte die Rechnung für Locomotive im vorhinein getippt. Die Schublade öffnete sich und wartete mit gierig geöffnetem Maul auf das Geld.
Josépha bekam einen verträumten Gesichtsausdruck:
– Wenn alle Schwa'zen blond wü'den, trällerte sie, hätt ich bald ein wunde'schönes Schwimmbad mit gaaanz blauauauem Wasser d'in.
Sie trällerte es.

29

Emile schluckte eine Bräunungspille und bestellte noch einen *Ricard.*
Seit er vor einer Stunde die *Bar des Amis* betreten hatte, hatte er ununterbrochen geschuftet.
Um diese Zeit tauchten die Kanalarbeiter gewöhnlich ans Tageslicht hoch.
Es war die Zeit der Nierchen und der Schwartenmagen im Schmortopf. Angeheizt durch diverse Calvadosse und ein paar Runden schwollen die Stimmen an.
Emile hatte sich etwas abseits von seinen Kumpels niedergelassen.
Dieses Miststück von einem Riesenkarpfen hatte ihn ganz ordentlich durcheinandergebracht. Durch Zufall blieb sein Blick plötzlich auf seinen Handinnenflächen hängen, und er stellte fest, daß sie rosa geworden waren. Das lag an diesem Karotin, das Victoire ihm zu schlucken gab. Sein Ärger wuchs. Er holte eine Postkarte und ein kleines französisch-englisches Wörterbuch aus der Tasche. Because es war Zeit für die Karte an Rosy.

An jedem Tag, den Gott geschaffen, schrieb er der Toten.
Ein Gelübde, das er ihr abgelegt hatte. Er hatte etwas Mühe, den Kuli fest in der zerschundenen Hand zu halten.
Er begann seinen Brief mit folgenden Worten:
Dear Rosy, today, I have seen a big white fish with two heads. You only can believe me.
Und dann unterschrieb er: *Your beloved husband.*
Sie dürfen nicht etwa glauben, daß er dieses Handgeschriebene in zwei Minuten verfaßt hätte. Das wäre gelogen. Er brauchte genau fünf *Ricard*-Längen dafür. Immer wieder schlug er im Lexikon nach oder zog eine Liste feststehender Redewendungen zu Rate, die ihm ein Abiturient für teures Geld verkauft hatte.
Schließlich tunkte er seine Einszwanziger-Briefmarke in den Anisschnaps und klebte sie auf. Dann adressierte er die Karte bei vollem Bewußtsein an sich selbst. Er würde sie morgen erhalten, und am Wochenende würde er sie Rosy bringen. Denn: Auch wenn sie noch so tot war, er hatte einen Ort ausfindig gemacht, an dem er mit ihr reden konnte.
Rosy würde sich sicher über die Karte freuen, es handelte sich schließlich um eine wunderschöne Ansicht von dem New Yorker *Roseland,* dem Foxtrott- und Taxi-Girl-Paradies. Das hätte ihr sicher gefallen.
Emile kam wieder auf die Füße. Ein verdammt athletisches Unternehmen. Er schluckte noch eine Bräunungspille und bestellte noch einen *Ricard.*
Taumelnd begab er sich aufs Klo, wo ihn eine Überraschung erwartete. Seine Scheiße da unten in der Kloschüssel war knallrot.
Als er die Toilette verließ, warf er einen kurzen Blick in den Spiegel und bemerkte, daß er im Gesicht richtiggehend »bronzefarben« aussah.
Er schloß die Augen und öffnete sie wieder, um ganz sicher zu sein, daß er sich nicht verguckt hatte. Dann ging er in den Saal zurück.
– Ich habe Ihren *Ricard* dort hingestellt, Monsieur Grandvallet, sagte der Kellner und deutete auf den Tresen.
– Danke sehr, antwortete Emile.
Würdevoll ließ er sich neben dem Kanallöcherhäuptling nieder.

– Haste vorhin deinen Jungen gesehen? fragte ihn der Angestellte. Ich hab ihn zu dir geschickt.

– Ja, meinte Emile. Aber er hatte keine Lust, darüber zu reden. Überhaupt keine sogar.

Emile klatschte in die Hände und wandte sich dem Saal zu, der gerammelt voll war. Mit donnernder Stimme brüllte er:

– Your attention, pliehs!

Die Stimmen verstummten.

Nachdem der Dicke mit seinen Glubschaugen nacheinander alle Subproleten aus dem Tiefseegraben angesehen hatte, drehte er auf seinen Quadratlatschen eine Pirouette und erklärte, noch unter Dampf:

– Hört mal her, Leute, ich will euch drei Dinge erzählen! Hicks! ... Erstens: Ich scheiße rosa. Zweitens, hicks: Mie, spiek Inglish! Und drittens, aber nicht weniger wichtig: Ich habe in dem großen Sammelbassin einen Fisch gesehen, der hatte zwei Köpfe!

– Und ich habe gesehen, wie Giscard am Steuer eines Torpedoschnellbootes vorbeifuhr, warf einer in die Runde, der sich hinter den Plastikblumen verschanzt hatte.

Im selben Moment stürzte eine Flut von dreckigem Gelächter und nicht wiedergebbaren Anzüglichkeiten auf Emile nieder. Der Kanalarbeiter boxte voller Wut mit den Fäusten ins Leere. Verdrossen und mit abgeblendetem Blick legte er seinen Aperitif trocken und begann, da niemand auf der Welt ihn verstand, zu grüberlegen. Er brachte einen Rülpser heraus, dann ein Ich-hab's!

Dann stieß Emile den Kanaldeckel-Überwacher am Ärmel und informierte ihn:

– Roger, ich bin so gegen fünf Uhr zurück.

– Sei vorsichtig, Mimile, ich kann dich bei den Chefs nicht decken.

– Mir egal.

– Ohne Maloche, is doch kein Leben!

– Mir doch egal, blieb Emile hartnäckig.

– Wie du meinst, gab der öffentliche Angestellte nach, aber sag mir trotzdem, wohin du gehst ...

– Ich geh mir ein Walfängerboot kaufen, im *Samaritaine,* antwortete ihm Emile.

Und holter-die-polter nahm er Kurs auf den Ausgang.

30

– Oh, verdammter Mist! Ich schwöre dir, es gibt kein anderes Wort, flennte Victoire.
Sie stand mit vorgestrecktem Bauch an der Bordsteinkante.
Ihre Umhängetasche hing irgendwie an ihr herunter, und man konnte an ihren nach innen gedrehten Füßen erkennen, wie geistesabwesend sie war. Eine echte körperliche Verzweiflung.
Sie zog ihre Hand aus Jean-Y.s zurück und wischte sich die Augen trocken.
Ganz in Kitsch und Stahl – so lag der Salon da auf der anderen Straßenseite vor ihr.
– Verdammter Mist! fluchte sie noch einmal und fühlte, wie die Tränen sie erneut zu überfluten begannen.
Durch die Wimperntusche hindurch sah die Welt wie ein malvenfarbener Fleck aus.
– Bououou! Sie ließ sich wieder gehen. Zog einen großen Flunsch. Dir ist es offensichtlich völlig schnurz, ob ich meinen Friseurjob behalte.
– Völlig.
– Ist dir denn alles egal? begehrte sie auf. Und was soll ich Madame Josépha erzählen?
– Daß du Zahnschmerzen gehabt hast, oder Tante Rosa von mir aus.
Sie zuckte die Achseln.
– Und wenn sie nichts davon wissen will?
– Dann läßt du dich auszahlen und verpißt sich.
Victoire sah ihn schräg an. Nur zu gerne hätte sie wieder angefangen zu weinen.
– Oh, verdammter Bockmist, was mir das leidtut! Wegen Emile! schluchzte sie.
– Reiß dich zusammen, fuhr Grandvallet sie an. In unserer Lage können wir uns eine Klagemauer im Stadtzentrum einfach nicht leisten.
Kein Herz, dieser Typ. Das beflügelte sie in gewisser Weise zu ähnlicher Gefühllosigkeit.
– Jetzt ist Schluß, knurrte sie. Laß mich mal Luft holen, bitte schön. Ich bin doch nicht auf der Flucht!
– Aber so ähnlich!

– Du hast se wohl nicht mehr alle! Ich habe den Polypen schließlich nicht umgebracht.
– Du bist die Komplizin. Schlimmer noch: Du hast den einzigen existierenden Zeugen bestochen.
– Aber doch nur, damit es ein Ende nimmt, damit dieser Blödsinn endlich vorbei ist!
Sie wurde hysterisch. Die Nerven rissen ihr, wenn Sie verstehen was ich meine. Doing! Wie Gitarrensaiten. Wie ein überspanntes hohes E. Doing! Ein schriller, durchdringender Ton. Vor allen Leuten.
– Warum bist du überhaupt zurückgekommen? schrie sie sich die Kehle aus dem Leib. Warum habe ich dich nur gefickt? Was bin ich doch für eine dumme Pute!
– Es gibt Schlimmere. Mach jetzt voran. Er blieb ungerührt. Geh und hol deine Kohle.
Er schubste sie mit Gewalt in Richtung der gegenüberliegenden Straßenseite. Sie torkelte wie ein nasser Sack.
– Los, geh schon, schrie er.
Sie hob den Kopf wieder hoch. Schritt für Schritt überquerte sie die Straße, und der malvenfarbene Fleck wurde immer größer. Offen gestanden spürte sie gar nicht, wie sie ging. In der Mitte angekommen, drehte sie sich zu Grandvallet um:
– Ich hau nicht mit dir ab, schluchzte sie. Ich hab's mir anders überlegt. Ich will nicht mehr weg.
– Elende kleine Pißnelke, schrie er.
Er kickte mit dem Fuß nach dem Schotter und wandte ihr den Rücken zu.
– Pißnelke! Das hätte ich mir ja denken können. Geh doch zu deinem Pommadenheini zurück.
Sie heftete den Blick auf den Asphalt und blieb reglos, wie ein begossener Pudel, mitten auf der Fahrbahn stehen. Beinahe hätte ihr irgendso ein Idiot mit Hut, der hupend hinter seinem Lenkrad klemmte, den Hintern rasiert. Doch als Victoire das Hupkonzert vernahm, schrak sie hoch. Hah!
Jean-Y. machte sich derweil auf der anderen Seite dünne. So, als ob sie gar nicht da wäre. Scheißtyp. Scheißtypen, diese Männer. Alle gleich. Kaum haben sie, was sie wollen, schon drehen sie ab.

– Ich ruf dich in 'ner Viertelstunde an, schrie er rüber. Vielleicht hast du es dir bis dahin anders überlegt.
Er lief davon. Victoire zuckte mit den Achseln. Mit diesem Idioten würde sie garantiert nicht abhauen.
Wie in Trance überquerte sie den Rest der Fahrbahn. Sie zog die Nase hoch. Nach drei Schritten auf dem Bürgersteig sah sie nur noch malven-rot. Es roch schon leicht nach Haarspray und Kosmetika, ein Rosen-Bonbon-Duft. Stieg ganz ordentlich zu Kopf, diese tröstliche Chemie. Victoire war in die Gerüche vernarrt.
Als sie die Ladentür öffnete, dachte sie, daß es eh egal sei, ob ihre Nase lief oder nicht, denn es war soundso alles aus. Und dann dachte sie noch, daß Madame Josépha sie sicher vor die Tür setzen würde.
Die Registrierkasse machte klingeling.
– Eine solche Ve'spätung kann ich nicht dulden, begann Madame Josépha ihr Lied.

31 Ob in Paris oder Afrika, ganz unabhängig vom Klima und ohne daß jemand etwas dafür konnte – man brauchte N'Doula nur den Kopf zu streicheln und schon hatte er eine Erektion.
Jetzt, da Locomotive an Ellbogen und Schulter den Bauch der kleinen Blonden fühlte, stand sein »tierischer Knüppel« in lodernden Flammen.
Zwischen den Beinen war es hart wie ein Ochsenziemer, ohne daß er auch nur einen Finger gekrümmt hätte. Da hätte man jemanden mit erschlagen können. Und lang war er, mein lieber Schollie, das kannst du dir gar nicht vorstellen.
Warum sollte er sich dagegen wehren? Locomotive lachte und gab sich seinen Gefühlen hin. Die Natur hat immer recht. Man muß den Dingen ihren Lauf lassen, N'Doula. Außerdem konnte im Schutz des ausgebreiteten rosa Umhangs ohnehin niemand erkennen, ob Baba seinem nackten Johnny zum Opfer gefallen ist. Er mußte nur so tun, als ob nichts wäre, und dabei ganz sinnlich sein. Das ist schließlich nicht besonders kompliziert.

Mach weiter, kleine Blonde, betätschele ihn ordentlich und färb ihn blond.
Locomotive machte es sich tief in dem Skaisessel bequem.
Strahlend vor Zufriedenheit rieb er seine Nase und sah lächelnd zu Madame Josépha hinüber.
Er stellte fest, daß die Marie-Guadalouperin ihn nicht die Spur mehr beachtete. Die Kundschaft stand wieder im Vordergrund. Jetzt machte es wieder klingeling. Die Kasse, das war das einzige, was zählte. Klingeling, und fünfzig, macht hundert. Wieder ein bißchen weniger Neger und wieder ein bißchen mehr Wasser in ihrem blauen Schwimmbassin. Hart, diese Josépha.
Die kleine Haarwäscherin hatte sie ja ganz schön angeschnauzt, mein lieber Mann!
– Eine solche Ve'spätung kann ich nicht dulden, hatte sie geträllert.
– Wi' sp'echen uns noch! hatte sie noch geträllert und sogar:
– Vielleicht we'de ich es Sammy Soft sagen!
Und die Kleine hatte den Kopf gesenkt und einen kurzen tiefen Schluchzer getan und gesagt:
– Nein, bitte sagen Sie es nicht Sammy Soft, Madame.
Immerhin, er mußte umwerfend anziehend sein, dieser französische Postler, gebürtiger Guadalouper, dieser Sammy Soft. Er mußte nur zu genau wissen, wie man mit Frauen umging. Und außerdem ziemlich dicke dastehen, denn die Kleine rackerte sich jetzt nach allen Regeln der Kunst ab, um ihre Arbeit nur ja gut zu machen. Sie wollte wohl etwas wieder gutmachen. Ein Wunder vollbringen.
Und Baba war der Nutznießer davon.
Er seufzte. Was für eine Hitze! Zu gerne wäre er jetzt eine Stunde älter gewesen.
Er sah sich schon, wie er auf den Balkon im achtundzwanzigsten Stock sprang.
Blond – und alles war gebongt!

32 Butch Cassidy schaltete in seiner Einbildung mit einer Handbewegung die Harley Davidson aus. Da es sie nicht gab, konnte er sie einfach irgendwo auf dem Fußgängerüberweg stehen lassen. Da hatten die Leute des Sheriffs eben Pech.
Butch hob Cailleverts Filzhut, der ihm in die eigenwillige Stirn gerutscht war, wieder hoch. Er steckte die Hände in die Gesäßtaschen und setzte sich in Bewegung. Cool, Cool, Supercool, ging er etwa zehn Schritte das Trottoir hinunter zu dem Zeitungskiosk.
Dort stellte er sich mit krummen Beinen auf und wartete.
Er hatte sich überlegt, daß hier, am Kiosk, sicherlich gerade die Leute vorbeikamen, die es besonders eilig hatten. Schließlich ist der Kauf eines Boulevardblattes oftmals ihr letzter Stop, bevor die Hetze durch die Straßen beginnt.
Butch guckte sich eine geblümte Dickmadame aus, die über und über in Seidenkrepp gehüllt war und gerade eine *Paris-Turf* kaufte.
Sicher würde sie gleich wissen wollen, wieviel Uhr es war.
Man brauchte sich nur anzusehen, mit welch superhektischem Gesichtsausdruck sie ihre Zeitungen zusammenrollte.
Der Junge ging auf sie zu. Er schwenkte das Handgelenk nach vorne, und achtete darauf, daß einzelne Sonnenstrahlen sich in der Uhr spiegelten.
– 14 Uhr 25, verkündete er deutlich vernehmbar an die Adresse der Dame.
Als er den Kopf hob, um die fällige Anerkennung einzuheimsen, hatte sich die Undankbare bereits davongemacht. Sie lief gerade über die Straße. Mitleidig sah Butch ihr nach. War er nicht der einzige unter all den Gleichgültigen, der wußte, daß dieser Riesenblumenstrauß, der da zwischen den Autos herumsprang, nicht einmal wußte, wieviel Uhr es war? Diese dumme Ziege tat ihm ausgesprochen leid. Er schob den Hut, der ihm in die Stirn gerutscht war, wieder hoch.
Gleich darauf hüpfte sein Herz in die Höhe – juchhu –, als ihn eine Stimme fragte, ob denn der Kleine die Uhrzeit wisse.
– 14 Uhr, 25 Minuten und 10 Sekunden, Monsieur, gab er zackzack Auskunft.
Der große, hagere Typ, dem er soeben den beschriebenen Dienst erwiesen hatte, brachte gerade mal ein Danke hervor. Dann galop-

pierte das lange Zebra, ohne sich länger aufzuhalten, zu dem Kiosk.

Er war eine solche Bohnenstange, daß er unter dem Vordach regelrecht untertauchen mußte, um an die Zeitungsauslage zu kommen.

– Und für Sie, Monsieur Théo? fragte der Verkäufer. Wie üblich, die Revolverblätter?

– Ja, antwortete der Superinformierte, aufgeregt wie ein ganzer Flohzirkus. Vor allem aber die Tageszeitungen.

Er wandte sich den hinter ihm Wartenden zu:

– Unsere Fallschirmjungs sind in Kolwezi gelandet, gab er mit Glanz in den Augen bekannt.

Er kam, mit zwei oder drei Tageszeitungen und ein paar Wochenzeitungen beladen, wieder unter dem Vordach hervor. In der Hetze fiel ihm die *Paris-Match* zu Boden, und als er sie wieder aufheben wollte, glitt ihm prompt die *France Soir* aus den Händen.

– Kann ich Ihnen helfen, Monsieur?

Butch stürzte hinzu.

– Wieviel Uhr ist es, fragte der Superinformierte schon wieder.

Die Angst stand ihm in den Augen. Er schob seine Brille auf dem gekrümmten Zinken in die Höhe.

– Punkt 14 Uhr 26, verkündete Butch dankbar.

– Jesses Maria, seufzte der große Théo, ich werde noch die Schlagzeilen um 14 Uhr 30 verpassen!

Er eilte davon. Immerhin, dachte Butch mit Blick auf seine schöne Quarzuhr, immerhin, es ist doch erstaunlich, wie nützlich so 'ne Uhr ist.

Apropos nützlich, da gab es noch ganz andere Dinge.

Das Solex z.B. Das mit den niedrigen Kubik. Und allgemeiner gesagt: überhaupt alle Motordinger. Butch ging es gar nicht um den Großen Preis, aber ein echter Superschlitten hätte ihm wohl gefallen. Denn die Harley Davidson, die war natürlich flott, zumal sie ja nur in seinem Kopf existierte (die fuhr ja eh jedes Tempo, das man wollte, die Harley), aber: sie war hart an der Grenze, bald, sehr bald schon, würde sie abgenutzt sein. Zwei Jahre fuhr er jetzt schon mit der rum. Es handelte sich um eine pychosomatische Abnutzung gewissermaßen.

Butch dachte an die Blonde.

32 Victoire war bei der Tönung angelangt. Ihre Finger spürte sie nicht. Zwar fuhrwerkte sie nach allen Regeln der Kunst auf dem Kopf des Niggers herum, doch in Gedanken war sie ganz bei sich. Es war komisch, aber eine Verbrecherin zu sein, das konnte sie sich nicht vorstellen. Mist, ihr Blick schweifte einen Moment ab, und sie betrachtete sich im Spiegel: Eigentlich sah sie ganz hübsch aus.

Sie mußte irgendwie da herausfinden. Ein Selbsterhaltungstrieb. So tun, als wäre nichts geschehen.

Im übrigen, redete sie sich ein, es *ist* ja nichts geschehen. Gar nichts. Meine Augen, mein Busen, ich, alles intakt.

Das einzige, was für sie zählte, das war ihr Friseurjob, Emile und das bißchen Taschengeld, das ihr zwei oder drei in horizontalen Fragen äußerst diskrete Kunden beschafften.

Sie überzeugte sich selbst und lächelte dem Nigger im Spiegel zu.

Das übrige: das Abenteuer; Jean-Y.'s Theorien über Gewalt; mit diesem Irren abzuhauen und womöglich bei ihm hängenzubleiben; Menschen oder Bullen umzubringen; die Flatter machen – nein danke! Das war alles reine Spinnerei. Nichts als Ärger, Blödsinn, Luftschlösser, Scherereien.

Noch einmal schweifte ihr Blick ab, und sie sah den Neger im Spiegel an. Blond! Was für ein Idiot! Victoire seufzte. Nun, jedem das Seine. Und sie rieb ihren Bauch an dem Sessel entlang. Man mußte sich schließlich irgendwo abstützen.

... aber ein herzensguter Ehemann, der Duft nach Haarspray, und das heimliche Auf-den-Strich-gehen (zwei oder drei Durchgänge die Woche, mehr nicht) – doch, doch, das hatte gewisse Ähnlichkeiten mit dem richtigen Leben.

Zumindest war es das ihre?

Nicht sehr glanzvoll, sagen Sie? Haben Sie ihr etwa was Besseres zu bieten? Sie sind vielleicht lustig! Nicht alle Leute wurden bei ihrer Geburt auf Rosen gebettet. Außerdem, eines stand fest: Victoire würde den Polypen nicht erzählen, daß sie Grandvallet wiedergesehen hatte. Und diesem großen Blonden schon gar nicht. Beim Leben ihrer Mutter würde sie dabei bleiben, daß er seinen Fuß nicht wieder über ihre Schwelle gesetzt hätte. Und notfalls, ja, notfalls würde sie Sammy Soft um ein Alibi bitten. Von wegen, daß er wisse, wo sie sich zu dem Zeitpunkt des Mordes aufgehalten habe: in seinem eigenen F4 nämlich, den er zu einem Stundenpuff umgebaut hatte. Das war die Art von Gefallen, die der Antillaner seinen jeweiligen – jedoch nur zeitweiligen – Schützlingen angedeihen ließ: eine Arztgattin, wie es schien, eine Sekretärin und zwei Frauen ohne Beruf. Er würde es sicher umso lieber tun, wenn Victoire von sich aus eine Buße dafür anbieten würde. Sie würde versprechen, eine Woche umsonst zu arbeiten. Sogar zwei. Drei?

O. K., auch drei, wenn es sein mußte. Die ganze Knete für Sammy Soft. Und bei fünfhundert Eiern pro Freier war das 'ne hübsche Summe.

Sie malte sich aus, wie der elegante Marie-Galantiner auf ihren Vorschlag reagieren würde. Sicher würde er die Nase rümpfen.

Was? Was ist, Sammy Soft? Warum verzieht er das Gesicht? Warum kriegt er so zornige Augen? Vier Wochen? Vier Wochen umsonst? Zuhälter! Macker! Sparschwein!

Wenn ich nicht zufrieden sei, könne ich mir ja woanders mein Alibi aufpolieren?

O. K., O. K.! Vier Wochen! Vier Wochen schnell einen kippen, bevor sie es den Schwänzen der Geschäftsleute aus dem Viertel besorgen würde. Mit dem Bauch und mit dem Mund. Bah, pfui!

Entweder ich mach's oder ich laß es? Entweder so oder Knast?

O. K., O. K.! Ich mach's!

– Victoi'e, Telefon! trällerte die Stimme von Madame Josépha.

– Victoi'e, wie oft soll ich dich noch 'ufen? trällerte sie.

– Entschuldigen Sie bitte! sagte Victoire zu dem bis auf drei Strähnen erblondete Neger. Ich bin sofort wieder zurück.

– Aber selbstverständlich! versicherte N'Doula.

Und aus dem Augenwinkel heraus spingst er in den Spiegel nach seinen Haaren.

– Wie oft habe ich schon gesagt: Ich will keine p'ivaten Gesp'äche, trällerte sie weiter.

– Was ist nu' heute mit di' los? Dieses Mal, das sag ich di', sp'eche ich mit Sammy Soft, und entwede' e' gewöhnt di' das ab ode' du mußt dafü' zahlen – ich weiß auch nicht. So jedenfalls geht es nicht weite', unmöglich!

– Ja!? Victoire nahm den Hörer in die Hand.
– Hast du es dir anders überlegt?
Das war Jean-Y. Seine Stimme war ganz nah. Josépha spitzte die Ohren. Klingeling, die Kasse.
– Nein!
– Du läßt mich also im Stich?
– Nein. Ja, wo bist du?
– Gegenüber. Du kannst mich sehen.
Das Telefonhäuschen aus Glas. Auf der anderen Seite des Sonnenstroms. Die Autos fahren durch das Licht. Dort drüben, am anderen Ufer der Straße. Und gleich hier vorne …
– Jean-Y.!
– Ja?
Victoire flüstert, die Hand vor dem Hörer und eine Heidenangst in den Augen. Josépha folgt ihrem Blick, aber sie sieht nur einen rothaarigen Bengel, der sich die Nase am Schaufenster plattdrückt und mit seinem Atem die Scheibe beschlägt. Er hat einen drolligen Hut auf dem Kopf und winkt.
Samothrake klammert sich an den Hörer.
– Der Bengel! Der Bengel! Er hat den Hut auf … Wir haben VERGESSEN, IHN WIEDER AN UNS ZU NEHMEN!
Dieser Knallkopf von Jean-Y. am anderen Ende der Leitung lacht sich ’nen Ast:
– Fang ihn dir, dumme Nuß!
– Häng nicht auf …
Victoire ist in zwei Sätzen draußen.
Sie hat alles stehen und liegen lassen. Das Telefon, den Kunden. Josépha kann es nicht fassen. Sie hängt auf. Zeigt ihr Gebiß in voller Breite, eine Art freundliches Lächeln, das sie dem Mann schenkt, der von Sammy Soft kommt.
– Ich weiß wi’klich nicht, was in dieses Mädchen gefah’en ist! Ttte! Hummeln im Popo, wü’de ich sagen, trällert sie.
»Dieses Mädchen« rennt derweil den Bürgersteig entlang.
Denn der Bengel hat Reißaus genommen, als ihm jemand den Hut abnehmen wollte.
– Butch, Butch, komm zurück!
Butch schmeißt seine Harley Davidson an und gibt Vollgas. Als er

die Blonde in ihrer gepunkteten Bluse und mit nichts darunter sieht, legt er dreißig Meter zurück.
– Nichts zu machen! meint er. Den Deckel, den behalte ich!
Victoire bleibt stehen. Der Karottenkopf auch. Er rümpft die kleine Nase. Auf der Hut wie nix.
Kaum macht Victoire erneut Anstalten, sich auf ihn zu stürzen, da nimmt Butch weiter Reißaus. Das könnte noch Stunden so gehen. Victoire merkt es. Ein Spiel. Sie gibt auf. Macht ein Zeichen. Geschlagen!
Butch bleibt stehen und zieht die Nase hoch. Unheimlich auf der Hut. Er wartet. Victoire wirft einen verängstigten Blick nach hinten, zum Laden hin.
– Was willst du eigentlich? fragt sie.
– Ich gebe dir den Hut zurück, aber dafür will ich eine Mühle, ruft er.
– Eine Mühle? Wasssisndas?
– Ein Motorrad, wenn du so willst. Ein echtes.
– Sag mal, du bist wohl nicht ganz dicht? Wo soll ich denn die Mäuse hernehmen?
Störrisch, diese Rotznase.
– Laß dir was einfallen! Ich will eine mit 49 Kubik. Eine *Peugeot,* spezifiziert er, keine japanische.
– Kleines Ekel, du!
Er hebt den Zeigefinger:
– Sag das noch einmal, dann verpfeif ich dich! droht das Karottenkind.
Victoire steht unter Dampf. Sie ringt die Hände in der Sonne. Dreht sich wieder nach hinten. Drüben, auf der anderen Straßenseite, tritt Jean-Y. gerade aus dem Telefonhäuschen. Er kommt näher und tut so, als ob nichts wäre. Butch hat ihn bisher nicht entdeckt.
Victoire muß Zeit gewinnen, deshalb setzt sie sich auf die Bordsteinkante.
– Was bist du bloß für ein Kind? seufzt sie.
– Ein Ogino, schlägt der Knirps zurück. Ein Ungewolltes!
– Woher weißt du das?
– Von meinem Vater, was für eine Frage.

– Und dein Vater, was ist der für einer?
– Der hat kein Sorgerecht.
– Warum?
– Weiler ein Exhibitionist war, scheiß drauf ..., sagt der Knirps und nimmt Reißaus wie eine Gazelle.
Plötzlich erscheint Jean-Y. hinter einer Mauer.
– Das ist voll in die Hose gegangen, seufzt Victoire kraftlos.
Etwa 60 Meter entfernt bleibt Butch Cassidy stehen. Er atmet tief durch. Er pumpt sich mit soviel Sauerstoff wie möglich auf und brüllt:
– Eh, du Blödmann, du glaubst wohl, ich hätte dich nicht gesehen!
Angewidert und mit einer Spur Verachtung entfernt sich der Junge weiter, ohne das Paar aus den Augen zu lassen. Als er außer Reichweite ist, legt er seine Siegermiene auf und verkündet, was Trumpf ist:
– Ich geh jetzt im Keller vorbei, mal nachsehen. Wetten, daß ich da was anderes finde als Katzen!
Dann setzt er sich in aller Ruhe auf seine Harley Davidson, öffnet den Benzinhahn und schmeißt den Motor an. Mmmmhmmh, mmmhmmmmh! Er lehnt sich weit nach vorne über die Lenkstange und fährt davon.
– Er wird die Leiche entdecken! Victoire schwimmen die Felle davon.
Sie sitzt immer noch auf der Bordsteinkante und stößt mit der Fußspitze ein altes Eishörnchen beiseite.
– Nichts wird er finden! sagt Grandvallet.
– Warum?
– Because, ich habe den Bullen mit einer Granate gesichert, verkündet er. Wer da etwas zu fest zulangt, dem verreißt es die Fresse.
Victoire dreht sich der Magen um.
Etwas verweigert sich. Am liebsten würde sie kotzen und nichts mehr hören und sehen. Sie würde so gerne in Ohnmacht fallen. Schlafen! Sich hinlegen, genau! Sich lieben! Lachen! Weinen vor lachen! In Urlaub fahren. Und Emile, wo bleibt der bei all dem? Sie würde so gerne und sie hätte so gerne, daß das Leben einfach stillsteht. Schließlich hebt sie trotzdem den Kopf:

– Was wirst du jetzt tun?
– Ich werde mich im Wohnwagen verstecken und warten, bis es Nacht ist.
Er geht zwei Schritte, dann dreht er sich um:
– Komm doch zu mir, wenn dir danach ist.
Sie macht eine Bewegung. Nein! Genug gesponnen! Er insistiert nicht. Sein Lächeln sieht eher lieb aus.
– Mach dir nichts draus, geh ruhig, sagt er. Wenn der Kleine seine Klappe hält, wird niemand etwas davon erfahren, daß du bei dem fetten Bullen mit von der Partie warst. Ich werde schweigen wie ein Grab.
Sie dankt ihm mit einem traurigen Lächeln.
– Und du?
– Für mich gibt es keine Zukunft.
– Was wird aus dir?
– Es wird bös enden. Ich hol meine Knarre, und dann werd ich alle Arschgeigen niederschießen.
Sie sind jetzt weit voneinander entfernt. Sehr weit.
– Miau, Victoire.
– Miau, Jean-Y.
Butch Cassidy verschwindet am Ende des Boulevards gerade als kleiner schwarzer Punkt.
In dem verdammten Eishörnchen wimmelt es von Ameisen.

34 Zwei *BKS*-Umdrehungen und Sam steht in seiner Wohnung. Eine dumpfe Angst packt ihn sogleich im Genick. Die Gewißheit, daß irgend etwas Schlimmes geschehen ist, wie ein Sperriegel, der mit einem unwiderruflichen Klick eingerastet ist.
Tastend macht er zwei Schritte, denn die Diele liegt im völligen Dunkel. Und nicht nur die. Um die Lage auszuloten, hebt er den Kopf und horcht wie ein Blinder in den Raum hinein. Streckt den Arm ins Leere. Dort, hinter dem Flur, läßt ein ganz dünner Lichtstrahl in Umrissen das Wohnzimmer erahnen. Die Stores sind heruntergelassen.
Vom Boden steigt eine Klage empor.

Wie ein zahnloser Kiefer schließt sich etwas begierig um den Knöchel des großen Blonden. Eine Hand, eine Hand, die verzweifelt Halt sucht.

– France, mein Kleines! Mein Gott, was ist passiert?

Der Mann greift ins Leere. Als erstes fühlt er ihre Haare. Er sucht das Gesicht, Nase, Mund. Er versucht, wie ein Blinder die Antwort auf seine Frage zu ertasten.

Was er findet, sind Tränen. Und eine gekräuselte Stirn. Und warme, verzweifelte Küsse.

– France!

Er möchte gerne vorwärtsgehen, um den Lichtschalter zu erreichen.

Die Ertrinkende schlingt ihre Arme um seine Beine. Ohne daß er sich wehren könnte, verliert er das Gleichgewicht, wird zu Boden gerissen und kracht ungeschickt, verzweifelt und mit aller Gewalt aufs Parkett.

– Laß das Licht aus, ich flehe dich an! flüstert sie. Laß es aus! Sonst kommt er wieder. Und ich will nicht, daß du dich mit ihm prügelst.

Sam hockt auf allen vieren auf dem Teppichboden und gewöhnt sich jetzt langsam an die Dunkelheit. Wie gerne würde er verstehen, was los ist.

– Von wem redest du? Was ist passiert?

– Der Neger. Er ist reingekommen. Hat mich vergewaltigt.

– Was erzählst du da? Was soll denn diese Geschichte nun wieder?

– Welche Geschichte? Ich habe mich gewehrt, aber er war zu stark.

Plötzlich bricht sie in Tränen aus. Ihre Stimme wird schrill:

– Und außerdem: Ich wollte nicht sterben! Er hatte blutunterlaufene Augen, aber ich wollte nicht sterben.

Sam erstarrt in der Dunkelheit. Das hatte er befürchtet! Jetzt hatte sie wieder ihre Anfälle. Die Stadt und sonst niemand war schuld daran.

– Komm, sagt er, komm, beruhige dich. Du weißt genau, daß dir nicht dasselbe wie deiner Schwester passieren kann.

– Wie kannst du das sagen?

Frances Stimme ist schon wieder in schrillen Höhen angelangt. Sie ist belegt, überschlägt sich beinahe.

– Wie kannst du nur? wiederholt sie. Du weißt haargenau, daß ALLES, was Mary zustößt, auch mir zustoßen MUSS!

– Wie albern! Du bist doch da! Und zum Glück ganz lebendig!

Das war ungeschickt. Zu spät merkt er es. Es bricht aus ihr heraus:

– Was, willst etwa ausgerechnet du mir vorwerfen, daß ich nicht erdrosselt worden bin, so wie Mary?

Er nimmt sie in die Arme. Sie wehrt sich. Er versucht, seiner Stimme einen beruhigenden Klang zu geben. Mit Gewalt drückt er sie an sich.

– Sieh mal, Kleines, überleg mal, versuch, dich zu erinnern ...

Er spricht ihr ganz zärtlich ins Ohr:

– Weißt du noch, was der Doktor Reyna gesagt hat?

Jetzt hat sie eine Stimme wie ein Automat.

– Er hat gesagt, daß ich nicht Mary bin.

– Genau. Er hat gesagt: Du bist *du!* Du bist France!

– Und außerdem hat er gesagt, daß mir nichts passieren könne, solange du bei mir bist.

– Aber ich bin doch bei dir.

Sie bäumt sich auf. Ihr Ton wird wieder eigensinnig. Bloody Mary, tief in ihrem Innern, will es so. France sagt:

– Heute morgen, als »er« kam, da warst du nicht da. Ich wollte mit dir sprechen, habe dich angerufen, aber du bist nicht dagewesen.

Plötzlich befreit sie sich.

– Ich habe kein Vertrauen mehr zu dir. Zu nichts und niemandem mehr. Ich habe Angst.

Sie windet sich auf dem Boden, auf dem nackten, versiegelten Parkett. Er kommt auf allen vieren zu ihr heran. Berührt sie. Sie entzieht sich ihm.

– Er war so stark, das kannst du dir gar nicht vorstellen. Und einen Dicken hatte er, unvorstellbar. Und jetzt tut es weh.

Er kneift sie. Schmutzige Bilder gehen ihm durch den Kopf. Empörende Bilder. Er kneift sie noch fester.

– Du tust mir weh. Es tut mir doch sowieso schon so weh. Oh,

mir ist so weh innen drin. Es ist heiß, pocht und tut weh. Er hat mich innerlich verbrannt. Wie Feuer.
Danach stöhnt sie. Rückt von ihm ab. Kriecht in eine Ecke und weint. Er kann hören, wie sie weint. Aber er ist zu benommen, um etwas zu tun. Aus der Nachbarwohnung dringt jetzt das Heulen von Disco-Musik aus dem Radio herüber.
Sam steht auf und geht zum Lichtschalter. Sofort versteckt sich France und schreit:
– Nein, ich will nicht, daß du meine Augen siehst! Du sollst meine Augen nicht ansehen. Mir tut der ganze Bauch weh!
Jetzt ist es soweit. Er gibt sich einen Ruck. Er hebt sie vom Boden auf, ein einziges Nervenbündel und völlig verspannt. Er trägt sie ins Wohnzimmer auf das Sofa. Hier sind der Rhythmus und das Gezische der Syntheziser nicht so laut zu hören.
– France, komm zu dir. Ich werde einen Arzt anrufen.
– Nein, keinen Arzt. Ich will niemanden sehen!
Plötzlich wirft sie sich an seine Brust. Sie sieht ihn an; dabei sind ihre Augen hartnäckig geschlossen, wie zugenäht.
– Wir werden es niemandem sagen, ja? Niemand soll es wissen, Niemand. Ich habe viel zu große Angst.
Er ist verstört.
– Ich verspreche es dir, Kleines. Wir werden niemandem etwas sagen. Es bleibt unser Geheimnis.
Eng aneinandergeschmiegt, wie verknotet, bleiben sie im Halbdunkel.
– Er ist über den Balkon reingekommen, sagt France.
Sie öffnet die Augen. Ihre Stimme ist jetzt wieder klarer geworden.
– Er ist stark. Er hat mir weh getan mit seinem Glied. Er hat gesagt, daß er wiederkommen will.
Sams Hände, die auf den Schultern seiner Frau liegen, verkrampfen sich.
– Wann?
– Du tust mir weh!
– Wann?
– Weiß ich nicht. Morgen. Heute. Bald. Bald, hat er gesagt.
Schweigen.

– Außerdem hat er gesagt, daß er meinen Körper liebt.
Mordlust kocht in ihm und fegt sein Hirn leer. Die Schläfen halten dem Druck kaum noch stand. Das Blut der Wut: eine Woge, ein schwarzer Schaum. Eifersucht.
Brutal schüttelt er seine Frau. Schüttelt den Körper, der nichts mehr mit France zu tun hat. In diesem Moment existiert sie gar nicht, ist nur ein Gefäß, heiß und erregt und voller schmutziger Dinge.
Er schreit einen schmutzigen Satz heraus. Alles ist schmutzig:
– Hat es dir Spaß gemacht? Sag schon! Hat es dir Spaß gemacht?
– Er hat es mehrfach mit mir getrieben.
– Hast du es gerne getan? Los, antworte!
– Nein, wirklich nicht. Zum Schluß … da hab ich mich doch mitreißen lassen, korrigiert sie sich. Da war ich nicht mehr ich selbst.
France weiß, daß sie ihm weh tut.
Dabei folgt sie dem Plan, den Bloody Mary entworfen hat. Bloody Mary hat gemeint, sie müsse ihn verrückt machen vor Schmerzen. Und wenn sie die passenden Worte fände, dann würde der große Blonde sich nicht lange wehren.
Und komischerweise ist dieser Schmerz, der Sam zugefügt wird, für ihn eine wilde Erfahrung.
Leiden – welch düstere Freude.
– Wenn er wiederkommt, bringe ich ihn um, verkündet er.
Jetzt ist alle Gewalt, die in ihm steckt, gerechtfertigt.
– Und wenn ich ein SCHWARZES Baby kriegen würde? fragt France, um die Folter des großen Blonden um ein paar Grade zu erhöhen.
Ohne eine Antwort steht er auf.
Er geht ins Nebenzimmer und öffnet die Stores. Das Licht tapeziert die Wohnung weiß.
France liegt auf dem Bauch und kauert sich zusammen.
In ihrem Innern zwinkert sie Bloody Mary zu. Ach fiedelbumm, er ist gründlich drauf reingefallen. Wir werden unseren Spaß haben, nicht wahr?
Sie spitzt die Ohren.

Sie unterbricht ihre fötalen Schaukelbewegungen. Sie hört ein tiefes Gemurmel aus dem Nebenzimmer.
Sam kniet auf dem Boden und betet.
In der benachbarten Wohnung rackert sich Gerry Rafferty in Stereo ab. Das heizt gräßlich ein. Das Schlagzeug spielt verrückt.
France steht auf und unterdrückt ein Lachen: Bloody Mary verspürt eine unwahrscheinliche Lust in den Beinen, auf *Baker Street* zu tanzen.

——————— 35 Beton-Parkhaus. Graffitis, verpestete Luft. Jedem seine Nummer, jedem seine Zelle. Und wehe, wenn man seinen 404 mit Gangschaltung auf dem Abstellplatz des Nachbarn parkt!
Zweites Untergeschoß. Am Ende einer Reihe habe ich Emiles Wohnwagen ausfindig gemacht. Simpel. So spurlos wie möglich habe ich die Tür bezwungen. Simpel. Auf Zehenspitzen bin ich reingegangen.
Sofort ist mir Amerika ins Auge gesprungen. Unglaublich! America! Überall America!
Angefangen bei einer von Emile modellierten Freiheitsstatue, die eine Lampe in der Hand hielt und den Tinneff im Raum anstrahlte.
Und an den Wänden, mein lieber Mann, eine Orgie aus Ansichtskarten. Und Fotos, dito. Überall. Eine Orgie in Farbe, in Black and White, ich muß schon sagen! Kaum zu glauben: Da hat mein Adoptiver meiner Alten Dame tatsächlich posthum ein Denkmal gesetzt. Eine Kultstätte, das ist das richtige Wort dafür. Eine Anbetungsstätte. Das verschlägt Ihnen den Atem. Sämtliche Phantasievorstellungen von Rosy unterm Sternenbanner vereint. Abraham Lincoln und Kennedy »vorher-nachher«, und lauter Präsidenten, von denen ich noch nie gehört habe, und außerdem Gary, Bogey, Frankie, Sammy, Dean, Burt, Ginger, Lauren, Barbara, Rita, James, Marilyn und Marlon, alle sind sie da, eine ganze Künstlerpleiade, die mit ihrem erstarrten Lächeln ein großes Portraitfoto meiner Mutter umrahmt.

Und quer über dem Abzug steht – welch delirante Größe – in Großbuchstaben: *To Rosy-Mammy, with love and tender kisses from her devoted husband.* Und als Unterschrift: Emile. *Dein Emile.*

Emile. Ich weiß nicht, ob Sie sich das klarmachen. Ob Sie kapieren, was hier abgeht. Ein Typ, der keinen Brocken Amisprache quatscht. Ein Prolli ohne Schulabschluß. Ausbildung: Fehlanzeige. Nichts, keine Ahnung von Rechtschreibung. Alles in allem eben ein Scheißewühler, eine Abwasserratte. Ich weiß nicht, ob Sie das mitkriegen, wieviel Liebe da drin stecken muß. Mit wieviel Herzblut er dieses Unternehmen verfolgt haben muß, dieser Angler an den Ufern des Schlicks.

Ich muß an Victoire denken. Eine Biene. Gerade gut für den Nektar. Sonst nichts. Emile saugt zwar den Honig ab, aber in seinem Innern scheint er sie nicht besonders zu schätzen. Und sie, blöd, wie sie ist, sie weiß nicht mal, was für einen Menschen sie vor sich hat. Einen letzten Mohikaner. Jemanden ganz Außergewöhnlichen. Eine gute Seele. Unverwundbar.

Ich schrecke hoch.

Am anderen Ende der Parkebene hat soeben eine Metalltüre geschlagen. Ein Reflex: ich stöpsele die Lampe aus und gewöhne meine Augen an die Dunkelheit. Schritte nähern sich. Ich stürze zur Tür und verriegele sie von innen.

Durch das Bullauge an der Seite kann ich zwei Silhouetten erkennen. Schirmmützen und Wolfshunde. Wächter! Der eine ist dicker als der andere. Eine tiefe, eine schrille Stimme. Von dem, was sie sagen, verstehe ich kein Wort. Das liegt an der Akustik. Sie nähern sich dem Wohnwagen. Einer von beiden tastet die Außenwand entlang. Ich hole meine Granate raus und bin bereit, den Splint zu lösen. Der Schäferhund beginnt zu knurren.

– Das ist doch ein Ramsch, diese Dinger, sagt die tiefere Stimme. Außerdem sind sie unglaublich beschissen, wenn du auf der Landstraße bist und überholen willst.

Der andere gibt nicht mal Antwort. Sie schweigen. Man hört nur noch den knurrenden Hund. Dann beginnt der Typ mit der schrillen Stimme zu wiehern.

– Mach schon, Hübscher, ermuntert er sich. Nach diesem Zu-

spruch hört man ein Geräusch, wie wenn ein Pferd pissen würde.
– War ja dringend nötig, kommentiert die tiefere Stimme. Es hat nicht viel gefehlt und du wärst ausgelaufen.
Der andere ist auf einem völlig anderen Dampfer.
– Ich fahre immer gerne mit *Troyat* in Urlaub, sagt er.
Er steckt sich sein Teil wieder in die Hose.
Der Hund hat die ganze Zeit weitergeknurrt.
– Wirst du wohl ruhig sein, du Scharlatan, herrscht die tiefe Stimme ihn an.
– Nix Scharlatan, Charly heißt er, berichtigt der *Troyat*-Anhänger und lacht über seinen eigenen Witz.
– Komisch, meint die tiefere Stimme. Man könnte meinen, daß er etwas wittert.
– Der wittert rein gar nichts, dein Kläffer, es ist schwül, er wittert das Gewitter.
– Sei nicht blöd. Ein Hund, der aufs Töten abgerichtet ist, ist nicht wetterfühlig.
Troyat feixt. Die Treter entfernen sich. Bei mir ist kein Haar trokken geblieben.
Ich schalte die Lampe wieder an. Betrachte die Visage von Miß Liberty. Mit der Nase hat er wirklich nicht geknausert, dieser Emile. Und all diese Dinge an der Wand! Was ist dem Kanalo bloß in die Birne gestiegen, als er diesen Bauchladen hergerichtet hat? Ist er da meschugge gewesen oder einfach nur angeschlagen? Womöglich ist all das sein Ersatz-Katholizismus. Anstatt in die Messe zu gehen und Fürbitten zu sprechen, anstatt ihr Grab zu pflegen, hat er wohl lieber auf *Kodak* gesetzt. Auf *Agfacolor* oder *Polychrom*.
Manche glauben fest an Chrysanthemen.
Ich drehe eine der Ansichtskarten um.
Sie trägt ein Datum und ein paar Worte. In English. Und alle anderen Karten ebenso. Ein Datum und ein paar Liebesverse in der Sprache Shakespeares. Tagtäglich statt Veilchen ein kleines amerokanisches »hello«. Moment! Das ist noch nicht alles! Der Kanalarbeiter wollte Rosy-Mamma auch noch alle New Yorker Gebäude zu Füßen legen, die schönsten, höchsten und kostbarsten. Er hat

sich nicht lumpen lassen: Empire State Building, Seagram Building, First National City Bank, Pan Am, Chrysler, Time Life, RCA, alle versammelt. Was für eine Geduld! Was für eine Liebe!
Bis hin zu den Getränken im Kühlschrank: coca, whisky, orange juice. Alles Americano.
Ein Foto fällt mir besonders ins Auge.
Ein schäbbiger Nachtclub ist drauf verewigt. *Sammy's Bowery Follies* heißt er.
Am Tresen posieren drei schnurrbärtige Kellner, im hinteren Teil des Saales sieht man wie Bonbons gekleidete Tänzerinnen die Beine in die Luft schmeißen.
Im ersten Stock eine Frau. Sie ist noch jung. Nur müde Augen hat sie. Schlaff hängt sie an einem der Tische und säuft.
Ein Pfeil in grüner Tinte zeigt auf die Frau. Daneben steht: ROSY-MAMMA, IT'S ME! In der Schrift meiner Mutter.
Kein Zweifel. So hat sie sich gesehen: In den USA, warten auf Gary Cooper.
Statt dessen Sarcelles-am-Pisspott und Lungenkrebs.
Ich öffne den Kühlschrank.
Whisky, please. Ein tiefer Schluck. Und ein zweiter. Auf dein Wohl, Rosy-Mamma.
Eine Wärme macht sich in meinen Lungen breit und droht, alles auszutrocknen. Ein Wind, schlimmer noch als der Chinook, wenn er die Felsen hinabstürzt in die Dakota-Ebene …

———————— 36 Butch Cassidy schloß die Tür hinter sich.
Er drückte auf den Zeitschalter für das Licht und holte seine Korkenpistole unter seiner Achsenhöhle hervor. Da sein bedrohlich aussehender Schatten ihn hinreichend ermutigte, ging er Stufe für Stufe die Kellertreppe hinunter.
Die Blonde gefiel ihm wirklich. Wirklich. Die Titten, der Körpergeruch, die Stempelbeine, und wenn sie sie öffnete – alles. Nicht schwer: unter ihrem Kleid, da war alles ein einziges totales Geheimnis. Wie gerne hätte er ihre Schamhaare gesehen! Bei ihr wurde sein Spargel so groß wie der von seinem Freund, Manu,

wenn der mit ALIAS zugange war, diesem Zeichentrick-Mädchen von Pichard. Und dabei ging Manu bereits auf die Zwölf zu.
Eins jedenfalls stand fest: Heute abend würde Butch versuchen, mit dem Gedanken daran einzuschlafen, wie es wohl zwischen den Schenkeln der Blonden aussehen mochte.
Er landete auf einem Zementboden.
Angeführt von der tödlichen Mündung seines Colts ging er den Gang hinunter, der mit Kindersportwagen nahezu verbarrikadiert war. Er bog um eine Ecke, dann um eine zweite.
Aber um noch einmal darauf zurückzukommen: Diesen Macker, den die Blonde da hatte, ehrlich, ehrlich, den konnte er einfach nicht riechen. Und diese Legionärsfresse – Ehrenwort, Butch würde sich keine Gelegenheit entgehen lassen, ihn reinzureiten. Übrigens, das sagte ihm eine Eingebung, war der Kerl da sicher nicht ihr Bruder. Sah eher wie ein Rivale aus.
Butch zog die Nase hoch.
Vielleicht wäre es letztendlich doch besser, wenn er anstelle des Mofas von der Blonden verlangen würde, daß sie diesem Klugscheißer den Laufpaß gab. Ja, im Austausch gegen den Hut. Den Hut und einen Kinobesuch. Sie würden sich einen Katastrophenfilm ansehen. Die dauerten normalerweise am längsten. Der Teufel sollte ihn holen, wenn er sie im Dunkeln nicht dazu kriegte, seinen Spargel zu tätscheln.
Butch war mit seinem Plan höchst zufrieden, holte sein fragliches Teil heraus und begann zu pinkeln. Er war dabei, sich gedankenverloren ein wenig zu streicheln, als das gottverdammte Scheißlicht ausging. Mit einem Hüftschwung rückwärts verstaute Butch seinen Quälgeist wieder im Schutz der Hose. Er tappte im Dunkeln. Nicht mal sechs Schritte waren es bis zu dem Zeitschalter.
Er konnte das rote Lämpchen klar und deutlich im Raum aufleuchten sehen. Er hätte sich bloß in Bewegung setzen müssen, um seinen Schatten und so seine Sicherheit wiederzuerlangen. Nur: gerade, als dieses Scheißlicht ausging – oder hatte ihm seine Einbildung einen Streich gespielt? –, meinte er, etwas völlig Unmögliches gesehen zu haben.
Einen Schuh.
Einen Schuh am Ende eines Beines. Eines Beines, das in die Luft

ragte. Eines Beines, das aus einem Mülleimer in die Luft ragte. Nicht aus einer Schachtel.

Es war ihm völlig unmöglich, sich zu bewegen.

Unmöglich. Wie gelähmt. Seine Füße waren wie in den Zement gegossen.

Und als wäre es nicht genug, schepperten die Röhren der Müllschlucker, die zu dem Wohnhaus gehörten, mitten in das Schweigen hinein – es pfiff, grummelte und klapperte in seinem Rücken wie von riesigen Scheißekanonen.

Eine Bierflasche fiel auf etwas Hartes und zerbarst. Butch konnte genau spüren, wie seine Ohren sich nach hinten drehten, wie die Ohren eines Tieres.

Er zielte viermal ins Dunkle, auf's Geratewohl. Päng, päng, päng, päng! Die Korken seiner Pistole explodierten. Der Pulvergeruch belebte ihn. Er stürzte auf den Zeitschalter zu und drückte auf den Knopf.

Hinter einer Türe, die mit Scheiben versehen war, streckte ihm Caillevert – in sich zusammengefallen, aus der Form geraten und kaputt – die Zunge raus.

Maillard kam Schlag drei Uhr an. Für diese Uhrzeit hatten sie die Ablösung ausgemacht. Anfangs hatte er sich keine Sorgen gemacht, als er Caillevert nicht auf seinem Posten antraf. So sicher wie das Amen in der Kirche würde er diesen Eierarsch von einem Inspektor angesäuselt vor einem kleinen Rotwein oder einem Anisschnaps aufgabeln. Aber mittlerweile hatte er alle umliegenden Kneipen abgegrast und war nicht mehr so stur. Seit halb zwei Uhr bereits hatte keiner der Kneipiers den Dicken mehr bewirtet.

Trotzdem: Maillard fand, hier lag offensichtlich Amtsmißbrauch vor. Überhaupt, Caillevert ging ihm allmählich auf den Zeiger. Maillard hatte ihm letzten Monat zehn Riesen geliehen, und er hatte sie noch nicht zurückbekommen. Und das alles, damit Caillevert sich mit dem Feuerwasser die Birne vollknallen konnte. Es würde ein böses Ende nehmen mit Caillevert. Er gehörte einfach nicht mehr in eine Polizeitruppe.

Reichlich schlecht gelaunt betrat Maillard die Eingangshalle des Wohnhauses. Er war insgeheim davon überzeugt, daß er diesen

dicken Hosenträger-Knallkopf sanft wie ein Lamm schnarchend unter der Treppe oder so ähnlich finden würde. Folglich ging er in diese Richtung, und dabei stellte er sich vor, wie er den Beschattungskönig mit der Fußspitze in den Bauch treten würde, um ihn aufzuwecken. Absichtlich. Scheiß Eier-und-Hoden-Sack, das waren Wort für Wort seine Gedanken, da schoß ihm plötzlich mit der Geschwindigkeit einer Rakete ein Kind mitten in den Bauch.
Er rang nach Luft und besah sich durch einen Tränennebel hindurch das leicht gerötete Wurfgeschoß. Dabei erkannte er, daß der Hut, der dem Knirps vom Kopf gefallen war, Cailleverts Hut war. Ein Irrtum war ausgeschlossen. Dieser lächerliche Deckel. Grün, mit einer kleinen Feder dran.
Mit seiner unwiderstehlichen Rechten paßte der Bulle den kindlichen Flugkörper noch vor der Landung ab.
– Wo hast du denn das her? Sag!
Der Junge rollte die Augen schlimmer, als der liebe Gott erlaubt.
– Eh, ich hab dich was gefragt! Und zwar deutlich. Den Deckel da, wo haste den her?
Da der Kleine zu keiner Antwort fähig schien, verpaßte ihm Maillard zunächst einmal zwei extrastarke Backpfeifen. Bei dem Kaliber hätte die Cutty Stark ihren Mast verloren. Sicher, das war nicht gerecht, aber die Welt, in der wir leben, ist nun einmal nicht gerecht, und so kriegte die Rotznase eben stellvertretend Dresche für diesen unglückseligen Alki-Sack von Caillevert.
– Nun, kleiner Klugscheißer? Antwortest du jetzt? Wo isser nu, der dicke Hornochse?
Matt zeigte Butch auf den Kellereingang. Er hatte die Türe offengelassen.
– Dacht ich's mir doch, seufzte Maillard. Der ist voll wie 'ne Haubitze, dieser Miesmacher. Und zu allem Überfluß plündert er noch die Keller fremder Leute.
Er ließ den Rotschopf fallen, wo er gerade stand, mitten auf die Steinfliesen, und hob eine Hand drohend in Kopfhöhe:
– Auch wenn der »Monsieur« besoffen ist, ist das noch lange kein Grund, ihm seine Melone zu klauen. Verstanden?
Und damit es dem Kleinen eine Lehre sei, versetzte er ihm noch eine.

– Los, zieh Leine! Und komm mir nicht mehr zwischen die Beine.
Butch brauchte nicht erst den Benzinhahn aufzudrehen, damit seine Harley Davidson sich vom Fleck bewegte. Er benutzte den Kaltstarter und brachte fünfzig Meter zwischen sich und diesen um sich schlagenden Grobian.
– Sie machen einen Fehler, wenn Sie so mit mir umgehen, kreischte er, denn Sie werden mich noch ganz schön brauchen!
– Meinste? Maillard hob den Filzhut seines Kollegen auf.
– Hundertprozentig, krähte Butch Cassidy. Wetten: In fünf Minuten bin ich für Sie sogar unentbehrlich geworden.
– Bei der Wette halte ich nicht mit, knurrte Maillard.
Er drückte auf den Zeitschalter und stürzte in den Keller.
– Was für ein Idiot! Was für ein Idiot, dieser Typ! seufzte Butch. Und kratzte die Kurve.

37 Victoire stellte den Haartrockner ab. Vorsichtig nahm sie Locomotives Kopf in die Hände und drückte die vorderen Haare etwas flach.
– So, sagte sie, während sie das Haarnetz abzog, ich glaube, schöner geht's nicht.
Locomotive sah sie dankbar an. Er streckte seine Arme nach vorne. Jetzt, ohne den Umhang, mit seiner blonden Sonne und dem schicken Anzug, sah er wirklich schön aus, der Neger. Bildschön, wie ein Bunsenbrenner. Ach, wenn Impala-Machine Love ihren Ehemann in Europa so sehen könnte! Sicher hätte sie diesem Drecksack von Taxi-Joe den Laufpaß gegeben und wäre ruckzuck zu ihm zurückgekommen.
Freudestrahlend streckte N'Doula sich in voller Größe aus. Welch ein Glanz!
Madame Josépha konnte sich gar nicht fassen. Und allen anderen im Salon ging es ebenso: Bimbo, der die Schere in die Luft hielt, der anderen kleinen Haarwäscherin und den übrigen Haarschneidern ebenfalls.
– Glänzend, glänzend, trällerte Josépha aus Guadaloupe.
Ganz in Tuch gehüllt und mit ausgesuchter Anmut bestand sie

darauf, ihm eigenhändig die Schultern abzubürsten (Oh wie 'iesig de' ist!).
– Sie müssen wiede'kommen, ein Foto machen, trällerte sie. Fü' das Schaufenste'. Vielleicht könnten wi' eine Mode da'aus machen ...
Locomotive war erfreut.
Das Klingeling der Kasse hörte er schon nicht mehr. Wie im Traum bezahlte er und gab an alle Trinkgelder aus. Ein großer Teil seines Monatslohnes ging dabei drauf, und selbst diejenigen, die nichts für seine Pracht konnten, überschüttete er mit seinem Goldsegen. Schönheit, Wohlstand, Großzügigkeit und Glück, das ist ganz normal.
Baba lachte. Rieb sich die Nase. Lachte noch lauter, als er sah, wie glücklich er diese kleine Welt mit seinem Besuch gemacht hatte. Verließ den Salon, wobei er leicht über dem Boden schwebte. Die Erde hat ihre Anziehung verloren.
Draußen bereitete ihm die Sonne einen feierlichen Empfang.
Nicht der Schatten einer Fliege war in Sicht. Wen wunderte es, er war ja jetzt blond. Erst als Baba vor dem Turm stand, fiel er wieder auf seine N'Doula-Füße.
Er blickte zum achtundzwanzigsten Stock hinauf, dann sah er auf seine *Swatch*. Die Zeit würde gerade reichen, um in seine Gondel zu springen und der Rothaarigen etwas Liebeliebe darzubieten. Dieses Mal würde sie ihm ihren Bauch für ein Viertelstündchen Lust und Liebe nicht abschlagen können. Sie hatte sich einen blonden Baba gewünscht. Da war er, der blonde Baba.
Locomotive zog eine Grimasse. Nach fünf Uhr konnte der Ehemann jederzeit zurückkommen, damit war nicht zu spaßen, mein Lieber. Und dann wäre im Nu alles Essig und keine Verständigung möglich. Immer das gleiche. Da will man sich ganz einfach nur nett amüsieren, und dann gibt es endlose Dramen. Das kommt für den Afrikaner nicht in Frage.
N'Doula schickte sich an, den Platz zu überqueren.
Auf halber Strecke ließ er sich von einem Kerl anrempeln, der einen Hut in der Hand hielt.
Ohne ein Wort der Entschuldigung oder sonst etwas vorzubringen, stürzte der Mann in die Telefonzelle mitten auf dem Platz.

– Hallo, Chef! meinte er ganz aufgeregt in den Apparat, hier ist Maillard. Ach, wenn Sie wüßten!

———————— 38 Kaum wußte Schneider Bescheid, da brüllte er los:

– Mein Gott, Maillard, tun Sie, was ich Ihnen sage. Folgen Sie haargenau meinen Anweisungen: Rufen Sie im Revier an, daß Sie alle verfügbaren Leute brauchen, sperren Sie das Viertel ab und vor allem: Rühren Sie mir nichts an! Ich bin sofort da.

Er legte auf. Auf seinen Lippen erschien ein schmales Lächeln:

– Grandvallet hat mir das schönste Geschenk gemacht, das man sich wünschen kann, France. Er ist zurückgekommen. Ja, er ist zurückgekommen und hat jemanden umgebracht. Und ich werde ihn verhaften, ich und niemand anders.

Er schnürte sein *Holster* um.

Bloody Mary, die ihn im Spiegel beobachtete, zog jetzt einen Flunsch. Diese Ablenkung vermasselte ihr das ganze Spiel.

– Du willst mich doch nicht alleine lassen, ließ sie France sagen, die wie ein verwundeter Vogel in der Mulde der Einbauliege kauerte.

– Ich muß. Schließ dich ein. Du brauchst keine Angst zu haben.

Sam antwortete kurzsilbig. Befehlend. Jetzt, wo der große Blonde vom Tatendrang mitgerissen wurde, entglitt er ihr. France fühlte sich wirklich ratlos. Auf Beistand hoffend, wandte sie sich an Bloody Mary. Die Tote bewahrte die Ruhe und soufflierte ihr:

– Nimm mich mit. Ich kann nicht alleine bleiben. Das halt ich nicht aus.

Sam zuckte beinahe gereizt mit den Achseln.

– Tut mir leid, Kleines, meinte er. Noch nie war er ihr so fern erschienen. Tut mir leid, aber es geht um jede Minute. Ich muß diesen Kerl zu fassen kriegen. Und das ist nicht nur für mich wichtig, sondern für uns beide.

Bloody Mary wurde jetzt offen feindselig. Sie ergriff selbst das Wort. Es bewegten sich zwar die Lippen von France, aber in Wirklichkeit sprach jetzt diese verflixte Tote:

– Also das, was ich dir erzählt habe, sagte sie, das, was dieser Typ mir angetan hat ... Du glaubst es mir nicht, oder? So ist es doch? Du glaubst, ich hätte das alles nur erfunden.

Er hob den Kopf. War bleich, genervt.

– Was weiß ich. Wie soll ich das wissen? Ich muß auch mal an mich denken. An meine Grundsätze.

Er küßte sie kaum. Gerade mal auf die Haare, eine flüchtige Berührung. Als er sich zu ihr runterbeugte, spürte France ein Gefühl von Abneigung in ihm.

– Nimm mich doch mit, wiederholte sie, während sie sich von der Einbauliege erhob.

– Unmöglich, Liebling. Bitte, laß es doch!

Plötzlich schlang sie ihre Arme um seinen Hals. Hielt ihn zurück. Vertiefte ihren Haselnußblick in seine Augen und verfiel in ihren herausfordernden Kleinmädchentonfall:

– Sonst sagst du mir immer, ich soll rausgehen. Nun gut, jetzt will ich rausgehen, großer Blonder, zusammen mit meinem Mann. Unter Leute gehen!

Er packte sie an den Handgelenken und machte sich mit aller Kraft und einer unvermutet heftigen, nur mühsam zurückgehaltenen Wut von ihr los. Dann stieß er zwischen den Zähnen heraus:

– Laß mich jetzt endlich in Ruhe, France!

Bloody-Mary mischte sich ein. Sie war jetzt sauer, ernsthaft.

– Das wird dir noch leid tun, großer Blonder.

Das war eine Drohung. Aber da er schon in der Diele war, konnte er sie nicht mehr hören. France ging ihm ein paar Schritte hinterher.

– Und wenn er wiederkommt? versuchte sie es noch einmal, während sie in die Diele nachkam. Du solltest mir zumindest den Revolver dalassen.

Im Nu hatte er seine Hände in Leistenhöhe gebracht. Ein Instinkt. Die Angst, kastriert zu werden, interpretierte Bloody Mary.

– Hast wohl Angst, daß ihn dir jemand abschneidet, he? France lachte hämisch und legte ihre ganze Vulgarität hinein. Sie öffnete den Morgenrock sperrangelweit, und Sam sah ihr ketchupbeschmiertes Schambein.

– Sei nicht so obszön! sagte er, während er den Rückzug antrat.

Er stolperte über den Schirmständer. Sah, daß sie quer über ihren

Bauch mit Filzstift BLOODY MARY geschrieben hatte. Genauso wie auf dem Spiegel.
Er zog die Tür hinter sich zu.
Fast im selben Moment hörte France, wie *Flohr Otis* im Treppenhaus quietschte. Sie drehte sich zu Bloody Mary um. Dieses Miststück lachte Tränen im Spiegel. France fand, daß ihr Double dadurch, daß ihm die Wimperntusche verlaufen war, wirklich zum Fürchten aussah. Beinahe war sie erleichtert, als Bloody Mary schließlich aufhörte zu lachen. Aber ihr eindringlicher Blick machte sie kurz darauf nicht minder verlegen.
– Warum starrst du so auf meinen Bauch? fragte France.
– Weil ich eine teuflische Idee habe, antwortete dieses Miststück von Bloody Mary.
Sie lief zu der Einbauliege zurück und nahm sich ein Kissen.
– So, sagte sie.

39 Graupelzucker und Melonenpisse, Blutwurstglibber und Kittekatfutter, fluchte Butch Cassidy.
Er sah auf seine neue Quarz nach der Uhrzeit. Noch eine Stunde, dann war es halb fünf, die time des Schicksals, Schulschlußzeit.
Noch sechzig Minütchen, dann mußte er hinter der Kantine der Firma *Jules-Ferry* seine Schulmappe holen gehen. Noch sechzig Mini-Minütchen, dann mußte er den Schulbus erwischen, der ihn bis vor den Pavillon seiner Eltern kutschieren würde.
In puncto Disziplin verstand sein Vater einfach keinen Spaß. Seine Mutter übrigens auch nicht. Sie haute ihm viel öfter eine runter als sein Vater. Wenn der nicht da war.
Butch lachte sich 'nen Ast, wenn er an die wilden stories dachte, die er der Blonden aufgetischt hatte. Von wegen Mutter abgekratzt, Vater ohne Sorgerecht. Und von wegen Geschirrabwaschen. Das zog immer. Überhaupt, wenn du dich an ein Mädchen ranmachen willst, mußt du nur einen auf Mitleid machen. Das hatte Butch im Krankenhaus gelernt. Als er Lungenentzündung hatte. Er hatte nur die »Ich-bin-ein-ungeliebtes-Kind«-Platte auflegen müssen, und schon waren die Krankenschwestern dahinge-

schmolzen wie Butter. Sie waren auf ihn geflogen. Taschen voller Bonbons. Was für Einfaltspinsel!
Butch erreichte den Platz zur gleichen Zeit wie zwei Bullenwagen. Aus der Ferne hörte man das Lalülala. Verstärkung war im Anzug. Butch beobachtete, wie die Gendarmen aus den grünen Minnas auf die Straße purzelten, behelmt, im Sonntagsdress, die Maschinenpistole im Anschlag. Man hätte glauben können, in dem Viertel sei der Krieg ausgebrochen.
– Bleib nicht stehen, Kleiner, stieß ihn ein Brigadier beiseite. Geh weiter.
Das ließ sich Butch nicht zweimal sagen.
Schließlich hatte er sich heute morgen, als er die Schule schwänzte, nicht träumen lassen, daß so ein Tag vor ihm lag. Wenn ich daran denke, sagte er sich, wie ich heute abend wieder mit meinen Alten vor tiefgefrorenen Fischstäbchen sitze und über Rechtschreibung rede (schreibt man stören nun mit oder ohne h? lauter so ein Quatsch!), während draußen Leute mit Tempo Tausend in die Luft gejagt werden! Meine Fresse, es gibt wirklich massig Gründe, abzuhauen. Nicht nach Hause zu gehen und nie mehr in die elterlichen Filzpantoffel zu schlüpfen.
Was? Geld, zum Leben? Solche Kleinigkeiten? Sie müssen Butch einfach vertrauen. Das würde er schon hinkriegen. Wußte übrigens sogar bereits, wie.
Solange er noch keine Entscheidung getroffen hatte, ob er nach Hause zurücksollte oder nicht, mußte er sich höllisch ranhalten mit seiner Harley. Butch brachte seine Turnschuhe in Sprintform und überquerte den Platz, der zwischen dem Sozialbunker und dem Wohnturm lag. Ein großer blonder Typ kam ihm entgegen und rannte Richtung Polente. Als Butch sich nach ihm umdrehte, sah er, wie der Blonde die Leute herumkommandierte und sich mordsmäßig aufregte. Das mußte einer von den Oberen sein, denn er brachte sogar den Dicken auf Trab. Aber das war nicht Butchs Bier.
Er stürzte die abschüssige Rampe hinunter in die Tiefgarage und machte sich auf die Suche nach dem Wohnwagen, den die Blonde vorhin erwähnt hatte.
Es gab drei Tiefgeschosse.

40 Als er das Lalülala und die lauten Befehle der Leute hörte, sagte sich Maillard: höchste Eisenbahn! Er hatte sich von der Hauswartsfrau eine *Wonder* geliehen, mit der er Caillervert jetzt anstrahlte.

Der Anblick des Dicken veranlaßte nicht gerade zu Luftsprüngen. Ein verzerrtes Gesicht mit geronnenem Blut, einer heraushängenden Zunge und glasigen Augen – so schwamm der Dicke im eigenen Saft. Es stank weit und breit nach »Goldenem Oktober« oder einem anderen Fusel. Man konnte meinen, dieses Weinfaß habe sich angestochen, bevor es abgekratzt war. Die reinste Pest. Ein völlig unbekannter Gestank. Sogar dem hartgesottensten Schnapsbrenner mußte es den Geschmack am Aufgesetzten verschlagen. Mein Gott, wie konnte dieser Caillescheißdreck in seinem letzten Stündchen nur so stinken? Selbst der Totenfährmann hatte sicher ein dummes Gesicht gemacht, als diese Ratte vor dem Eingang der Hölle erschien.

Der Körper, eine Masse ohne klare Umrisse, war in einen hohen Kasten voller Sägespäne hineingestopft worden. Das Ganze hatte jemand verschnürt, mit dem Stempel »Zerbrechlich« versehen und drei rote Eierbecher draufgemalt.

Aber um ehrlich zu sein, war es weniger die Art und Weise, wie man seinen Kollegen zugerichtet hatte, die Maillard zur Weißglut brachte. Und er war auch nicht von einer detektivischen Leidenschaft gepackt, genausowenig, wie ihn die nächsthöheren Rangabzeichen zu locken vermochten – nein, daß Maillard diese stinkende Ausgeburt genauer untersuchte, hatte rein private Gründe.

Caillevert schuldete ihm noch 100 Eier.

Man könnte behaupten, 100 Eier seien ja nicht die Welt, Maillard hätte Ihnen dann geantwortet, daß es darauf ankommt, für wen. Und dann, wie auch immer, das Geld war ja da. In unmittelbarer Nähe. Ganz bestimmt hatte der Dicke es in seiner Brieftasche. Es war in Maillards Reichweite, wenn man so will. Maillard mußte lediglich mit seiner Hand in die halbgeöffnete Jacke greifen, die Brieftasche herausholen und sich das ihm Zustehende herausnehmen. Er würde alles wieder an seinen Platz zurücklegen. Was du nicht weißt, macht dich nicht heiß, Schneider!

Maillard hörte, wie Schneider dort oben die Befehle brüllte. Dieser

Dreckskerl war also eingetroffen. Maillard leuchtete den Oberkörper des Toten an und führte das Gedachte aus.
Die Brieftasche war aus echtem Schweinsleder. Als Maillard sie öffnete, kriegte er einen Herzschlag: 10 Pascales sahen ihn mit ihren Blaise-Augen von den Scheinchen her an. Ein ganzes Bündel. Zaster! Also war Maillards Verdacht begründet gewesen. Der Dicke hatte Geld wie Heu. Sicher hatte er gegen Bares dieses Miststück von einem antillanischen Zuhälter namens Sammy Soft protegiert, diesen Kerl, der heimlich einen Puff unterhielt und zur Tarnung einen auf Postangestellten machte. Maillard hatte die beiden öfter zusammen gesehen. Taten immer so, als zechten sie bloß miteinander. Er, Maillard, würde das schon in die Hand nehmen. Er steckte das ganze Geld ein, schließlich: Geld stinkt nicht. Im übrigen würde Sammy Soft, wenn man es sich recht überlegte, jetzt, da Caillevert nicht mehr unter den Lebenden weilte, einen neuen Beschützer brauchen, und das würde jetzt Maillard übernehmen. Allerdings Obacht: zum doppelten Preis. Maillards Bestreben war, sich im Südwesten ein Bungalow zu bauen. Modell *Aquitanie*, mit Balkonimitationen im andalusischen Stil. Bausparkassen sind schließlich auch für Bullen gemacht.
Maillard hörte Schritte und schrak hoch.
Der Zeitschalter wurde angeknipst.
– Maillard, sind Sie da?
Das war Schneiders Stimme. Schneider kam herunter.
Maillard glitt mit der Hand vorsichtig unter den Stoff. Er konnte die Innentasche nicht finden. Scheiße, daß es ausgerechnet dann, wenn man es eilig hat, nicht klappen will! Er rief sich zur Ruhe und legte die Lampe auf den Rand des Kastens. Mit zwei Händen würde er sicher besser drankommen. Er hob das Revers der Jacke etwas an und tastete noch einmal nach der verdammten Innentasche. Ein Knopf löste sich. Im selben Moment rollte ihm etwas Rundes und Schweres über den Handrücken. Instinktiv versuchte er, dieses Was-auch-immer-es-war aufzufangen, aber das Ding war schon in den Spänen verschwunden. Er achtete nicht darauf, denn er hatte die Innentasche gefunden und schob bereits die Brieftasche an ihren Platz zurück.

Gerade wollte er ein paar Schritte zurückgehen, um seinem Vorgesetzten deutlich zu machen, daß er nichts angerührt hatte. Doch just in diesem Moment explodierte die Granate. Exakt in Schenkelhöhe. Maillard hatte das Gefühl, als ob er sich vom Bauch her entleerte, aber am meisten Schmerzen bereitete es ihm, daß er sich mit dem Finger ins Auge gestochen zu haben schien. Mit einem Eisenfinger, der tiefer und tiefer eindrang.
In das Auge.
Das Auge.
Auge.
Au.

41 Während die Fallschirmspringer des Kapitän Gaussères direkt aus den *Herkules C 130* heraus die Vorstädte von Kolwezi überfielen, ging Impala Machine-Love beschwingt in ihren Kroko-Schuhen, die sie von diesem hübschen Dreckskerl von Taxi-Joe bekommen hatte, über die Dorfstraße.
Jetzt, da sie der Herrschaft dieses ruchlosen Verführers ein Ende bereitet hatte, nahm sie die Reise nach Paris in Angriff, um sich ihren Mann zurückzuholen. Mit dem festen Vorsatz, sich die dafür nötigen Mittel zu beschaffen, begann sie sofort ihre Runde bei Nachbarn und Verwandten aller Linien. Sie alle waren N'Doulas.
Sie schlachtete also zwei Hühner und rupfte sie. Noch warm brachte sie sie zu Onkel Abraham Automobile-Buick. Der alte Mann wußte das Geschenk zu würdigen. Er fragte sie, was willst du, Licht des Tages. Machine-Love setzte sich auf seinen Schoß, erwärmte ihn mit ihren lebendigen Pobacken, brach in Lachen aus und erzählte ihm von der Touristenklasse. Er sagte, wenn sie diese Nacht unter seinem Dach verbringe, dann würde er ihr morgen ein Drittel des Flugpreises geben. Sie sagte, sie nähme mit Freuden an. Abraham war sehr alt, reich und von großer Diskretion.

Zur gleichen Zeit stieg Locomotive-Baba in Paris blond, schick und in voller Schale die Nordwand des Turmes empor. Er war auf dem Wege, Val d'Oise und Riesendummheit seines Lebens, zu seiner Liebeliebe mit der Rothaarigen.

Die Zeit drängte – flieg, Gondel, flieg! –, Baba erstürmte die Gipfel. Aber trotz der dringend gebotenen Eile begrüßte er im fünfzehnten Stock den Mainate:
– N'Doula-Vogel, guten Tag. Ich komme gerade vorbei. Alle Weißen sind bekloppt.
Aber der Vogel, beschränkt wie er war, schlug wieder die alte Leier des Holzbeiners an.
– Krusselnigger, Krusselnigger, Krusselnigger! Drecksjude! Alte Schachtel! schmetterte er zusammen mit anderen Schweinereien, die nun einmal nicht in den Schnabel eines Vogels gehörten.
– Nach meinem Schäferstündchen mit dem Schwenkeschwänzchen komme ich wieder und geb dir Unterricht, versprach der Afrikaner. Allerhöchste Zeit für eine Gehirnwäsche.
Als Antwort pfiff die Drossel lediglich die ersten Takte dieses verflixten *River-Kwai-Marsches*.
Locomotive kurbelte sich, drrrt, drrrt, was das Zeug hält, in den Siebten Himmel hinein.

Butch Cassidy fand den Wohnwagen im zweiten Untergeschoß der Tiefgarage. Er war weiß und nicht besonders geräumig.
Gerade wollte er um ihn herumgehen und durch das Rückfenster hineinspingsen, da stülpte ihm jemand einen rauhen Stoff über das Gesicht und zerkratzte ihm die Augenlider.
Butch konnte nichts mehr sehen, erstickte beinahe und begann zu plärren: Mit den Augen, verdammt noch mal, da sei nicht mit zu scherzen, die seien empfindlich.

Ich, Jean-Y. Grandvallet, halte mein Hemd fest über die Birne dieses Drecksbengels gestülpt und lese ihn vom Boden auf. Seine Füße machen Bewegungen, die wie Schwimmzüge aussehen. Noch bevor er bis drei zählen kann, befindet er sich im Wohnwagen. Ein kurzer Blick, die Garage ist menschenleer. Ich schließe die Tür hinter mir mit einem Fußtritt.
Dann nehme ich ihm den Staubschutz vom Kopf.
Der Rotschopf fängt sofort an, rumzukeifen. Ich stoppe das Geschrei, subito. Als ihm dämmert, daß ich allzeit bereit bin, ihm eins

über die Rübe zu geben, hält er die Klappe. Er zeigt mit der Hand auf, wie in der Schule. Er bittet um das Wort.

Ich erteile es ihm.

– Dich hab ich gesucht! sagt dieses schreckliche Kind.

Mir bleibt die Spucke weg.

– Was willste?

– Einen kleinen Deal, ist die Antwort. Unter Männern, fügt er sachlich hinzu.

– Schieß los, ich höre.

Er teilt mir seine Forderungen mit. Victoire ganz für sich alleine. Sonst will er mich verraten. Was für ein Schwachsinn für einen Bengel in seinem Alter! Ich frage ihn:

– Und der Hut? Was haste mit dem gemacht?

Er erklärt mir, daß der Hut längst passé ist. Erzählt mir von Maillard, den Bullen, alles.

– Da oben wimmelt es nur so, posaunt er befriedigt heraus. Bis zu den Zähnen bewaffnet sind die, das kannst du dir gar nicht vorstellen. Du brauchst nur deine Nase rauszustrecken und schon bist du ein toter Mann.

Er kann deutlich sehen, daß ich verstört bin. Das nutzt er aus, um mir noch einmal den Hieb mit dem Überlegenheits-Sie zu versetzen.

– Ich sagte Ihnen ja bereits, daß ich Sie in der Hand haben würde. Nun, Sie sehen es selbst. Sie stecken inner Klemme und haben keine Wahl. Ich bin der einzige, der Ihnen entweder helfen oder Sie verpfeifen kann.

Das alles mit ganz ruhiger Stimme. Kein bißchen kindlich. Doch: seine sommersprossenübersäten Beine schlottern. Das kommt daher, weil er dringend pinkeln muß.

– In der Klemme, wiederholt er.

Er sieht mich mit seinen kandierten kastanienbraunen Augen offen heraus an:

– Nun, wassis mit der Blonden? Geben Sie sie mir?

Ein verrückter Hund, dieses Kind. Ein Fiesling, eine Kröte, ein Idiot, eine Rotznase. Ich würde ihn am liebsten zermalmen. Ich mag keine Knirpse. Und sage ihm:

– Ich mag keine Knirpse.

– Ich habe Sie gar nicht darum gebeten, daß Sie mich mögen, sondern darum, daß Sie die Blonde nicht mehr treffen.
Er sieht auf seine neue Quarzuhr und seufzt:
– Ich gebe Ihnen genau eine Minute. Stop! Entscheiden Sie sich. Danach rufe ich die Polypen.
– Meinst du etwa, ich würde dich wieder gehen lassen?
Damit kann ich ihn nicht aus der Fassung bringen. Er droht mit dem Zeigefinger:
– Achtung! Freiheitsberaubung! Da sind sie tierisch streng. Besonders, wenn es um Leute in meinem Alter geht.
Ich kriege seinen Hals zu fassen. Ein Hals wie'ne Gans. Bräuchte nur zu drücken. Ich drücke ein bißchen. Er wird rosa.
– Und wenn ich dich abmurkse?
Ich schüttele ihn an der Gurgel. Er gibt keinen Ton von sich. Blickt mich nur weiter an mit seinen Augen, die immer größer werden, wie Vorwürfe. Drei Riesentränen kullern. Das kann ich nicht mit ansehen. Ich lasse locker.
Gierig nimmt er eine Maulvoll Luft zu sich. Eine wahre Sauerstoff-Wohltat. Er streicht sich über seinen Kehlkopf. Ich lache höhnisch.
– Da haste Schiß gehabt, ne?
– Nein, prahlt er. Das hätten Sie doch nicht getan.
– Glaubst du!
– Aber sicher doch. Sie sinn zwar der Typ outlaw, ein desperado oder so, aber kein Kinderschänder.
Er zerquetscht ein paar Tränen mit dem Handrücken, schlottert immer heftiger mit den Beinen. Sein Bedürfnis zu pinkeln verschärft sich zusehends.
– So, was ist nun? Die Minute ist vorbei.
Ich habe einen verrückten Einfall.
– Einverstanden, verspreche ich, zumal ich aus dem letzten Loch pfeife. Einverstanden, Cassidy, ich überlasse dir Victoire, aber nur unter einer Bedingung.
– Und die wäre, fragt er zurückhaltend.
– Daß du mir mein Gewehr holen gehst.
– Du hast ein Gewehr?
Er ist ganz Ohr.

– Wo ist das?
Ich beschreibe es ihm.
Er wird ernst. Er pfeift. Kratzt sich den roten Kopf. Sieht auf seine Uhr. Schlottert wie bekloppt. Schließlich schaut er mich ordentlich gelangweilt an.
– Dir dein Gewehr zu bringen, ist nicht das große Ding, sagt er. Das macht Butch Cassidy mit links.
– Und warum tust du's dann nicht?
– Ich darf mich auf keinen Fall von den Bullen erwischen lassen, denn genau inner halben Stunde fährt mein Schulbus.
– Stimmt ja, eigentlich müßtest du in der Schule sein.
– Ich bin abgehauen, gesteht er. Meine Eltern dürfen nichts erfahren, sonst gibt's ein Drama.
– Warum?
– Mein Vater säuft. Ich bin ein vernachlässigtes Kind.
Jetzt ist er wieder ganz klein. Er springt von der Liege.
– Wo kann ich pinkeln gehen, Jean-Y.?
Ich zeige ihm die Ecke mit dem Chemie-WeCe.
– He, das ist ja Spitze! Völlig begeistert beugt er sich über die Klobrille. Fließt das auch nicht ins Parkhaus?
Ich gebe keine Antwort. Ich betrachte New York City, das in *Kodacolor* de luxe an die Wohnwagenwände gepinnt ist. Die Gebäude, die Siebente Straße. Wer weiß, vielleicht kann ich mir mit meinem Gewehr einen Weg zum Atlantik bahnen. Abhauen, nach New York, N. Y., USA: Und all die Phantasievorstellungen von Rosy aufsuchen. Hi, Mamma, dein Sohn ist da. Wie wär's, wenn wir von den erfundenen Erinnerungen mal kosten würden. Die reinste Lügensahne. 44. Straße, erinnerst du dich noch? Der Tisch bei *Sardi's*, der sozusagen für dich reserviert war. Den ganz Blauäugigen hast du erzählt, daß wir zwischen Henry Fonda und Ginger Rogers gespeist hätten. Und dann tatest du so, als ob Lauren Bacall nie an unserem Tisch vorbeiging, ohne sich nach meinem Befinden zu erkundigen. Was du alles für Schoten erzählt hast! Alles Tinnef, nicht wahr, Mamma? Alles Tinnef. Für dich und mich, da gibt es kein Entkommen.
Ein Hüftschwung nach hinten – und er kommt in alter Frische aus den cabins und sortiert seine Kleidung.

– Du und ich, wir sind doch im Grunde genommen beide auf der Flucht, meint er.
Die versöhnliche Tour. Als hätte er nachgedacht.
– Um so wichtiger, daß wir uns verstehn. Also, ich gehe jetzt das Gewehr holen. Was die Blonde anbetrifft, bleibt es bei unserer Abmachung, aber außerdem könntest du mich als Leutnant rekrutieren. Um ein paar Überfälle zusammen zu machen. Ich setze mein Kindergesicht auf, um die Leute abzulenken, und du beraubst sie währenddessen mit deiner Knarre. Was meinste dazu?
– Einverstanden. Hol jetzt erst mal das Gewehr.
– Einverstanden, aber ... außer der Blonden und meiner Anstellung als Leutnant brauch ich noch einen Tausender, um mir eine Mühle zu kaufen.
– Hab ich nicht.
– 500?
Egal was, wenn er nur abhaut!
– O.K., 500.
Er streckt mir die Hand hin.
– Vertrauen gegen Vertrauen, meint er. Schlagen Sie ein.
Ich schlage ein.
Er hält meine Hand in der seinigen fest und schließt die Augen:
– *Baba Jaga, Federkind,*
Dreimal schwarzer Kater und Eisenwind.
Bist du bös und schaufelst mir ein Grab,
Dann hack ich dir dein Händchen ab.
– Was erzählst du da?
– Hab ich mir ausgedacht.
– Wozu?
– Damit ich unverwundbar bin. Ich entziehe mich der Wirklichkeit, hat die Püchologin gesagt, erklärt er.
Er ist beknackt, dieser Junge. Ich sage ihm, was ich davon halte. Darüber lacht er sich schief und verzieht die Nase.
– Ich hatte nix, aber meine Mutter wollte, daß ich mich untersuchen lasse. Also sind wir zu Madame Bertrand gegangen. Seitdem sind wir öfter bei ihr. Madame Bertrand legt mir Vierecke und Kreise vor und fragt mich, ob ich etwas darauf erkennen kann.

Ehrlich, ich erkenne einfach nichts. Doch, neulich gab es einen Tintenklecks, der sah aus wie ein dicker Ständer.

– Hast du ihr das gesagt?

– Denkste! Die wäre vielleicht froh gewesen! Lügen, das ist doch gerade meine Masche. Das ist einfach stärker als ich. Da bin ich machtlos. Also habe ich ihr gesagt, daß ich einen Pilz erkenne, einen Steinpilz, damit es glaubwürdiger klang.

Er sieht mich an.

– Sie hat mir geglaubt. Verrückt, die Leute!

Wir sehen uns an.

Überfallartig packe ich ihn am Handgelenk und reiße ihm seine Uhr herunter. In derselben Bewegung drehe ich ihn um und klaue ihm sein Ausweisetui.

– Meine Uhr! Meine Papiere! kreischt er.

– Kriegst du zurück, wenn du wiederkommst.

Er guckt böse drein. Vor Wut hat er Tränen in den Augen.

– Das hättest du nicht tun sollen, droht er.

Ich durchforste seine Papiere. DUPRE-CHASTAIGNE, Edouard, geboren in Chantilly. Telefon der Eltern: 3344. Beruf des Vaters: *Architekt.* Das nennst du vernachlässigtes Kind?

Ich lach mich schief. Das kann er nicht ertragen. Er verpaßt mir mit seinen Latschen einen Tritt vors Schienbein. Ich erwische sein Bein im Fluge, hebe es hoch, öffne die Türe und schmeiße ihn raus.

Er landet irgendwie auf dem Zement.

– Los, mach schon, Eddi, etwas Feuer unterm Arsch! Du hast noch zwanzig Minuten, dann ruf ich deine Alten an.

Er kommt auf die Beine und verduftet in der Tiefgarage. Da habe ich sicherlich keinen neuen Freund gewonnen. Wenn der mir die Bullen auf den Hals hetzt, bin ich geliefert. Eine Art Lebensüberdruß packt mich. Mutterseelenallein setze ich mich im Halbdunkel auf den Boden wie ein Idiot und flenne.

Ich halte meine Hand fest geschlossen und darin meine letzte Granate, mein tragisches Spielzeug.

42 Draußen hatte sich die Sommerhitze mit einem Schlag in die Temperaturen eines Brutkastens oder Krematoriums verwandelt. Aus der Ebene kamen wutgeladene Wolken heran und stürmten über die Strommasten dahin. Vor Hochspannung strotzend, fegten sie über das Brachland immer näher heran. Wie ein Aufmarsch der Zombies in Megawatt – es sah so aus, als wollten sie erschreckend zielstrebig die Stadt umzingeln.
In der Höhe von Ecouen hörte man bereits das Gewittergrollen.
Kumuluswolken in AMX-Format lieferten sich in jähen Salven Blitzschlachten mit einer näheren dicken Wolkenschicht, wobei letztere – beinahe malvenfarben – bereits bedrohlich die gezahnte Silhouette der Gebäudelandschaft überflutete.
Victoire betrachtete den tiefhängenden Himmel aus dem Zug nach Saint-Denis heraus. Der Himmel schien jeden Moment seine schmutzige Wäsche über den Pavillons, die entlang der Gleise standen, auswringen zu wollen, während der wutentbrannt peitschende Gewitterregen auf den staubigen Fenstern bereits die Aussicht vernebelte.
Schweißgebadet in ihrer getüpfelten Bluse, unter der sie nichts anhatte, mied Victoire den geilen Blick von drei Typen, die nach ihrem Arbeitstag völlig verblödet dasaßen. Sie konzentrierte sich auf die Scheibe und ließ eine Leere in ihrem Kopf entstehen. Sie wollte nur noch eins: Emile wiederfinden. Ihren Emile mit seinem Schmerbauch, seinem Lachen und der unverwüstlichen Gesundheit. Scheiße, sie konnte wirklich nicht ohne ihn leben. Sie sagte sich, daß sie ihm alles gestehen würde.

N'Doula, der klatschnaß in dem wunderhübschen Anzug von Sammy Soft zwischen Himmel und Erde hing, hörte auf zu kurbeln. Er lockerte die Krawatte, holte das Taschentuch raus und wischte sich über die schweißtriefende Stirn. Wirklich, eine Feuchtigkeit wie am Äquator.
Er dachte an Impala Machine-Love.
Er sagte sich, was für eine abgefeimte Schlampe sie doch war. Daß sie ihn, N'Doula, niemals wirklich geliebt hatte. Darin irrte er sich jedoch gewaltig. Im selben Moment tat Impala nämlich alles in ihrer Hand und in ihrem Bauch Liegende, um schnellstmöglich

wieder bei ihrem Mann zu sein. Sie arbeitete sogar für zwei. Und das war auch nötig. Denn Onkel Abraham war ein Unersättlicher, der es trotz seiner neunundneunzig Jahre noch ohne Pause durchzog. Ein alter Mehrlader, es war kaum zu glauben.
Bei diesen Stößen konnte einem glatt der Aortenbogen zerplatzen.
Machine-Love besorgte es ihm noch einmal. Mit der Schamlosigkeit der Verzweiflung. Eine nie gesehene Wollust. Ein Schrei, ein Röcheln, dann ergab sich der Onkel Automobile-Buick endlich.
– Schon gut, 'Pala, ich kauf dir dein Billet nach Paris.
Sie hockte rittlings – tam-tam – auf dem Bauch des Alten und bewegte sich sanft. Abraham verfiel noch einmal in einen Starrkrampf der Lüste:
– Hör auf, hör auf! stöhnte er. Ich spendier dir die Hin- und Rückfahrt, aber zieh dich jetzt zurück.
Das tat sie. Sie nahm eine Dusche. Vier Kilo Gewichtsverlust.

Oberhalb von Sarcelles-Val-d'Oise grollte der Donner jetzt mächtig. Eine blaue Fliege wurde plötzlich von einer Verhaltensstörung befallen und landete auf Babas blondem Haarschopf. Dumme Fliege! Sogar auf Blonde, Scheiße noch mal! Locomotive verjagte sie wütend. Sie kam zurück. Reizte ihn weiter. Gewitterverrückt war sie.
Er beugte sich über die Stadt.
Auf dem Platz unter ihm rannten die Menschen aufgeregt wie in einem Ameisenhaufen in alle Richtungen um die Sozialbunker herum. Immer mehr Krankenwagen und Bullenautos strömten mit voller Beleuchtung hinzu, und am Rande des Bürgersteigs trafen sich die kreisenden Blaulichter.
Männer in Weiß und Blau stürzten in eines der Wohnhäuser.
In der Eingangshalle des besagten Hauses stand Schneider. Er hatte Ränder unter den Augen und Blutspritzer auf dem Anzug wie im Gesicht. Schreiend gab er seine Befehle.
Die Polizisten bildeten eine Kette, um die Gaffer ins Freie zurückzudrängen.
– Aber wir wollen doch in die Wohnung, schrie eine Hausfrau.
– Was für eine Welt! protestierte eine andere. Sie wollen uns doch nicht etwa aussperren?

– Befehl ist Befehl, sagte die Dienstnummer 7013. Er rollte seinen Umhang zusammen und wirbelte ihn durch die Luft, um die erste Reihe zu ein paar Schritten rückwärts zu bewegen. Seine Kollegen taten es ihm sogleich nach.
– Deppen!
– Bullypen!
– Faschos! SA – SS!
Im Nu prasselten immer mehr Beschimpfungen auf die Ordnungshüter nieder, was an der aufreizenden Gewitterschwüle lag.
Plötzlich konnte man oberhalb der Köpfe ein sattes Grollen vernehmen. Die Proteste erstarben von alleine, und ein Schweigen, das aus einer kosmischen Beunruhigung herzurühren schien, breitete sich aus. Selbst die Bullen starrten in den Himmel. Es war, als ob er zerriß. Schnurgerade, wie eine Leiter, fuhr ein weißer Blitz hindurch. Die Leute konnten sich gerade noch eine Sekunde lang ansehen, dann stand die Statue, die den Platz schmückte, mit einem Mal inmitten einer Feuergarbe. Mehrere Frauen schrien vor Angst und Schrecken. Die Menschen stürmten die Absperrung und stürzten in die Eingangshalle des Wohnhauses.
Daraufhin begann das Licht zu flackern und erlosch schließlich definitiv. Der diensthabende Idiot stellte fest, daß der Strom ausgefallen war. Einige Feuerzeuge leuchteten auf, unterstützt von vereinzeltem Geflüster.
– Da sitzen welche im Aufzug fest, schrie jemand.
Obwohl es gerade erst sechzehn Uhr fünfzehn war, war es schon dunkel. Stockdunkel.
Butch Cassidy nutzte die Lage, um sich ungesehen einzuschleichen. Niemand, aber auch gar niemand, achtete auf ihn. Doch: eine Frau – sie nahm ihn an die Hand, weil sie glaubte, er sei verlorengegangen. Die Handfläche der Wohltäterin war feucht. Ekelhaft, fand Butch. Mit einem heftigen Ruck schüttelte er sie ab und stürzte auf die Treppe zu, die voller herumtappender Leute war.
Er mußte den Stromausfall nutzen und bis in den fünften Stock kommen.
Im Keller arbeiteten Krankenpfleger und Feuerwehrmänner vom Rettungsdienst mit vereinten Kräften im schwachen Schein elektrischer Stablampen daran, die blutigen Überreste der beiden auf

dem Felde der Ehre gefallenen Bullen in zwei Stahlsärgen zu verstauen.

Ein Gerichtsmediziner schlug vor, Cailleverts Teile zu numerieren, damit man sie besser von Maillards Überresten unterscheiden könne. Doch ein Feuerwehrmann gab zu bedenken, daß es oft unmöglich sei, herauszufinden, was zu wem gehörte. Er griff sich ein Beispiel heraus und hielt es in die Höhe. Eine Hand.

– Die hier, zum Beispiel, fragte er, wem mag die wohl gehören? Dem da?

– Nein, sicher nicht, antwortete ihm ein Kollege. Übrigens habe ich schon drei in der Kiste dort.

– Dann gib mir eben eine ab, überlegte der Feuerwehrmann.

– Egal, welche?

– Nein, die mit den meisten Haaren, wenn's geht.

Nun haben Sie genug über das Berufsethos erfahren.

Als France den Turm verließ, begegnete sie einem Mann. Er zog höflich den Hut und hielt ihr ehrerbietig die Türe auf. Um einem Lachanfall zuvorzukommen, schlug sie die Augen nieder und flüsterte einen Dank.

Es goß eimerweise, als sie auf den Platz zuging. Der Regen prasselte auf die Steinplatten, und die Tropfen tanzten mit ungeahnter Kraft. Durch den Wind legte sich der jungen Frau eine Dunstschicht aufs Gesicht.

Sie begann, die feuchte Luft tief einzuatmen. Es war ein beispielloses Gefühl der Freiheit. Jetzt hatte sie schon zwei Monate lang ihre Nase nicht vor die Tür gesteckt.

Sie setzte sich in Bewegung. Vorsichtig, ganz vorsichtig. Sie folgte den Arkaden, und während sie an den Geschäften vorbeiging, versuchte sie, ihren Körper umzugewöhnen. Sie bemühte sich mit aller Kraft um einen Gang, der ihrem Zustand entsprach. Plattfüßig und in flachen Schuhen, dabei maximales Hohlkreuz und den Bauch weit rausgestreckt – so schritt sie gut die Hälfte des Weges auf den Sozialbunker zu.

Vor dem Spiegel der Änderungsschneiderei blieb sie stehen und öffnete den Regenmantel. Mit dem Kissen, das sie unter dem Sackkleid trug, sah sie exakt so aus wie eine Schwangere kurz vor der

Niederkunft. Sie saugte ihre Backen nach innen und besah sich im Widerschein eines Blitzes ihr bläßliches Gesicht. Sie hatte ordentlich in die Puderdose gegriffen und auch bei den braunen Schatten nicht gespart. Sie lächelte sich leise zu.
Bloody Marys Anweisungen folgend, legte sie beide Hände auf den Bauch und rief sich ihre Lektion noch einmal ins Gedächtnis:
– Liebling, bitte entschuldige, daß ich dich störe, aber ich fühle mich nicht wohl, sagte sie. Vielleicht liegt es nur am Gewitter, aber wer weiß das schon ... Ich glaube, das Baby ist unterwegs ...
Sie lachte aus vollem Halse. Prächtig war das, einfach prächtig.
Wie ein Automat setzte sie sich wieder in Bewegung. Bloody Mary ließ nicht mehr von ihr ab. Glücklicherweise, denn ohne Bloody Mary würde sie es niemals bis zum Ende durchhalten. Aber Bloody Mary war ja bei ihr und sagte mit ihrer rauhen Stimme:
– Beine auseinander, und Watschelgang. Bauch raus. Bleich und träge muß du sein, und die Schmerzen muß man sehen können. Vorwärts, wir werden ihn töten, diesen Mann. Er soll büßen, für all die Schweine. Pigs.
Beim nächsten Blitz warf France einen schnellen Blick die Fassade des Turms hinauf. Der blonde Neger, den sie vor dem Verlassen ihrer Wohnung lokalisiert hatte, war immer noch beim Aufstieg. Zweidrittel des Gebäudes hatte er bereits geschafft. Sie sagte zu sich, daß er etwas zu früh dran war für sein Rendezvous mit dem Tod.
Dann legte sie einen Schritt zu.

43

Sam ahnte die Falle, sobald er France kommen sah. Sie bewegte sich schwerfällig, gestützt auf einen jungen Wachtmeister namens La Bourdais.
Obwohl die Menschen mit sich beschäftigt waren, verstummten die Gespräche überall, wo France auf ihrem Weg durch die Halle vorbeikam. Sie waren von dieser Verkörperung der Fruchtbarkeit fasziniert und wichen ehrerbietig auseinander.
Großartig, sehr körperlich, prall und fordernd zugleich hing sie auf dem schmächtigen Körper des jungen Polizisten. Sie hatte diesen Ausdruck übertriebener Hingabe, wie ihn viele Schwangere

haben. Dann, wenn sie kurz vor der Niederkunft sind. Brust raus, Bauch voraus. So demonstrierte France Kraft, Stolz, das Gefühl eines guten Rechts und eine fast exhibitionistische Schamlosigkeit.

– Die Ärmste! Sieh mal, die da, die tut mir leid, bei der Hitze! bemerkte eine schon multiple Mutter zu ihrem Ehemann.

Schneider trat nach hinten in eine schattige Ecke.

Wie konnte sie ihm das antun? In aller Öffentlichkeit. Dazu noch, wo er die Sache leitete. Die Verantwortung trug. Wo alle Entscheidungen bei ihm lagen. Er war versucht, abzuhauen oder sich zu verstecken. Aber da trafen sich ihre Augen bereits für den Bruchteil einer Sekunde mitten in der Menschenmenge.

Ihr Gesicht war bleich und schmerzerfüllt. Sie schlug die schminkeschweren Augen zu Boden und tat so, als sähe sie ihn nicht. Mit einem strahlenden Lächeln ließ sie sich auf einen Stuhl fallen, den ihr ein Brigadier eilends bereitstellte.

– Danke, vielen Dank, sagte sie.

Sie wischte sich den Schweiß von der Oberlippe und machte entsagungsvoll die Beine breit. Um den Blutkreislauf wieder anzuregen, massierte sie sich die Waden.

– Meine Beine sind so schwer. Wie Blei, klagte sie an die Adresse des Brigadiers, der sie verständnisinnig anlächelte.

– Ich habe selber drei Kinder bekommen, sagte er in geheimem Einverständnis.

– Wirklich? wußte sie zu würdigen.

Dann kniepte sie die Augen zusammen und tat so, als suche sie jemanden in der Menschenmenge. Sie drehte den Kopf nach hinten zu dem jungen La Bourdais, dessen Hand sie immer noch hielt. Er traute sich nicht, sie wegzunehmen.

– Mein Mann ist hier in der Nähe, nicht wahr? fragte sie. Nein, bitte, stören Sie ihn nicht, wenn er zu tun hat, sagte sie noch. Sagen Sie ihm nur, daß ich hier bin.

Als sie den Kopf wieder senkte, stand Sam bereits wie erwartet an ihrer Seite. Sie lächelte erstaunt. Er war bleich. Sie ließ von La Bourdais' Hand ab und nahm Sams. Dann sagte sie Bloody Marys Lektion auf:

– Liebling, bitte entschuldige, daß ich dich störe, aber ich fühle

mich nicht wohl. Vielleicht liegt es nur am Gewitter, aber wer weiß das schon ... Ich glaube, das Baby ist unterwegs ...
Sam fühlte sich bewegungsunfähig und in die Enge getrieben. Er ging vor ihr auf die Knie. Mit seinen hellen Augen suchte er die ihrigen. Wenn sie nur seine Hand hielt, zitterte sie schon am ganzen Leib. Das sagte eine Menge aus über ihren seelischen Zustand. Sie war außer sich. Warf ihm ein beschwichtigendes Lächeln zu.
– Ich glaube, die Wehen haben angefangen, sagte sie. Ihre Stimme war jetzt leiser.
Gegen seinen Willen warf Sam einen niedergeschmetterten Blick auf La Bourdais und den Brigadier. Beide brachten ihre vollste Sympathie zum Ausdruck. Um sie auf andere Gedanken zu bringen, sagte Sam zu ihnen mit einem starren Lächeln:
– Nun denn, dafür, daß es ein guter Tag sein soll, hat er ganz schön viele Tücken.
Man sah deutlich, wie er versuchte, wieder Haltung anzunehmen. France wußte, sie hatte gewonnen. Und diese Gewißheit verstärkte sich, da er auf ihr Spiel einging. Was blieb ihm auch anderes übrig?
– Hast du Wehen? fragte er und schenkte ihr wieder seine Aufmerksamkeit. Er legte die Hand auf das Kissen und sah sie beunruhigt an. Großartig, wie er das machte.
– Ja, meinte sie mit einem schüchternen Lächeln. Alle zehn Minuten. Aber sehr erträglich. Ich veratme sie immer.
– Ach, machen Sie auch die schmerzfreie Geburt? Der Brigadier würdigte ihre Wahl mit Kennermine.
– Ja, sagte France. Mein Mann unterstützt mich. Niemand kann so gut atmen wie er, fügte sie stolz hinzu.
– Ich habe meiner Frau auch geholfen, sagte der Brigadier, und auch Atemübungen gemacht.
Um sein Können unter Beweis zu stellen, öffnete dieser gestiefelte Idiot tatsächlich den Mund. Er atmete schnell. Hechelte, wie ein Tier.
Genau in diesem Moment verkrampfte sich Frances Hand in der Hand ihres Mannes. Sie konnte gerade noch sagen:
– Oh, ... schon wieder eine dieser verdammten Wehen ...
Dann begann auch sie zu hecheln.

Sie drückte Sams Hand und fixierte ihn intensiv. Sie sah wirklich sehr leidend aus, und ihre Augen baten ihn inniglichst, mitzumachen. Gegen seinen Willen begann Sam zu hecheln. Durch den Mund zu atmen. Genau so, wie seine Frau es wollte. Genau so, wie es dieser Idiot von einem Brigadier machte. Drei offene Münder. Drei Zungen, die vor- und zurückglitten. Ha-ha-ha-ha … Wie durstige Tiere.

Die Umstehenden bildeten einen Kreis, einige begannen mitzuhecheln. Niemand kam auf die Idee zu lachen. Alle waren ernst, nur zwei Typen in der letzten Reihe taten so, als wollten sie aneinander hochklettern, auf allen vieren, wie spielende Tiere.

France hörte als erste auf. Ihre Nase war spitz geworden. Der Brigadier stoppte die Uhr.

– Zwei-dreizehn, verkündete er dem Publikum.

– Diesmal war die Wehe länger als sonst, bemerkte France und sah ihrem Mann liebevoll in die Augen.

Sie legte ihm ihre Hand auf die Stirn:

– Danke, Liebling, sagte sie voller Inbrunst.

Sam ballte die Faust.

– Ach, was für eine Hitze, klagte sie.

– Bitte, gehen Sie doch auseinander, mein Gott, echote der Brigadier und drängte die Menge zurück. Sie sehen doch, daß die Dame keine Luft kriegt.

– Ich glaube, ich gehe am besten sofort in die Klinik, sagte France. Meinst du, Sam, daß mich einer der Krankenwagen fahren kann?

– Bestimmt, mein Liebling, bestimmt. Schneider verlor seine Ruhe.

– Ich kümmere mich drum, sagte La Bourdais.

Er verschwand eilig, doch der Weg durch die Menge war nicht gerade einfach.

– So gehen Sie doch auseinander, meine Damen und Herren, rief jemand aus der entgegengesetzten Richtung und zwei Feuerwehrmänner, die nach hinten gebeugt einen Stahlsarg an den Griffen stemmten, hatten ihren Auftritt. Sie schafften Cailleverts Überreste fort.

– Wir werden ihn Ihnen kaltstellen, witzelte einer der Männer Schneider im Vorübergehen zu.

– Bei dem Wetter geht das sonst sehr schnell, fügte der andere hinzu, der genauso spaßig sein wollte wie sein Kollege.

– Ja, ja, danke, sagte Sam, ohne hinzuhören. Er kam aus der albernen Hocke hoch und wandte sich an France:

– Komm, Liebling, ich bringe dich zum Krankenwagen.

Er half ihr beim Aufstehen, und sie machten sich gemeinsam auf den Weg zum Ausgang. Er griff ihr stützend unter die Arme. Die Leute traten mit verständnisinniger Mine vor ihnen auseinander.

– Was soll dieser Auftritt? flüsterte er. Du hast ja enorme Fortschritte gemacht!

– Ich mußte dich einfach sehen, das war lebensnotwendig. Ich mußte das Baby schützen.

– Wovor bloß, meine Güte? Und im übrigen existiert es doch gar nicht, das Baby.

Plötzlich hob er die Stimme und wiederholte laut, erregt:

– Es existiert doch gar nicht.

Sie bot ihm die Stirn.

– Doch, es existiert. Wirklich! sagte sie. Alles existiert. UND DER NEGER EXISTIERT. Und er hat mich vergewaltigt.

Sam blieb abrupt stehen, weshalb sie sich zu ihm umdrehen mußte. Er kniff sie.

– Quatsch!

Er hatte geschrien. Jetzt zitterte er. Dem Nervenzusammenbruch nahe, wie es schien.

Die Umstehenden drehten sich zu ihm um und sahen ihn mit erstaunten Gesichtern an. Eine der Frauen starrte besonders aufmerksam in seine Richtung.

– Geh weiter, sagte er leise. Jetzt müssen wir diese blödsinnige Komödie wohl oder übel zuendespielen.

Sie gingen weiter Richtung Ausgang.

– Der Neger hat sich die Haare gefärbt, sagte sie mit dunkler Stimme. Blond. Ein völliger Fetischist. Wahrscheinlich, weil er so aussehen will wie du.

– Was erzählst du schon wieder für Geschichten?

Mit eisernem Griff packte er ihren Arm.

– Würdest du mir bitte den Gefallen tun und nach Hause gehen, flötete er.

Sie prustete. Wieder dieses gemeine Lachen.
– Unmöglich, Sammy-Boy, gluckste sie. Du vergißt, daß mir gerade die Fruchtblase platzt.
– Tu, was ich dir sage, zischte er zwischen den Zähnen hervor.
Er kniff sie noch fester. Sie biß sich auf die Lippen.
– Schon wieder eine Wehe, Madame? erkundigte sich der Brigadier, der gerade auf sie zukam.
– NEIN! brüllte Sam außer sich. NICHTS! Keine Wehen. Meine Güte, Griaule, lassen Sie mich in Ruhe.
– Wie Sie wünschen, sagte Griaule.
Er war eingeschnappt und zog von dannen.
Schließlich standen Sam und France unter dem Vordach.
Der Regen hatte etwas nachgelassen, aber noch immer hüllte er die ganze Esplanade in Grau. La Bourdais winkte von weitem, vom Rand des Bürgersteigs aus, wo er neben einem Krankenwagen stand, der abfahrbereit die Scheinwerfer eingeschaltet hatte.
– Siehst du, sagte France und deutete auf den Turm. Selbst wenn ich wollte, es wäre völlig unmöglich, was du verlangst. Unmöglich.
Er sah den Turm hinauf. Als erstes entdeckte er die Gondel. Dann den Neger, der auf ihrem Balkon stand und an ihr Fenster zu klopfen schien.
– Töte ihn, sagte Bloody Mary. Schiste ihn, Sam.
Sie entwand sich ihm; er konnte sie nicht zurückhalten. Schwerfällig lief sie zu dem Krankenwagen.

44

Victoire läuft durch den Gewitterregen.
Ihre Bluse (mit nichts drunter) klebt an ihrer Pfirsichhaut. Die Durchsichtigkeit ist dermaßen erotisch, das gab's noch nie. Die Tupfen des Stoffes vereinigen sich zum Versteckspiel mit den Warzenhöfen der Brüste. Und noch viel mehr.
Victoire läuft und läuft. Tut ihr leid für die Pfützen.
Um diese Zeit zieht Saint-Denis alle Blitze an, die sie in Sarcelles nicht haben wollten. Der Regen fegt wie ein Wirbelwind über die grüne Kathedrale hinweg. Das Wasser plätschert mit Karacho den Rinnstein hinab. Eine Unmenge kleiner Bäche, die von den Hän-

gen und Dächern herunterkommen und sich in den Straßen zusammentun.
Victoire kommt in Sichtweite der *Bar des Amis*.
Emiles Kollegen sind alle versammelt. Sie starren ins Leere, auf die Straße, in den Regen, der sie aus den Kanälen vertrieben hat. Ihre Kleider dampfen. Sie riechen nach Knoblauch und Methangas und klammern sich mit ihren Händen fest an die Schnapsgläser.
– Das muß ja ein reißender Strom sein da unten, sagt einer von ihnen.
Er schüttelt seine Öljacke und bestellt noch einen Calvados.
Victoire tritt zu ihm und wagt die Frage:
– Entschuldigen Sie, meine Herren, haben Sie Emile gesehen?
– Emile, den Kanalarbeiter?
– Eigentlich müßte er hier bei uns sein, antwortet einer der Männer etwas vorwurfsvoll. Aber er ist nicht gekommen.
Er dreht sich zu Victoire um. Erst jetzt erkennt dieses Stück Scheiße aus den Tiefen scheinbar, daß das Fräulein unter der Bluse nackt ist. Er guckt verschmitzt aus der Wäsche.
– Wer sind Sie, daß Sie nach ihm fragen? erkundigt er sich. Sind Sie die Tochter oder seine Circe?
Victoire gibt keine Antwort. Sie ist schon wieder draußen. Sie läuft und läuft durch den Regen. Vor Angst klopfte ihr das Herz im Hals. Emile hat ihr völlig aufgeregt von seiner Teichanlage erzählt. Sie weiß, daß man das Kanalloch am De Geyter-Platz hinuntersteigen muß, wenn man dorthin will.
Sie läuft.
Längst haben sich ihre Schuhe im Schlamm aufgelöst. Aber das ist ihr scheißegal. Nur der Dicke ist wichtig. Emile. Daß sie nicht zu spät kommt.
Sie biegt in die Rue Paul Eluard ein. Dreißig Meter hinter der Ecke sieht sie links auf dem Trottoir das Loch.
Verdammter Mist, noch ein Hindernis.
Vor sich sieht sie die gebückte Silhouette des Kanaldeckelbewachers. Kreidebleich steht der öffentliche Dienstler neben dem Loch, zu dünn bejackt, mit durchnäßter Mütze und den geröteten Fäusten in die Seiten gestemmt. Ihm reicht's.
– Guten Tag, Monsieur Roger, erinnern Sie sich noch an mich?

fragt Victoire keck. Wir haben mal zusammen einen *Ricard* getrunken. Ich bin die Frau von Emile …
Der Gute in den extrahohen Gummistiefeln hebt seinen Kopf und wischt sich einen Tropfen von der Nase.
– Mimile, der Kanalarbeiter?
– Ja. Wissen Sie, wo der steckt?
Er deutet mit dem Kinn in die Tiefen der Unterwelt.
– Der muß sich da irgendwo rumtreiben …
– Aber da muß man doch was unternehmen, das ist doch lebensgefährlich da unten!
– Noch nicht, aber bald.
– Aber … man muß doch etwas unternehmen, wiederholt sie.
Er breitet seine Da-bin-ich-machtlos-Arme aus. Als er die blutleere Gosche öffnet, kommt kein einziger Zahn zum Vorschein. Die reinste Zahnklempnerwüste.
– Genau das war ich auch gerade am Überlegen, als Sie kamen, stellt er fest. Was der macht, der Emile, das ist gefährlich, bei dem, was der heute nachmittag schon alles in der Krone hatte. Der kam ja mit Wrickruder schon auf gute zwanzig Knoten.
– Was meinen Sie damit?
– Ich weiß auch nicht. Er sagte irgendwas, von einem Walfängerboot, das er kaufen wollte.
Victoire starrt durch das Loch in die gähnende Tiefe.
– Helfen Sie mir. Wir müssen da runter.
– Da kann ich Ihnen nur abraten, junge Dame. Das ist viel zu gefährlich, die Strömung ist jetzt schon tückisch.
Victoire sieht starr auf das Siegel des Kanaldeckels, der neben dem Loch liegt. Pont à Mousson, Lothringen, ist da eingraviert.
Der Regen verdoppelt seine Kräfte.
– Ich gehe, entscheidet sie.
Sie verschwindet in dem Loch.
– Das müssen Sie selber wissen, ob Sie gehen. Ich jedenfalls verständige jetzt meine Vorgesetzten, schreit er, um das aufkommende schlechte Gewissen zu beruhigen, und überquert die Straße.
Victoire kann ihn nicht mehr hören. Sie klettert eine Eisenleiter hinunter in einen Höllenschlund.

Unten ist ein grauenvoller Lärm. So, als wäre man ganz weit entfernt.
Wenn man von dem Geruch einmal absieht, könnte man meinen, das Meer rollte heran ...

45

Beherzt trommelte Locomotive-Baba mit unermüdlichen Schwingern ein letztes Mal gegen die Glasscheibe. Zehn Minuten rackerte er sich bereits mitten im Gewitter ab.
Anfangs hatte er sich noch gesagt, die Rote wolle ihm sicher seine N'Doula-Lust bei der Stange halten. Nicht ohne! Möglicherweise um ihn zu erregen? Damit er auch ordentlich mannhaft wäre? Mit einem Mal hatte er angefangen, seinen Namen zu rufen. Passend dazu ließen die Blitze als Spezialeffekt seine Zähne in weißem Glanz erstrahlen. Ein Spektakel! Wirklich und wahrhaftig, wie Zahnpastareklame. Baba schrie in seiner eigenen Sprache, daß er stark sei und unbesiegbar. Und daß er einen tierischen Unterleib hätte wie ein Bulle, Hoden wie Brotbaumfrüchte und einen Dorn mit Mammutbaumkräften. Und der Himmel grollte, und Babas Augen rollten, und der Regen trommelte, und Baba brüllte.
In der Wohnung nebenan hatte sogar jemand verstohlen den Vorhang geöffnet. Das Gesicht einer Frau war zum Vorschein gekommen. Sie hatte nach dem Herumlungerer gesehen und sich gefragt, werdaswohlwaar? Ein Einbrecher? Oder was?
Dem Baba war das piepegal gewesen. Hatte weiter seine Litanei der Triebe runtergebetet – noch tobender als ein Urwald-Romeo unter dem Lianenbalkon von Machine-Love-Julia.
Aber jetzt ...
Er war kleinlaut und durchnäßt wie ein eingeweichtes Brötchen und glaubte mittlerweile an gar nichts mehr außer, daß es schiefgegangen war.
Ganz abgesehen von dem kleidungsmäßigen Desaster. Oh, mein Gott, was für eine Schurkin. N'Doula rümpfte seine Nase. Nachdenklich wrang er das gepunktete Taschentuch aus, das seine Weste schmückte.
Ach ja, wenn du dir nicht von Sammy Soft, dem Postler aus südlichen Meeren, einen Anzug geliehen hättest, dann wäre der Regen

nicht schlimm. Das tröpfelt einfach runter. Die Klamotten, die dir gehören, die trocknen einfach wieder, und dann ist es vergessen und vorbei. Aber bei einem Dreiteiler, da ist das natürlich was anderes.
Locomotive witterte seine Niederlage. Ein Modergeruch nach Filz griff ihm an die Kehle. Von oben bis unten, nicht gerade die große Freude! Kammgarn, das den Kamm verlor. Dampfgehaltene Säume, die den Halt verloren, Viskose-Futter, das die Viskosität verlor. Eine *Beresina* von der Stange.
Verstört sah Baba in die blinde Scheibe – nicht mal Licht! –, die Tropfen weinte.
Angesichts so viel Kismet trat eine N'Doula-Erschöpfung hervor. Locomotive beschloß, das was er heute nicht hatte besorgen können, auf morgen zu verschieben.
Brrrr, brrr, völlig tiefgekühlt war ihm unter den ausgebeulten Kleidungsstücken, als er in die Gondel sprang und den Abstieg begann.

46 Butch Cassidy zog ein bumsbekloptes Gesichtchen, als er an Victoires lagunengrünem Höschen schnupperte. Ein Stretch-Modell, hautfreundlich, atmungsaktiv, saugfähig und freizügig ausgeschnitten.
Selbst Chin-White hätte seine Phantasie nicht auf höhere Touren bringen können, und angesichts eines leichten Nebendufts von *Vetyver* steigerte sie sich noch um einige Grade. Ohnehin nicht von schlechten Eltern, erreichte sie nun Rekorddimensionen. Er schloß die Glotzerchen. In Farbe und mit allem Drum und Dran erschien vor seinem geistigen Auge die Venus von Samothrake. Dieser Hügel war alles andere als häßlich.
Entschlossen begann Butch, in der Kommodenschublade zu wühlen. Natürlich war das sehr indiskret, aber so ganz alleine zu sein mit der Reizwäsche seiner großen Sommerliebe, das versetzte ihn in leidenschaftliche Rauschzustände.
Er verschwand kopfüber in der Schublade.
Kurz darauf schwang er siegestrunken eine neue und bewegende Entdeckung. Ein Knospenhalter, *Engelshaut*, 15 Prozent Elasthan, ohne Stäbchen.

Ach, wie meilenweit entfernt war dieses Modell von den Korsetts seiner Mutter aus dickem geblümtem Zwillich.
Meilenweit entfernt von den Schnürbändern, die 100prozentigen Sitz versprachen. Hier war alles frei, zart, schmeichelnd und raffiniert. Und was für Farben! Lila, champagner, fleischfarben. Ja, fleischfarben!
Dehnbares Polyamid aus antistatischem Nylon mit Doppelnaht und elastischer Spitze. Butch, ein erotischer Nimmersatt, grub sich immer tiefer in die Schublade hinein. Dabei vergaß er Uhrzeit und Auftrag.
Gerade als er zu den Modellen im Superlook mit tiefem Rückenausschnitt vorgestoßen war, hörte er, wie die Wohnungstür mit lautem Getöse geöffnet wurde. In der Diele ging ein Gegenstand aus Porzellan zu Bruch. Ohne nachzusehen, wer den Tumult verursacht haben könnte, verschwand der Junge kurz entschlossen unter dem Bett.
Wenig später blieben ein paar Schuhe einige Zentimeter von seinem Gesicht entfernt stehen.
Sie waren aus Kalbsleder, die Schuhe, und sehr sorgfältig gewichst.

Die ausgelegte Damenwäsche zog Sam Schneider in ihren Bann und blockierte seinen Schwung. Diese Slips, Unterwäsche, Seidenfummel und anderer Chichi waren dazu geeignet, die niedrigsten Gelüste bei einem Mann zu entfachen, weshalb er den Schalen eines BHs wütend einen Fußtritt versetzte.
Eindeutig, die Provokation lauerte in allen Ecken.
Man konnte glatt meinen, die Frauen wären allzeit zu den entwürdigendsten sexuellen Bestialitäten bereit. Und France vorneweg.
In diesem Moment teilte Sam vollständig die Gefühle all derer, die gegen die überhandnehmenden Gewalttätigkeiten eine Bürgerwehr aufbauten. Man sollte außerdem einen Trupp gegen Sexualdelikte hochziehen. Alle bestrafen, die mit Sex Handel trieben oder sich seiner bedienten, um die wahren moralischen Werte zu vernichten.
Schneider ballte die Faust. Die Vorstellung, es gäbe einen solchen Trupp Gerechter, beflügelte seinen Geist. Er war fest entschlossen, von nun an mehr auf Gleichgesinnte zu achten. Zwei oder drei von seiner Sorte, das würde reichen, um der Stimme der

Wut in ganz Frankreich Gehör zu verschaffen. Hinter verschlossenen Türen würden sie über spektakuläre Fälle zu Gericht sitzen, und es würde nur eine Strafe geben: den Tod. Die Todesstrafe. Sie würden überall zuschlagen, ob in Lyon, Lille oder Rouen. Niemand würde vor ihnen sicher sein.
Mit den Augen suchte er das Gewehr.
Es war wie eine Rechtfertigung, eine Verlängerung dessen, was er soeben beschlossen hatte. Zwei große Schritte, dann stand er vor dem Schrank. Dort war die Waffe. In Reichweite. Dunkelrabenblau. Kalt. Präzise. Seelenlos. Eine *Steyer-Mannlicher*. Er schob eine Kugel in den Lauf. *Steyer-Mannlicher*. Selbstgefällig wiederholte er die beiden Worte. Steyer und Mannlicher, seine deutsche Aussprache war exzellent.
Als die gelben Schuhe sich entfernten, dachte Butch Cassidy an die Uhrzeit. Er würde seinen Schulbus mit Sicherheit nicht mehr bekommen. Er fragte sich, ob er nicht einfach alles sausen lassen sollte. Und plante dann, wie er am besten aus diesem Wespennest wieder rauskam. Kriechend streckte er, ohne ein Geräusch zu machen, den Kopf aus dem Schutz des Bettes hervor.
Schneider wollte gerade das Fenster im Wohnzimmer aufreißen, von dem aus man auf den Wohnturm sehen konnte, aber plötzlich hielt er inne. Er durfte keine Fingerabdrücke hinterlassen. Mit einem schnellen Blick vergewisserte er sich, daß der Neger in der Höhe des siebenundzwanzigsten Stocks Halt gemacht hatte, dann wandte Schneider sich um.
Butch kehrte wieder in die Tiefen seines Verstecks zurück. Die gelben Schuhe kamen direkt auf sein Gesicht zu. Als der Mann sich bückte, knarrten sie, Butch sah sein Profil, die Bürstenschnitt-Frisur. Meine Fresse! Das war ja der blonde Bulle, den er vorhin auf dem Platz gesehen hatte, wie er die Befehle gab. Butch beobachtete, wie der Kerl mit zittrigen Händen zwei zerrissene Slips an sich nahm.
Schneider erhob sich wieder.
Er umwickelte den Schaft des Gewehres mit einem rosa Höschen. Im Gehen wischte er seine Fingerabdrücke ab. Er kehrte zu dem Fenster im Wohnzimmer zurück, öffnete es, wobei er den Fenstergriff mit einem lagunengrünen Höschen umwickelte.

Er schmiegte seine Wange an den Kolben der *Mannlicher* und sah durch das Zielfernrohr. Der Neger stand im siebenundzwanzigsten Stock vor einem geöffneten Fenster und rieb sich die Nase. Durch die Sechsfach-Vergrößerung war der Neger so nahe gerückt, daß es ein Kinderspiel war, ihn umzubringen.

Locomotive hörte auf, sich die Nase zu reiben – brrr, das tat gut! Er sagte:
– Nun, Massa Théo? Was macht der Krieg in Mobutu? Läuft er nach Wunsch?
– Ja, ja, antwortete der Superinformierte.
Er unterbrach das Ausschneiden seiner Presseschau. Er kniete bereits in etwa hundert Artikeln, die den gesamten Boden bedeckten. Er erhob sich. Schob seine Brille den krummen Zinken hinauf und kam hektisch heran.
– Wissen Sie, N'Doula, sagte er, ich habe vorhin eine Erklärung von Oberst Gras, dem Leiter der militärischen Operation, gehört.
– Oh, freute sich Locomotive höflich mit ihm.
Dann mußte der Schwarze niesen.
– Gesundheit! sagte Théo. Die Fallschirmspringereinheit von Hauptmann Poulet ist im Vormarsch. Wir räumen auf! Wir räumen auf!
– Oh, wie gut, Massa Théo. Gut! Aufräumen ist immer gut, ereiferte sich N'Doula, der sich in seinem blonden Köpfchen seine eigenen Gedanken machte. Hätten Sie vielleicht einen Fön für mich?
Was für ein Ding? Der Superinformierte bat um Wiederholung.
Er drehte das am nächsten stehende Radio leiser. Die anderen sieben oder acht Radios dröhnten weiter. Rasselten ihr Geplapper runter. Englische, italienische und deutsche Um- und Kehllaute vermischten sich mit dem Surren der Fernseher.
– Einen Fön, zum Trocknen, wiederholte N'Doula.
Er führte vor, wie naß er war.
– Und ein Bügeleisen.
Théo schien es endlich auch zu bemerken.
– Kommen Sie rein, meinte er. Sonst erkälten Sie sich noch.

Just in dem Moment, als der Neger sich vorbeugte, gab Schneider den ersten Schuß ab. Er verfehlte sein Ziel.
Butch Cassidy erschrak, als er den Schuß hörte. Instinktiv drückte er sich ganz platt auf den Boden.
Die Bleiwespe flog zwei Fingerbreit über Locomotives blonden Schopf hinweg. N'Doula wandte sich halb um. War etwa diese verdammte blaue Fliege schon wieder da? Er ließ seinen Blick umherschweifen. Furchtsam versuchte ein Sonnenstrahl, sich zu ihm durchzukämpfen. Es war jetzt nicht mehr so stickig.
– Kommen Sie doch rein, meinte Théo. Und bleiben Sie zum Essen. Dann zeig ich Ihnen in den Abendnachrichten das Unglück des afrikanischen Kontinents. Das viele Elend und Leid. Es ist herzzerreißend. Sie werden sehen.
Er zwinkerte dem Afrikaner komplizenhaft zu.
– Wir könnten uns ein paar Konserven aufmachen, ja? Ich habe Ananas da, die mögen Sie doch sicher.

Just als Locomotive ansetzte zu niesen, gab Schneider den zweiten Schuß ab. Meine Scheiße. Baba war reif für einen dicken fetten Schnupfen, da traf ihn ein unerhört gewaltiger Schlag unterhalb des linken Schulterblattes, gefolgt von einem scharfen Brennen. Das Niesen fand dennoch statt, denn man kann es einfach nicht stoppen unterwegs.
N'Doula hatte das Gefühl, als zerrissen ihm die Lungen.
Ein Eindruck, wie wenn es feucht würde in seinem Innern. Eine warme Flüssigkeit. Hatschi, hatschi again.
– Gesundheit, wiederholte der Superinformierte und erhielt einen Schwall Blut mitten ins Gesicht.

Fast in demselben Moment gab Schneider seinen dritten Schuß ab. Butch schloß unter dem Bett die Augen und schien im Boden zu verschwinden. Er fragte sich, worauf diese Drecksau von einem Bullen wohl schießen mochte.
Locomotive drehte sich überrascht um. Er wollte in den Himmel sehen. Die Kugel glitt seitlich an seinem Gesicht entlang und riß ihm das Ohr ab. N'Doula ließ sich in die Wohnung des Superinformierten fallen.

Nun, da Théo einmal direkt mit Dem Ereignis – großes D – konfrontiert war, schob er ungläubig seine Brille auf dem krummen Zinken zurecht. Auf solche Eventualitäten war er ganz und gar nicht vorbereitet. Untätig sah er zu, wie der große Schwarze sein Blut über die Zeitungsausschnitte ergoß. Im Radio ging es um Mozart, Benzinpreiserhöhungen, ein Skateboard-Rennen, die Rosa Wolke von Seveso, Peter Stuyvesant und den IWF.

Schneider hob noch einmal die Waffe.
Quer über seine Stirn lief eine Falte. Er ärgerte sich. Der Neger war ihm dadurch, daß er in die Wohnung gefallen war, entwischt. Ob er tot war? Ja, dachte Sam, mausetot. Hundert Prozent. Er hatte ihn mitten ins Gesicht getroffen. Sam lächelte dünn.
Er streckte die Hand vor sich in die Luft. Das Zittern war verschwunden. Handeln! Jetzt hieß es: Handeln.
Er nahm das rosa Höschen und schloß das Fenster damit. Dann stürzte er zum Schrank, um die *Mannlicher* wieder an ihren Platz zu stellen. Als er am Spiegel vorbeikam, entdeckt er das Spiegelbild von Butchs einem Schuh.
Ein Fuß, Größe 32, guckte unter dem Bett hervor. Schneider packte ihn. Er zog daran und fing sich einen Rotschopf, der die Augen geschlossen hatte und die Hände über die Ohren hielt.
– Ich habe nichts getan, Herr Polizist! heulte Dupré-Chastaing-Sohn. Ich habe nichts Böses getan.
– Du weißt, daß ich Polizist bin?
– Ja.
– Seit wann bist du hier? flötete Schneider, der sich um seine Sicherheit sorgte.
– Noch nicht lang. Ich habe nichts getan! Ich habe nichts genommen.
– Wie heißt du?
– Mein Name wird Ihnen nichts sagen, Herr Offizier. Ich bin ein ehrlicher Mensch. Ich habe nichts genommen. Ich habe nicht mal genommen, was ich nehmen wollte.
– Wolltest du etwas nehmen?
Butch machte große Augen. Er antwortete nicht.
Dieses Bullenschwein hatte wirklich einen blutrünstigen Blick.

Der Polizist fragte noch einmal:
– Wolltest du etwas nehmen?
– Wie Sie, piff, paff, wie Cassidy. Das Gewehr wollte ich.
Sam preßte der Rotznase feste den Arm. Er würde ihn beseitigen müssen. Damit die Dinge wieder ihren normalen Lauf nehmen konnten.
– Was wolltest du damit machen, mit dem Gewehr? fragte er.
– Nicht für mich, ich schwör es Ihnen! Ich habe alles, was ich brauche …
– Er holte seine neue Korkenpistole aus der Tasche.
– Für wen dann?
Der Bengel biß sich auf die Lippen.
– Für wen? schrie Sam Schneider.
– Brüllen Sie nicht so. Scheiße, das lähmt mich richtig.
Butch machte ein listiges Gesicht, als er den blauäugigen Bullen ansah. Er fragte sich, welchen Vorteil er aus diesem Erwachsenen ziehen könnte.
Dann entschloß er sich zum Gegenangriff.
– Warum haben Sie mit dem Gewehr geschossen? fragte er.
Die Augen des Bullen wurden schmal.
Butch sagte sich, daß er ins Schwarze getroffen hatte, aber wohl besser nicht zu sehr darauf herumritt. Also wählte er die Das-ist-aber-ein-netter-Junge-für-sein-Alter-Tour:
– Wenn ich Ihnen erzähle, warum ich hier bin, kann ich dann wieder nach Hause zu meinen Eltern?
Noch immer fixierten ihn die blauen Augen. Der konnte einem Angst machen, der Spinner.
– Aber sicher, sagte Schneider.
Butch sah kurz auf die Uhr dieses Bekloppten. Sechzehn Uhr dreißig. Dieses Arschloch von Grandvallet würde ihn sicher an seine Alten verpfeifen, wenn er nicht rechtzeitig zurückkam.
– Für wen wolltest du das Gewehr holen? Der Polyp fing schon wieder davon an.
Und seine Finger gruben sich tief in die Arme des Rotschopfes.
– Für den Typen, den Sie suchen, gestand Butch.
Im selben Moment überkam ihn ein unendlicher Blues.
Obwohl. Anschwärzen, das war seine starke Seite. Sogar mit Aus-

schmückungen. Trotzdem spürte er den Blues. Wie einen Kloß im Hals. Wie damals, als er seine Tante bei seinem Onkel verpfiffen hatte. Und das alles nur wegen eines Kekses aus der *Prinzenrolle*. Das will was heißen.

Dabei war sie ja immerhin seine Tante gewesen, wohingegen Grandvallet, der war gar nichts. Für ihn jedenfalls war Grandvallet gar nichts.

– Wo ist er? Wo ist er? Der andere schüttelte ihn. Er sah zum Fürchten aus.

Noch weniger als gar nichts war Grandvallet für Butch. Ein Herumlungerer, der ihm seine neue Quarzuhr geklaut hatte. Nun bot sich ihm die Gelegenheit sich zu rächen.

– Lassen Sie mich los, Monsieur, sagte er. Ich werde Ihnen alles sagen.

Der andere, dieser Behämmerte, lockerte den Griff.

– Schieß los, sagte er. Er konnte es kaum noch erwarten. Wie ein Verdurstender.

– In der Tiefgarage. Zweites Untergeschoß. Ich bin ein Hauptbelastungszeuge.

Und Butch fing an, alles zu erzählen. Er war wie geschaffen für die Denunziation. Je weiter er in seinem Bericht kam, desto mehr Details fielen ihm ein. Später, beschloß er, wenn ich groß bin, werde ich Denunziant. Verräter. Das mußte ordentlich was einbringen. Und Abi brauchte man dafür auch nicht.

47

Locomotive-Baba erhob sich. Er hatte eine N'Doula-Wut, ganz ordentlich. Ihm war kalt im Rücken. Eine Fabrikkälte. Und vorne, am Kopf, war ihm warm. Das kam von seinem N'Doula-Blut.

Er blickte um sich. Das eine Auge sah nicht klar. Er griff nach einer Handvoll Zeitungsartikel, um sich das Gesicht abzuwischen. Die Beine waren schon etwas besser, aber das Wasser, das da in ihm war, hinderte ihn immer noch am Atmen.

Er wollte etwas sagen, aber es ging nicht. Was blieb, war die Wut. Sonst nichts. Am liebsten hätte er Gott weiß was zermalmt. Um sich Erleichterung zu veschaffen.

Er versuchte, mit dem guten Auge den Standort des weißen Kerls herauszufinden.
Er beeinäugte den Superinformierten zu seiner Rechten. Der stand immer noch wie festgenagelt da. Locomotive machte einen Schritt auf ihn zu. Der andere schrie vor Schreck. Er floh, als seien hunderttausend Katanger hinter ihm her.
Locomotive wollte ihm nach. Blind vor Blut stolperte er über einen Fernseher und warf ihn zu Boden. In einem Wutanfall zerstörte der Schwarze zwei oder drei Radioapparate, dann verließ auch er die Wohnung.
Ein erschreckter Aufschrei zu seiner Linken signalisierte ihm die Anwesenheit einer Frau, die er nicht bemerkt hatte. Aus dem Treppenhaus drang der Lärm einer Menschenmenge hinauf.
Locomotive setzte sich, wo er stand.
Holla, N'Doula! Alles dreht sich. Holla, Neger, grau und rot. Bist ganz alleine, bist ganz blond und gehst von dannen. Einäugiger, du verlierst deine Schnürsenkel! Du verlierst dein Lächeln. Jemand hat dir dein Ansehen geklaut. Hier, auf französischem Boden, ist alles schwierig. Niemand wird stehenbleiben, um dir zuzuhören. Warum bloß haben sie geschossen, die Unsichtbaren?
Hast du das verstanden? N'Doula nix kapiert.
Er spitzt die Ohren, der große Schwarze.
Schritte. Ein Hämmern. Ein Dröhnen. Herbeieilende Hilfe? Vielleicht Medizinmänner mit ihren Siebensachen? Beeilt euch, Jungs, auch N'Doulas Kräfte währen nicht ewig! Vor dem einen Auge, da ist bereits ein schwarzer Schleier. Vor allem: nur ja nicht husten!

Zwei Etagen tiefer trommelt der Superinformierte gegen eine Tür. Er geht rein. Sagt nicht einmal guten Tag. Erzählt einem Typen im Unterhemd, der gerade *Kaba* vom Wachstischtuch trinkt, von dem blutüberströmten Neger.
Der andere wischt sich den Mund ab. Ohne aufzustehen, fragt er:
– Ist er bewaffnet, Ihr Neger?
– Nein, aber verwundet.
– Ach, verwundet? meint der andere hoffnungsvoll. Schüsse?
– Ja, sagt Théo.

– Dann ist er doch bewaffnet, sagt der Typ in der Trikot-Wäsche.
Er steht auf. Er hat kräftige Arme und eine Glatze. Die Hosen sind speckig an den Pobacken.
Er geht zum Telefon und wählt eine Nummer. Aus dem Gedächtnis. Während er es klingeln läßt, zwinkert er dem Superinformierten zu:
– Regen Sie sich nicht auf, das wird schon wieder ... Wir werden Ihnen Ihren Nigger schon einfangen.

Im fünfzehnten Vogel-Stockwerk klingelt das Telefon.
Der Hinkebeiner stellt sich auf seine Stützabsätze. Tapp tapp, er tappt zu der Wand im Flur, nimmt ab und sagt:
– Jubin, ja bitte?
Er hört zu. Sagt immer nur: »Ja.« Am Ende sagt er »ja« und er käme sofort rauf.
– Ja, mit Kugeln, wie für ein Wildschwein.
Er lacht sich einen Ast. Hängt auf. Tappt zu seinem Gewehrständer. Nimmt die obenauf liegende *Franchi* herunter, dazu ein Paket Schrot. Dann sagt er zu dem Mainate:
– Krusselnigger, Krusselnigger, Krusselnigger! Drecksjude! Jacquot! Alte Schachtel!
Und fügt hinzu:
– Nigger! Nigger!
Jacquot neigt seinen Kopf zur Seite. Er scheint das Für und Wider abzuwägen. Schließt die Augen, zu einen gelben Fleckchen.
Schlußendlich erwidert er:
– Alle Weißen sind bekloppt.
Der andere, Jubin, traut seinen Ohren nicht. Er rutscht auf dem Parkett aus.
– Sach das noch mal! meint er.
Die Drossel wird eigensinnig.
– Alle Weißen sind bekloppt, gibt sie von sich.
Und voller Stolz auf ihre sprachliche Eroberung pfeift sie den *River-Kwai-Marsch*.
– Vielleicht hast du es dir ja anders überlegt, bis ich wiederkomme, sagt Jubin. Sonst knall ich dich ab.

Und husch, husch, die Tür schlägt zu, er hinkebeint zum Fahrstuhlschacht. Auf auf, zum fröhlichen Jagen!

48

Schneiders erste Reaktion ist, aus dem Zimmer zu stürzen. Er macht sogar drei Schritte, doch dann merkt er, daß er immer noch das Gewehr in der Hand hat. Er läuft zurück, um es an seinen Platz zu stellen.
Jetzt erst scheint er die Anwesenheit des Jungen wieder zu bemerken. Sein schneidend blauer Blick fällt auf Butchs Sommersprossen.
– Kann ich jetzt gehen, M'sieur? fragt Butch, ohne allzugroße Hoffnung.
Der andere antwortet nicht mal. Streicht sich bloß mit der Hand durch seine Bürstenhaare. Sieht ganz so aus, als wäre er woanders. Als dächte er an tausend Sachen gleichzeitig.
Schließlich konzentriert er seine Gedanken wieder auf den Jungen.
– Sie sagen mir Bescheid, wenn es eine Belohnung gibt, nicht wahr? sagt Butch noch.
Aber er glaubt selbst kein bißchen mehr daran, daß sein Reden ihm was nützt. Zumal der andere, der Behämmerte, gerade aus Victoires lagunengrünem Höschen einen Knubbel knotet ...
»Bullenschwein und Federkind, dieser Bulle ist ein Teufelsrind!« redet Butch noch zu seiner eigenen Befriedigung vor sich hin.
Und das sind seine letzten Worte.
Danach beginnt der Alptraum: Das lagunengrüne Höschen schiebt sich ihm mit Gewalt in den Mund. Ein Slip-Knebel umkreist dreimal seinen Kopf. Eine ganze Reihe von Knoten, komplizierter als eine Schiffstakelage, verwursten ihm Hand- und Fußgelenke.
Kein beneidenswertes Schicksal, wie man sieht.
Butch ist von den *Vetyver*-Düften übersättigt. Plötzlich fühlt er sich am Schlafittchen gepackt und tritt, ohne den Boden zu berühren, die Reise an zum Garderobenschrank im Flur. Dort landet er unsanft. Auf der Nase. Die Rollbahn ist mit Frauenschuhspannern gepflastert.
Butch hebt den Kopf. Er ist umgeben von lauter Bügeln und sieht,

wie sich die Tür seines Gefängnisses schließt. Zweimal dreht sich der Schlüssel. Stille. Dann brummt die Fahrstuhlkabine. *Flohr Otis* trägt das Miststück von einem Polypen davon.
Butch öffnet die Augen. Nicht der Mühe wert. Alles ist schwarz. Die ganze Welt riecht nach Naphtalin. Diese Filme, in denen die Helden immer so mutig sind – sind doch alles Übertreibungen! Jetzt bleiben Butch seine Augen nur noch zum Weinen. Und was glauben Sie, was er tat?
Er tränte.

____________ 49 Zur selben Stunde – wenn Sie den Einschub gestatten – spielt sich ein Meeresdrama ab.
In der Rue Paul-Vaillant-Couturier, unterhalb des dichten Straßenverkehrs – mit Hupkonzert und Autoschlange, wie an Regentagen so üblich – hat Victoire ihren Emile wiedergefunden.
Von dem glitschigen Bordstein aus, über den die Gewitterregenmassen peitschen, beugt die Kleine sich unter Einsatz ihres Lebens über die schwarze Brühe in dem großen Sammelbecken.
Mit einer Hand hält sie sich an einem Ring in der Wand fest, mit der anderen versucht sie, Emiles Boot zurückzuhalten. Ein irres Unterfangen. Abwechselnd schwappt der Frau des Abwassermatrosen kübelweise Jauche oder ein nicht minder unappetitlicher Rumgestank mitten ins Gesicht.
Denn der Kanalarbeiter hat verdammt gebechert! Hackevoll, könnte man sagen. Besoffen wie eine ganze Kompanie, abgefüllt mit Zuckerrohrschnaps – und so ausgerüstet, als wolle er das Cap Horn umsegeln. In der Hand hält er sogar eine Harpune aus dem *Samaritaine*. Nun, nicht ganz eine Harpune. Es war wohl eher eine Art Unterwasser-»Revolmeer« mit Hydropneumatik und aufgesetztem Dreizack.
Abgesehen davon, daß Emile sich jenseits von Gut und Böse befindet. Er ist sich keiner Gefahr bewußt. Sieht weder, daß das Wasser steigt, noch daß seine Frau sich gefährlich weit zu ihm hinüberbeugt. Um die Elemente zu übertönen, brüllt er:
– Herrgottsack und Sapperlott noch einmal! Läßt du mich endlich die Anker lichten, Frau!

– Aber hör doch mal zu: Jean-Y. hat Mist gebaut.
Der Schluckspecht unterbricht seine Wurschtelei an der Betakelung mitten in einem doppelten Kreuzknoten.
– Und was können wir dafür? Wenn er alle Leute mit Granaten attackiert, dann ist das sein Dampfer. Scheiße noch mal, jeder hat seinen Dampfer. Seine Mutter hatte Amerika, er die Gewalt, du deinen Hintern und ich – nun, ich habe meinen Fischfang. Ich fahre aufs offene Meer hinaus.
Victoire versucht, die Wettervorhersage für sich arbeiten zu lassen:
– Emile, das Wetter ist scheußlich, du solltest nicht rausfahren ...
– Schnauze, ihr Paimpolanerinnen! Macht einem Seemann keinen Ärger!
Er hält sich mit einer Hand den Wanst. Dabei schwankt er und sieht auf das vorbeiströmende Wasser, das bedrohlich grollt:
– Die wilden Vierziger, die sagen mir schon zu, meint er. Darauf rülpst er einen. Und nicht nur das, übrigens. Er holt eine Flasche Fusel aus der Tasche seiner Seemannsjacke hervor.
– Du hast genug gebechert, fleht Victoire ihn an. Komm doch nach Hause! So getankt, wie du hast, wirst du dich noch in die Luft jagen.
– Niemals, Gott schütze mich! Ich will auf Karpfeljau-Fang gehen.
Und dann fängt er an zu singen:

S'war einst ein kleines Segelschiffchen,
S'war einst ein kleines Segelschiffchen,
Das war noch nie, nie, ...

Und – nie, nie – noch einen Schluck Roten.
Victoire weiß nicht, welchen Heiligen Seeolé sie anrufen soll. Jetzt stimmt der Neufundländer die *Paimpollaise* an.
– Du Riesenrindviech! Die Kleine gibt auf. Du wirst kentern.
– Ach, laß mir meinen Spaß. Ich bin komplett katamaran ausgerüstet.
– Aber du kannst doch gar nicht schwimmen, du Weinfäßchen!

– Scheißegal! Hicks! Dann halt ich mich eben am Boot fest.
Er dreht sich um zu seinem eingebildeten zweiten Mann:
– Fertig, M. Starbuck? fragt er. Dann lichten Sie den Anker und auf in die Fluten! Ran ans Ruder.
Er rülpst schon wieder.
Ein Gestank wie in einer Brennerei. Victoire fühlt sich unwohl. Sie läßt das Boot los.
Der Nachen wird von dem Abwasserstrom erfaßt und treibt vor Anker. Den Suffkopp kümmert's nicht. Er streckt seinen Arsch nach hinten, hält die Hand an die Stirn und späht in die Finsternis.
Dann kriegt er einen Äthylschock, taucht ins Delirium ab und schreit aus voller Kehle:
– Vor uns! Vor uns! Da! Er schnauft, er schnauft, M. Starbuck!
– Emile, dreh nicht durch!
– Das ist er! Moby Dick! Der Kanalarbeiter ist vom Teufel geritten. Heute wirst du sterben, du Höllenviech! Sehen Sie die beiden Köpfe, M. Starbuck? ... Sehen Sie die? Der hält uns zum Narren mit seinem Doppelgrinsen ...
– Ich kann nichts sehen, Mimile, schreit Victoire. Und einen zweiköpfigen Karpfen, das gibt es nicht!
– Du hast recht, Paimpolanerin, es ist überhaupt kein Karpfen mehr. Er ist längst gewachsen. Jetzt hat er gut 18 Meter.
Victoire zuckt mit den Achseln. Kriegt 'ne Stinkwut:
– Du elendiger Säufer, du! Einen 18 Meter langen Karpfen gibt es nicht!
Aber der andere stürzt immer tiefer in sein Tremens.
– Achtung, M. Starbuck! Halten Sie sich gut fest, grölt er über den Sturm hinweg. Er will, daß wir zerschellen!
– Wo? Wo? Ich sehe nichts! schreit Victoire.
Mit Argusaugen sieht sie in die Strömung.
– Du mußt ihn gesehen haben, Paimpolanerin ... Jetzt hat er backbord eine Schaumkrone aufgewühlt. Mein Gott, was für ein weißes Weiß der in den Augen hat.
Victoire knallt durch.
Und zu allem Übel steigt das Wasser merklich an. Victoire rafft ihre letzten Kräfte zusammen und zieht an dem Tau, mit dem das kleine Boot festgemacht ist.

Emile gerät aus dem Gleichgewicht und setzt sich mit dem Arsch in seine Plastik-Schaluppe.
– Herrgottsack und Sapperlot noch mal! Läßt du mich endlich die Anker lichten?
Er erhebt sich mit einem großen Messer in der Hand und schneidet das Ankerseil los.
Im selben Moment wird das Boot in rasendem Tempo wie ein verrückt gewordener Kreisel davongerissen.
– Jedem seinen Dampfer! grölt der Kanalarbeiter auf Walfischfang. Jeder nach seinem Dampfer! Nimm du den deinen, Paimpolanerin, du den deinen ...!
Den Blick nach vorne gerichtet und mit erhobener Harpune steht er in seinem Boot, ein Käptn Ahab der nördlichen Vorstädte, und begibt sich im Kielwasser einer Ölspur auf die Suche nach seinen Träumen.
Victoire kann nichts mehr unternehmen, nicht mal mehr Emiles Namen rufen. Sie weiß, daß sie ihn nie mehr wiedersehen wird. Daß er aus jenem Holze ist, das nicht mehr nachwächst. Die Sorte ist längst ausgestorben.
Plötzlich ist sie um sich selbst besorgt. Ihre Titten schwimmen frei herum, was beweist, daß ihr das Wasser bis zum Hals steht. Ohne daß sie weiß wie, erreicht sie schließlich die Leiter.
Greift nach einer Hand, die sich ihr entgegenstreckt. Umarmt ihren Retter.
Wenn man von so weit herkommt, daß man nicht darüber reden kann, dann ist ein Pariser Feuerwehrmann verdammt was Nettes.

50

– Da ist die Klinik, verkündete France. Fahren Sie nur rein in den Park.
Der Krankenwagen fuhr kurz eine geteerte Allee hinunter, die sich unter mehrhundertjährigen Bäumen dahinschlängelte.
– Was für eine verdammt schöne Zeder! begeisterte sich der Krankenpfleger, als sie schließlich auf einer freien Fläche ankamen. Und ein verdammt schön gepflegter Rasen, fügte er hinzu.
Dann pfiff er vor Bewunderung.
– Ein verdammt schöner Rasen für eine Drei-Sterne-Klinik. Sie

werden sich sicher besonders wohl fühlen hier! bemerkte er anerkennend, als er das Gebäude besah.
Es war eine Art Schlößchen in neogotisch-anglonormannischem Stil, und mehrere Personen schlichen in seiner Nähe herum.
– Ja, sagte France. Hier ist es ruhig. Bitte lassen Sie mich in der Auffahrt raus.
Ein Mann kam mit einem Schlafanzug unter dem Mantel zu dem Wagen. Er war mit Auszeichnungen behangen. Auf seinen Brüsten prangten gleich mehrere Reihen, außerdem trug er eine große Schleife mit irgendeiner Aufschrift quer über dem Körper.
Krampfhaft hielt er zwischen den Zähnen eine Ordensspange fest, die auf seinem Gesicht ein starres mehrfarbiges Lächeln produzierte.
– Das ist doch nur ein mieser Weihnachtsbaum, witzelte der Fahrer.
Er drehte sich nach hinten um, weil er seinen weiblichen Fahrgast an seiner guten Laune teilhaben lassen wollte. Aber sie war schon draußen. Draußen, und rannte.
Ehrlich gesagt: Ihr Bauch schien sie nicht groß zu behindern.
France blieb vor der Krankenschwester stehen.
Da diese gerade etwas in eine Liste eintrug, dauerte es eine Weile, bis sie aufsah. Aber kaum hatte sie das getan, da erhellte sich ihr Gesicht und sie lächelte erstaunt:
– Sieh an, Madame Schneider. Kommen Sie uns besuchen?
– Sie irren sich, sagte France. Ich bin nicht Madame Schneider, sondern deren Schwester, Mary.
– Ach, Sie sind die Schwester, sagte die Krankenschwester. Und plötzlich sah sie die Besucherin argwöhnisch an.
– Ja, sagte France mit fester Stimme, ich bin Mary. Eigentlich gleichen wir uns bis aufs Haar, aber dieser Unterschied hier ist unübersehbar.
Sie stellte sich im Profil auf, zeigte voller Stolz auf ihren Schwangerschaftsbauch und lachte die Schwester an.
– Sie wissen doch, daß France keine Kinder kriegen kann, nicht wahr, Mademoiselle Berg?
– Gewiß, gewiß, sagte Fräulein Berg, aber ihr Lächeln war wie fortgeblasen.

– Nun, was kann ich für Sie tun, Mary?
– Ich möchte zu Doktor Reyna.
– Gewiß doch. Können Sie einen Moment im Wartezimmer Platz nehmen?
– Ja, aber ich hoffe, es dauert nicht allzu lange, sagte France.
Sie sah die Schwester verschwörerisch an:
– Denn dieses verteufelte Baby ist bereits unterwegs. Es wartet keine Stunden.
– Setzen Sie sich erst einmal brav hin, sagte die Krankenschwester beschwichtigend. Der Doktor kommt sofort nach Ihnen gucken.
Gerade als France ins Wartezimmer ging, betrat der Pfleger die Eingangshalle. Er versuchte, Fräulein Bergs Aufmerksamkeit auf sich zu lenken, aber diese sprach gerade ins Haustelefon:
– Ich glaube, sagte sie, sie hat einen Rückfall. Sie hält sich wieder für ihre Schwester. Die Schuldgefüh ...
– Gut, hörte man eine laute, durchdringende Stimme. Sehr gut. Legen Sie uns schon ein leichtes Neuroleptikum bereit. Ich komme runter.
Fräulein Berg sah zu dem Pfleger auf:
– Sie wünschen?
– Wie geht es der kleinen Dame?
– Gut. Sie ist ganz ruhig, sagte die Schwester. Hier fühlt sie sich ein bißchen wie zuhause.
– Meiner Meinung nach wird es ein Junge, sagte der Pfleger, während er sich seine Maispapierzigarette wieder anzündete. Hier ist noch ihr Köfferchen mit der Ausstattung. Das hat sie vergessen.
– Welche Ausstattung denn?
– Die Babyerstausstattung, denke ich. Nicht meine. Ich habe Größe 43, vertraute er ihr an, während er sich auf das desk stützte. Und außerdem brauche ich noch Ihre Unterschrift für meine verdammten Papiere.
Er hielt den Stift in die Luft und sah sie eindringlich an. Dann füllte er ein Kostenübernahmeformular aus.
– Wie zum Teufel heißt eigentlich ihr Luxus-Gebärhaus? fragte er.
Fräulein Bergs Gesicht wurde verschlossen.
– Sie irren sich, sagte sie. Dies hier ist eine Psychiatrische Klinik.

Die Verblüffung des Pflegers steigerte sich noch, als eine etwa fünfzigjährige Frau ihre kalte Hand in seine schob.
Er drehte sich um. Sie lachte ihn vertrottelt an. Barfuß.
– Sie müssen wieder in Ihr Zimmer, Adrienne, sagte Fräulein Berg.
– Sicher, aber erst muß dieser Herr hier Adolf Hitler töten, antwortete Adrienne.
Und entgegenkommend erläuterte sie dem Pfleger:
– Er liegt unter meinem Bett. Er weiß nicht, daß ich ihn gesehen habe, aber da können Sie ihn finden. Er hat sich zwar den Schnurrbart abgenommen, aber ich habe ihn trotzdem erkannt.

51 Ich habe gesoffen wie ein Loch.
Wie mehrere Löcher. Wie achtzehn Löcher. Wie ein ganzer Golf-Parcours.
Besoffen wie zehn schwarze Neger, eine Postkarte als Reisepaß-Ersatz in der Hand, schiffe ich mich ein, nach Niujork, Neuyork, USA. Im Zickzack und nicht ganz auf der Höhe betrete ich *Sammy's Bowery Follies.* Hicks, das Dekor ist völlig mottenzerfressen. Rot, häßlich, hicks, und ausgestattet mit allem Tamtam. Nach einem Entwurf von Ronald Searle.
Drei Kellner stehen vor der Bar, sehen auf ihre geschwollenen Füße hinab und seufzen.
Hicks, der Posaunenspieler trinkt sein Bier. Er wischt sich den Schaum aus den Mundwinkeln. Eine verrückte Bewegung, dann setzt er an. Sein kurzes Trompeten mit dem Klapphorn ist das Signal für eine Meute musizierender Hungerleider.
Abgesehen von meiner Mutter ist der Raum leer. Rosy-Mamma schlürft ihren Whisky aus. Sie liegt auf einem roten Kanapee. Ich wache über ihre Bewegungen.
Von Zeit zu Zeit zwinkert sie einem der reinkommenden Männer zu. Viele Männer kommen rein. Alle gehen wieder raus. Sie werfen einen kurzen, gestrengen Blick in den leeren Raum, dann gehen sie wieder raus. Wohlsituierte Männer. Männer in Hüten und Mänteln, und fast alle tragen einen weißen Seidenschal. Der letzte hatte eine Krücke. Die Tür geht zu. Ein Luftzug.

Auf der Bühne kreischt eine Tingeltangelreihe alter Frauen, die aus einem Film von Fellini stammen müssen, ihre gewollt fröhlichen Jippie-Juchhes. Die Stimmung unter den Kristallüstern reist niemanden vom Hocker.
Die Alten mit ihren aufgetakelten Brüsten stolpern über ihre abgetakelten Seidenkleider. In Handschuhen, wie *Guilbert*, schicken sie herzförmige Küßchen in den Saal. Ihre Lippen sind zweifach dunkel umrandet, und eine Make-up-Kruste hält ihr Fleisch wie eine Maske in Form. Unter den wenigen verbliebenen Federn ihrer gerupften Boas inszenieren sie tanzend die rhythmischen Zuckungen eines Lebens, das ohne Ende seinem Ende entgegengeht.
Weil ich noch nicht völlig abgebrüht bin, nehme ich mir vor, aus dem Fenster zu springen. Ich bin knapp zwei Jahre alt, so viel habe ich heute abend gesoffen. Und ich kann erst seit kurzem laufen.
– Spiel ein bißchen mit den Kronkorken, mein Liebling, sagt Mammy-Rose. Und sie genehmigt sich ihren Whisky.
Ich mache es mir zwischen ihren Beinen gemütlich.
Lachend klettere ich die Sprossen ihrer Netzstrümpfe hoch und schmeiße mich an ihren Bauch.
– Ooh, ooh, ooh.
Hier wird mich niemand suchen.
Plötzlich zerbirst die Tür von *Sammy's Bowery Follies*.
Wieder kommt ein Mann rein. Automatico zwinkert meine Mutter ihm zu. Der Kerl nimmt seinen Hut ab. Sein Kopf geht mit. Er hat blaue Augen, wie ein Seehundbaby, und einen Bürstenschnitt.
Mit dümmlichem Gesicht sehe ich zu, wie das Empire State Building davonsegelt. Die Postkarte wird in Zeitlupe auf dem Boden zerdrückt. Ich konzentriere meinen Blick auf den Kerl.
Er hat einen häßlichen dicken Revolver in der Hand.
Ich bin besoffen. Ich bin dumm, angewidert, nicht da.
Ich zeige auf, weil ich sagen will, daß ich mich im Bauch meiner Mutter befinde.
Ich schmeiße mich auf alle viere, um mich unter den Tisch zu retten.
Ich kriege einen gräßlichen Schlag über die Rübe.
Alsbald geben die uralten Tänzerinnen aus dem *Bowery* den Takt an. Beine in die Höh. Juchhe! Strahlend, ganz außer sich. Juchhe

again! Großer Spagat, Hechtsprung! Juchhe! Juchz! Mit saurem Aufstoßen, vom Teufel geritten und fast schön, das kommt von dem Applaus, der ihnen zuteil wird. Klatsch, klatsch, pfeif! Sie gurren, sie surren, sie juchheen, sie laufen über vor Glück. Blau angestrahlt, in ihrem Federkleid, vergessen sie die Gasrechnung, die Krampfadern und das, was sie beim Kaufmann haben anschreiben lassen.
Rosy-Mammy trinkt ihr letztes Glas auf mein Wohl.
Ich, Jean-Y. Grandvallet, kriege noch einen über die Rübe, dann ist Schluß.
Cut.

——————— 52 Jubin Hinkebein hat sich zu den Leuten in der fünfundzwanzigsten Etage gesellt.
Dort auf dem Gang herrscht eine Orgie der Dummheit. Eine wachsende kollektive Hysterie, welche die Gesichter keineswegs verschönert. Ein Trupp mit Stöcken und Besen bewaffneter Freiwilliger bewacht die Treppen, die Aufzugtür steht sperrangelweit offen. Der Neger darf seiner gerechten Strafe nicht entgehen!
Jubin Hinkebein hält sich in einer gewissen Entfernung. Er hat gerade zwei Patronen in den Doppellauf seiner *Franchi* geschoben. Wohlüberlegt hat er sich für das vernickelte, gehärtete gleichmäßige Schrot entschieden, auch wenn er anfangs die Kugeln der Marke *Brenneke* nehmen wollte. Der Schrot hatte eine größere Streuung, eine größere Wirksamkeit, und war schmerzhafter.
Bescheiden betrachtet er die Leute. Er tappst umher. Wartet. Wägt ab und beschnuppert ein wenig die Umstände.
In Chalmats Wohnung gehen unentwegt aufgebrachte Menschen aus und ein. Chalmat, das ist der *Kaba*-Trinker. Der mit den starken Armen und den speckigen Hosen unterhalb der Pobacken. Das kommt davon, wenn man den Arsch die ganze Zeit auf Achse hat. Eine Abnutzungserscheinung à la *MAN* oder *Berliet*, denn Chalmat ist Brummi. Nette Leute, die Brummis.
– Eigentlich bin ich ein netter Mensch, aber weißt du, man sollte mich nicht reizen, erklärt er wortwörtlich jedem, der es hören will. Wenn mir einer seine Scheinwerfer voll in die Fresse hält, dann

rase ich eben direkt auf ihn drauf. Fünfunddreißig Schreckenstonnen! Nun gut, mit dem hier ist es genauso. Wenn ein Neger mich daheim anscheißt, dann geh ich ihm an den Speck, ist doch normal, oder?

– Normal, echot eine schmächtige Brillenschlange.

– Normal für Weiße, verbessert ein Volkssuppen-Empfangsberechtigter, der ein Brecheisen mitgebracht hat.

– Und wo isser jetzt? fragt jemand, der gerade hereinkommt.

Théo, der Superinformierte, deutet ungenau zur Decke, zu den oberen Stockwerken. Er kann einfach nicht sprechen. Für ihn ist das alles viel zu original. Auf solche Erlebnisse ist er nicht eingestellt. Chalmat antwortet für ihn:

– Oben, im Siebenundzwanzigsten, wie es aussieht.

Nach Details giepernd, drängt sich die Menge um Chalmat. Théo ist vergessen. Er schiebt sich die Brille auf dem krummen Zinken zurecht und verzieht sich wieder in eine Ecke des Raumes, von wo aus er die anderen um gute dreißig Zentimenter überragt. Sein Storchenhals gluckert und reckt sich in einem fort.

– Ich habe ihn gesehen, er stand so nahe neben mir wie Sie jetzt, sagt die Frau, die vorhin bei Locomotives Anblick vor Angst so geschrien hat. Er ist groß und stämmig. Ich wette, daß ihr ihn nicht mal zu sechst fertigmachen könnt.

Sie hält sich die Hand vor den Mund:

– Ich habe einen solchen Bammel gehabt. Oh, mein Gott, vor allem, weil ich doch gar nicht darauf gefaßt war.

Ihr Satz endet mit einem nervösen Lachen.

– Wäre es nicht besser, die Polizei zu rufen? schlägt der willensschwache Kahlkopf aus dem dreiundzwanzigsten Stock vor.

– Sei still, Albert, bedrängt ihn seine Gorgone.

Sie keilt ihn mit dem Ellbogen, und schon wirbelt der Unglückselige unter dem Hieb der Dickmadame durch das Zimmer.

Chalmat grient sich einen.

Um sich seine Führungsrolle zu erhalten, läßt er die Armmuskeln spielen:

– Die Polente rufen? Damit die wieder Stunden brauchen, bis sie erscheinen? Danke sehr.

– Genau. So lange hat es bei meinem Schwager damals auch ge-

dauert, als der sich einen Nerv zerschnitten hatte, berichtet der gerade Eingetretene.
Er schneidet eine Grimasse und zieht seinen Hut nach hinten.
– Bis dahin hat Ihr Neger sicher schon 'ne Ewigkeit das Weite gesucht, heizt der ein bißchen dünn Geratene mit dem Brecheisen die Stimmung an.
– Und außerdem: Selbst ist der Mann, rezitiert Chalmat.
– Richtig, bestätigt ein schnauzbärtiger Mittvierziger. Lassen Sie die Experten ran. Wir werden Ihnen das Widerstandsnest schon ausheben.
– Hat hier vielleicht jemand ein Gewehr?
– Ja, Jubin, sagt Chalmat. Er sucht seinen Freund in der Menge. Ich habe ihn angerufen, er müßte jeden Moment hier sein ...
Der Hinkebeiner hinkt zur Stelle. Er bleibt hinter der Menge stehen, die sich wie Ölsardinen drängt, und drückt seine *Franchi* ganz eng an seinen Körper.
– Ich verleihe mein Gewehr nicht, sagt er mit fester Stimme.
Die Menschen bilden eine Gasse. Chalmat mischt sich ein.
– Stell dich nicht an, Jubin. Laß es doch Lulu machen, der war in Algerien.
– 56/2 C, informiert der Schnauzbärtige die Runde. Achtundzwanzig Monate und fünf Tage habe ich diese Wüstensöhne alle gemacht.
– Schön und gut, sagt Jubin, aber ich habe persönliche Gründe. Ich werde mich selber um den Nigger kümmern.
Lulu-Schön-Schnäuzer sieht echt enttäuscht aus. Er blickt von oben herab auf diese Mißgeburt. Überheblich. Seine Augen streifen die Mißbildung.
Hinkebein hinkt den Rückzug an. Dabei drückt er das Gewehr fest an sich.
– Denken Sie, was sie wollen, sagt Jubin dem Aurès-erprobten Algerienhelden.
Er humpelt zu Chalmat. Vorwurfsvoll sagte er zu ihm:
– Mich hattest du als erster gefragt, nicht wahr, Chalmat?
Dem Brummi ist das sichtlich unangenehm. Er reibt sich mechanisch die Fingergelenke.
– Ja, stimmt, Jubin. Ich hatte sofort an dich gedacht.

Er senkt den Kopf.
– Woher sollte ich auch wissen, daß es so viele Anwärter geben würde.
– Meine Güte, widersetzt sich der willensschwache Kahlkopf aus dem dreiundzwanzigsten Stock. Meine Güte, wer hat Ihnen eigentlich gesagt, daß der Schwarze gefährlich ist?
– Ein verwundeter Tiger, informiert ihn der Schnauzbartträger aus dem Challes-Kommando, ist immer gefährlich. Wußten Sie das nicht?
Voller Verachtung, dieser Algerien-Lulu.
– Aber der da ist doch kein Tiger, sondern ein Mensch, bemerkt der willensschwache Kahlkopf zaghaft.
– Aber nicht so ein Mensch wie wir, sagt die Brechstange.
– Und außerdem ist er verwundet, das ist die Hauptsache, versteift sich der Held aus dem Aurès. Und die Verwundeten, das sind die schlimmsten.
Entwaffnet wendet sich der Willensschwache vom dreiundzwanzigsten seiner Gorgone zu. Und wenn sie ihm dieses eine Mal einmal recht geben würde?
– Halt die Klappe, Albert, oder es setzt eine.
Das sagt sie, die Dickmadame. Sie schließt ihren auseinanderklaffenden Morgenrock wieder. Die Nasenflügel der Umgebung geraten ob des Veilchendufts in Zuckungen.
– *Narta* ist das, diagnostiziert Chalmat galant und hat die Lacher auf seiner Seite.
Der willensschwache Kahlkopf gibt auf. Er schmollt mit seinem eigenen Gewissen. Das Lachen erstirbt. Jubin Hinkebein nutzt die Lage und verläßt die Wohnung. Niemand bemerkt sein Gehen.
Chalmat nimmt die Versammlung unter die Lupe:
– Scheiße, stößt er hervor. Hat denn niemand eine Waffe?
Es kommt Bewegung in die Menge. Möglicherweise gibt es hier und dort eine Waffe, aber keine gemeldete. So erklärt sich das Flüstern, das jetzt plötzlich durch die Reihen geht.
– Nun denn, ich leihe Ihnen den Dienstrevolver meines Mannes, Gott hab ihn selig, unterbricht die Frau, die vorhin so Angst hatte.
Alle sehen sie erleichtert an.

– Mein Mann war Apotheker, erklärt sie.
– Danke, Madame, sagt Chalmat, und seine Stimme ist kurz vor dem Tremolo. Sie zumindest haben offensichtlich Verständnis.
– Gut, sagt die Frau des Pillendrehers. Ich muß ihn nur kurz holen gehen ... Ich wohne im Siebzehnten.
– Ich begleite Sie, Madame, erklärt der Schnauzbärtige.
Die Witwe beäugt ihn kurz von Kopf bis Fuß. Ein zweideutig lüsterner Schimmer liegt in seinen Augen. Lulu ist eher von der hübschen Sorte. Außerdem ein Choleriker.
– Ich brauche Sie nicht, sagt die Witwe. Und eine leichte Röte legt sich auf ihren Hals.
Lulu lacht sich schief.
– Nicht aus dem Grund, den Sie meinen, spaßt er. Nur, um die Aufzugtür offenzuhalten, während Sie den Ballermann holen gehen, damit der Neger uns nicht entwischt.
Sie eilen aus der Wohnung. Jubin Hinkebein sieht vom Flur aus, wie sie zum Aufzug rennen. Er macht auf seinem längeren Bein kehrt und geht auf den Posten zu, der die Treppe bewacht.
– Lassen Sie mich durch, sagt er zu den Posten. Befehl von Chalmat.
Erstaunt treten die Wachheinis beiseite. Sie sehen dem Kranken nach. Mit dem Zeigefinger am Abzug hinkebeint Jubin Stufe für Stufe nach oben. Auf halbem Stockwerk entschwindet er ihren Blicken.
Jubin, der Krusselnigger-Mörder, ist alleine.
Er ist für die Einsamkeit geschaffen. Seine Schläfen pochen vor Mut und Stolz. Sein Herz klopft bis zum geht-nicht-mehr. In Gedanken pfeift er im Takt zu seinem Hinkegang den verdammten *River-Kwai-Marsch*.

53

Ich, Jean-Y. Grandvallet, ich öffne ein trübes Auge. Mein Schädel ist geborsten. Das Leben bringt mich um, und ich übergebe mich, wo ich liege.
Gelbe Schuhe weichen vor dem Whisky- und Galle-Schwall zurück.
Sie warten wie Tiere, die im Schatten lauern.

Noch ein Krampf, noch ein Schwall. Ich kotze wieder. Nur Galle. Ein Todeskampf der Leber.

– Bisse bald fertig, du kleine Drecksratte? fragt mich eine Fistelstimme.

Als ich den Kopf anhebe, hält meine Spucke wie eine Spinnwebe Verbindung zum Boden. Ich entdecke meinen Angreifer.

– Inspektor Schneider, teilt er mir mit. Du tust jetzt brav, was ich dir sage.

Ich setze ein Knie auf die Erde und richte mich auf. Der Bulle zieht erleichtert lächelnd seine Waffe.

– Mach keine Mätzchen mit mir, sagt er.

Wie ein Helm liegt der Schmerz um meinen Kopf. Ich führe meine Hand in den Nacken. Sie ist blutbeschmiert. Ich schwanke einen Schritt.

Dann geht alles sehr schnell. Der Polyp läßt seine 38er in die Linke gleiten. Ich spüre den kalten Lauf seiner Waffe an meiner Wange. Meine Zähne klappern unter dem Druck des Eisens. Lauter zerquetschte Knochen. Ich habe einen blutigen Geschmack im Mund.

Mit seiner Rechten dreht er mich um und zieht meinen Arm in meinem Rücken nach oben. Ein scharfer Schmerz durchfährt mein Schulterblatt. Immer noch drückt der Lauf der Waffe gegen meine Wange.

– Wenn du dich bewegst, dann zerfetz ich dir den Arm, kündigt er an.

Ich ernüchtere zusehends. Senke den Kopf und starre auf seine gelben Treter. Gedanken aus der Armee kommen mir wieder in den Sinn, und ich erinnere mich, wie dieses Schwein von Reig mir sein Messer an die Kehle hielt. Eine mörderische Raserei steigt in mir hoch. Ich atme ganz tief durch. Kippe nach vorne. Mein Ellbogen fährt nach oben, gegen seinen Magen. Gleichzeitig trete ich mit aller Kraft mit dem Absatz auf seine gelben Schuhspitzen. Weh tun, koste es, was es wolle! Damit er meinen Arm losläßt.

Statt dessen wird der Griff immer eiserner.

Er hätte schießen können, hat er aber nicht. Ich liege flach auf dem Boden. Auf dem Bauch. Sein ganzes Gewicht auf mir drauf. Seine Knie in meine Nieren gedrückt. Sein Atem ist kaum zu hören. Er

ist einer von der unverwüstlichen Sorte. Drückt mir seine 38er in den Nacken. Kriegt ganz metallen-glänzende Augen und zischelt:
– Wenn ich hier drücke, dann ist deine Niere hin, und etwas weiter oben muß dein Hals dran glauben. Wenn du nicht tust, was ich dir sage, dann jag ich dir 'ne Kugel in den Kopf.
Ich sage ihm, er soll sich verpissen.
– Wenn du das noch mal sagst, dann brech ich dir den Arm.
– Verpissen, verpissen, verpissen, sonst kann ich nichts mehr sagen. Volle Pulle:
– Kleiner Scheißer, ich werde dir den Arm brechen.
Er tut es.
In meinem Unter-Ich fliegen eine Menge Leitungen in die Luft. Ein Schmerz rollt über mich dahin.
Ich schreie wie am Spieß. Ich scheiße drauf, pisse rein, krepiere dran, gebe alles auf.
Ich hätte nie gedacht, daß weh tun so weh tut.

54 Locomotive-Baba hebt den Kopf.
Hat er etwa geschlafen? Nein, mein Lieber. Er ist nur auf den Stufen sitzend ohnmächtig geworden.
Vor ihm steht ein Typ mit einem dicken Schuh. Durch die nicht besonders lichte Öffnung seines einzigen Auges sieht Baba, daß der Mann mit einem Gewehr auf ihn zielt. Sofort stellt der Schwarze seine gesammelten letzten Kräfte in den Dienst der Beine.
Er steht auf, 1 Meter 90.
Jetzt überragt er den kleinen Mann, der ihm Böses will. In normalen Zeiten hätte Locomotive ihn mit einem N'Doula-Klaps, Boing! die Treppe herunterbefördert. Aber statt dessen: Schwindelanfall. Alles dreht sich.
Baba versucht, nach oben zu entkommen.
Jubin Hinkebein hat beide Augen offen, als er auf den Abzugshebel drückt. Er sieht deutlich, wie die Schrotgarbe den Neger mitten im Laufen erreicht. Ihm in die Nieren fährt. Jubin betätigt noch einmal den Abzug. Die sternförmige Einfassung zerbirst. Die geölte Vorladung mit dem Verschlußstück tritt heraus, und ein Kreuzgitter aus Polystyrol zerteilt das Blei in vier gleiche Teile.

Der Tod verfehlt sein Ziel.
Der Neger verschwindet um die Ecke. Er türmt in die höheren Stockwerke.
– Drecksneger! Judensau! Alte Schachtel! gackert Jubin.
Er hat Schaum vor dem Mund. Etwas Flüssiges, Weißes.
Er geht an den Einschüssen seines zweiten Schusses vorüber. Vier schwarze gepunktete Kreise sind in der Wand zu sehen.
Jubin lädt sein Gewehr noch einmal.
Im Stockwerk drüber fällt eine Tür ins Schloß. Der Neger ist in einer Wohnung untergeschlüpft.
Jubin Hinkebein spürt, wie die Säuernis der Enttäuschung in ihm hochsteigt. Er stößt auf. Humpelt Schritt für Schritt in den achtundzwanzigsten Stock. Der Lauf seiner Waffe zeigt voraus, so geht er die Wände entlang.
Er muß diesen Nigger erledigen, bevor die anderen kommen.

55

Das Kind im siebzehnten Stock liegt auf seinem Rollbett. Sandgewichte hängen an seinen Knöcheln. Ein Gurt fesselt ihn ans Bett.
Coccaplana, was für eine ungerechte Krankheit! Eine, die nur Kinder kriegen. Wo sich der Oberschenkelhalsknochen ablöst. Ein Jahr nicht laufen, bedeutet das üblicherweise. Ein Jahr, das ist lang, wenn man erst neun ist.
Der Junge heißt Antoine, aber seine Mutter nennt ihn Toni.
Seit heute morgen wartet Toni auf seine Mutter. Sie hat ihm eine Partie Dame versprochen, und nun warten die Steine bereits seit einer guten Stunde in Reih und Glied auf dem Schachbrett. Toni will Weiß nehmen, und er hat auch schon einen Plan für den Angriff.
Gerade ist die Wohnungstür aufgegangen.
Toni legt seinen *Creepy* beiseite, einen Comic-Strip, in dem sich Monsterkinder an ihren Rabeneltern rächen.
Er sieht seine Mutter durch die Diele huschen. Ohne ihm einen Kuß zu geben, sagt sie:
– Ich bin's, Toni. Ich komme sofort.
Sie stürzt ins Schlafzimmer.

Toni hört Schritte in der Diele. Seine Mutter hat einen Mann dabei.
Er kommt rein.
Als er Toni sieht, zögert er einen Moment. Er lacht über den ganzen Schnauzbart, sagt ein kurzes Tach und folgt Tonis Mutter in das Zimmer. Nie geht jemand in das Zimmer.
Zunächst hört Toni ein Geräusch, wie wenn eine Schublade wieder zugemacht wird. Dann ein Auf-der-Stelle-Treten.
Toni hört außerdem, wie seine Mutter nein sagt, nein, nein. Dann noch mal nein, viel schwächer. Und: Nein, ich flehe Sie an, nicht hier!
Toni beugt sich vor. Weit vor.
Er ist enorm geschickt geworden, seit er so unbeweglich liegen muß. Er weiß, daß er, wenn er sich vorbeugt, in dem Spiegel des Wandschrankes einen Teil des Schlafzimmers sehen kann.
Er beugt sich vor, Toni. Die Sandsäcke gleiten über die Rollen so weit wie möglich nach oben. Toni sieht seine Mutter ... Sie ist rot und liegt in den Armen dieses Mannes, der sie küßt.
Toni schmeißt das Schachbrett herunter. Mit Absicht. Die Steinchen rollen in alle Richtungen.
Seine Mutter macht sich los. Schiebt eine Strähne aus der Stirn. Stürzt zu ihm hin. Sie hält einen Revolver in der Hand und fragt:
– Mein Gott, Toni, hast du dir wehgetan?
Er nimmt sein Glas Wasser. Das, das immer auf dem Rolltisch steht. Er sieht seiner Mutter in die Augen und läßt das Glas fallen. Mit Absicht.
Der Mann betritt den Raum. Immer noch lachend. Tonis Mutter spricht ihn mit einem Blicke schuldig und reicht ihm den Revolver.
– Da, nehmen Sie, sagt sie, und lassen Sie mich in Frieden!
Der Aurèsianer lacht sich schief. Zeigt auf die Waffe und sagt:
– Bis später. Ich werde Ihnen berichten ...
Tonis Mutter schließt hinter ihm die Tür. Zwei Mal dreht sie den Schlüssel. Dann eilt sie zu dem Kind zurück und sagt, was soll sie schon sagen:
– Mein Liebling!
Sie legt ihm ihre Arme um den Hals.

Toni stemmt sich dagegen. Er ist traurig, und er haßt seine Mutter. Aber in ihren Geruch ist er völlig vernarrt.

———————— 56 Mit der Spitze seiner gelben Schuhe läßt Sam Schneider den Kopf dieses Stücks Scheiße von Grandvallet hin- und herrollen.
Seine blauen Augen starren auf den leblosen Körper.
Zum dritten Mal geht er bereits seinen Plan durch. Eine grausame Logik.
Jetzt ist S. S. ganz ruhig.
Sein Atem geht regelmäßig. Seine Hände zittern nicht mehr. France ist aus seinen Gedanken gestrichen. Er weiß genau, was er zu tun hat.
Einen Moment lang waren die Dinge in Unordnung geraten. Jetzt werden sie unerbittlich wieder ihren NORMALEN Gang gehen. Die alten Prinzipien werden wieder Geltung erhalten. ORDNUNG. Ordnung, das ist das einzige, was zählt.
Sam Schneider muß nur noch seinen Plan zuendebringen, dann kann auch er wieder an seinen Platz in dem System zurück. An seinen EIGENTLICHEN Platz, den eines Polizisten. Den des Recht Schaffenden.
Danach, später dann, wenn die Geschichte offiziell durch die Zeitungen und Medien geht, wird man sie erzählen wie das *Natürlichste* von der Welt. Wohl eingepaßt in die Ordnung. In die neue Ordnung.
Die nie hätte durcheinandergebracht werden dürfen.
Es wird heißen: »Grandvallet hat geschossen, er hat einen Schwarzen umgebracht. Schlimmer noch: einen Gastarbeiter.« Es wird heißen: »Inspektor S. hat den Wahnsinnigen unter Einsatz seines Lebens erledigt.« Und alle werden es glauben. Und weiter wird es heißen: »Die Gesellschaft braucht Menschen wie ihn.« Und alle werden auch dies glauben. Wieder und wieder wird es heißen, daß die gesetzestreuen Bürger schon viel zu lange in Angst gelebt hätten. Daß es nicht länger geduldet werden könne, daß die große Mehrheit der Gesellschaft sich von einer kleinen Minderheit terrorisieren lasse.

Es wird schwarz auf weiß heißen, daß eine prinzipienlose Welt die Herren verdient, die sie hervorbringt – und alle werden es glauben.
Und sie werden schreiben und im Fernsehen sagen, daß nur die Faust den Willen und den Mut der Bürger erneuern kann. Und alle werden es glauben.
Sie werden es nicht oft genug im Fernsehen zeigen können, daß, wer die Gewalt sät, darin umkommen wird, und niemals wird der Glaube daran stark genug sein.
S. S. ballt die Faust und wird stocksteif:
– Dreckskerl, sagt er. Kleiner Dreckskerl. Du Miststück!
Er verpaßt dem Jungen einen Fußtritt in die Seite.
Dann öffnet er den Kühlschrank.
Holt 'ne Flasche *Perrier* heraus. Schüttelt sie kräftig. Öffnet sie. Ein Druckstrahl entweicht. Sam Schneider hält mit dem Daumen die Flaschenöffnung halb zu, so daß der Wasserstrahl genau die Stirn seines Opfers trifft.
Gleich, wenn die Dinge wieder an ihrem Platz sind, wird er dort den Tod eintreten lassen.
So will es der Plan.
So will es die Ordnung.
Die Ordnung.

57 Im Zickzack, von Todeskampf zu Todeskampf, geht die Blutspur durch die Wohnung der Rothaarigen.
Locomotive-Baba N'Doula hat sich bis ins Bad geschleppt. Dort ist er gestorben, gerade als er etwas trinken wollte.
Seine eine Hand greift noch nach dem Wasserhahn im Bidet. Das blutüberströmte Gesicht blickt in den Spiegel, wo sein eines verbliebenes Auge immer wieder erstaunt die Inschrift aus Lippenstift zu lesen scheint. BLOODY MARY steht da. Alles in allem könnte man sagen: Das Verbrechen trägt eine Unterschrift, aber niemand wird es je erfahren.
Die Tür öffnet sich unendlich vorsichtig.
Vorneweg den Lauf seiner Waffe – so betritt Jubin Hinkebein geräuschlos die Wohnung.

Er geht geradeaus bis zu der Stelle, an der der Flur einen Knick macht. Dort sieht er das Bein des Negers, das mitten im Badezimmereingang liegt.
Zwei Humpelschritte und Jubin steht im Türrahmen, von wo er zweimal auf den Toten schießt. Voller Wut. Voller Erbitterung.
– Krusselnigger! Krusselnigger! Krusselnigger!
Das Blei frißt sich ins Fleisch, das zu Blutstropfen zerstäubt und die Wandkacheln und Badewanne bespritzt. Und den Spiegel auch.
Jubin Hinkebein schnüffelt den Pulvergestank.
Dann humpelt er in die Kochnische. Er holt sein Taschentuch heraus. Wickelt es sich um die Hand. Wühlt in einer der Schubladen. Zieht schließlich ein Fleischermesser heraus. Dann geht er zurück und steckt dem Neger das Messer in die Rechte.
Und kommt wieder hoch.
Und schneuzt sich.
Er hört die anderen kommen. Als erster erscheint Schnauzbart. Mit einem dicken Revolver.
– Scheiße, stellt er fest. Wir sind eine Schlacht im Hintertreffen.
Dann winkt er.
Hinter ihm tauchen ängstliche Gesichter auf: Chalmat, Brecheisen, der Kahlkopf, die Gorgone. Alle.
Sie kommen nacheinander rein und sehen das Blutbad. Es ist wie bei der Begehung einer Baustelle: Niemand traut sich, den Architekten zu beglückwünschen.
Jubin Hinkebein reckt sich stolz auf seiner erhöhten Sohle auf.
Er sagt:
– Dieses Dreckschwein hat mich angegriffen, aber ich war stärker.
Aurès-Lulu schreitet über den Toten hinweg. Er hält ein Stück Weste, das sich von dem Leichnam losgerissen hat, in die Luft und sieht die anderen durch den durchlöcherten Stoff hindurch an.
– Der ist kein Neger mehr, witzelt er, sondern ein Topf mit Löchern. Man könnte meinen: ein echtes Sieb.
Da es zum Lachen noch zu früh ist, lacht niemand.
Der willensschwache Kahlkopf setzt sich, wo er steht. Das Innerste kehrt sich ihm nach außen.
Eine mistige blaue Fliege fliegt geräuschvoll durch das Zimmer.

Sie läßt sich auf Babas blonden Haaren nieder.
Bisher war niemandem seine Haarfarbe aufgefallen …

58 Ich komme aus dem Nirgendwo.

Ich hätte nie gedacht, daß Wehtun so weh tut, wiederhole ich.
– Ich hab's dir doch gesagt, meint eine Stimme aus dem Irgendwo.
Ich finde mich hinein.
Die Freiheit scheint wieder auf diese elende Welt hinab.
Nach und nach setze ich mir die Teile wieder zusammen. Nach und nach rattert mein Schädel wieder.
– Steh auf, sagt die Stimme mit den gelben Schuhen.
Bullyp beugt sich ins Licht. Bullyp hilft mir.
Mein linker Arm hängt wie eine Windfahne an mir runter. Bewegungslos. Nicht der Hauch eines Windes. Stärke Null.
– Vorwärts, sagt die Stimme mit den gelben Schuhen und dem Pomade-Bürstenschnitt.
Ich heb den Kopf. Die Tür des Wohnwagens steht sperrangelweit auf.
Wir werden eine Reise tun.
– Geh du voran, sagt Blauauge, Pomadenbürste und Gelbschuh-Heini.
Ich tue, was er sagt.
Was auch immer mir passiert, es ist mir scheißegal. Ein körperlicher Ekel. Ich weiß nicht mal mehr, ob ich vorwärts oder rückwärts gehe. Ich habe keine Sinne. Vor mir, hinter mir, da gibt's nichts mehr.
Erst als ich meine Granate fühle, die schwer gegen meinen rechten Schenkel drückt, werde ich gewahr, daß ich vorwärts gehe.
Ich gehe vorwärts, und ich habe eine Granate. Ich gehe vorwärts, habe eine Granate und nichts mehr zu verlieren.
Anstatt die Tiefgarage zu verlassen, nehmen wir einen unterirdischen Gang unter dem Platz entlang. Ein Labyrinth aus Beton, mit vielen Kreuzungen. Rohbeton, Sandhügel, Übergangslösungen, die längst zu endgültigen geworden sind. Und überall riecht es nach Pisse.

– Wir gehen zu dir, sagt der Scheißbulle, Blauauge, Pomadenbürste, Gelbschuh-Heini. Es müßte schon mit dem Teufel zugehen, wenn wir hier unten jemandem begegnen würden. Aber laß dir gesagt sein: Wenn du schreist, dann leg ich dich um.
Klarer kann er sich nicht ausdrücken, der Bullyp.
Ich bewege mich vorwärts, wie ein Schlafwandler.
Mir ist nicht mehr nach Schreien. Mitten in meine Benommenheit schleicht sich tänzelnd, spielerisch eine Idee ein. Wie gerne würde ich diesem Deppen die Fresse zerfetzen!
Ich glaube sogar, das ist mein einziger Wunsch, den ich auf dieser Welt noch habe.
Eine fixe Idee nennt man das.

59 Tief unten in dem Garderobenschrank, zwischen Naphtalin-Betäubung und Halbschlaf, schreckt Butch Cassidy hoch. Angst und Netzstrumpf-Phantasien treiben ihm die Schweißtropfen aus der Stirn.
Kein Zweifel, er hört Schritte.
Sogleich hat Dupré-Chastaing-Sohn zur Stärkung einen Reimmich in petto, schließlich muß man sich ja irgendwoher Mut machen. Also trällert er:

Elender Saustall und dreimal Schalmei,
Jesuskind und Dreieinigkeit,
holt mich hier raus vor der Dunkelheit.

Er spitzt die Ohren.
Eindeutig, jemand ist in die Wohnung gekommen.
Also reißt er alle Kraft zusammen, denn: Hilf dir selbst, dann hilft dir Gott. Mit beiden Beinen und der Kraft der Verzweiflung bammt er mit seinen Turnschuhen gegen die Schiebetüre.

Schneider steht im Flur und ist von dem ganzen Aufstand angewidert. Sorgfältig verriegelt er die Wohnungstür. Mit dem Lauf seines Revolvers treibt er Grandvallet ins Wohnzimmer.
Und er geht hinterher. Öffnet das große Fenster. Zwingt Grandvallet, sich auf den Balkon zu stellen. Holt ein Paar Handschellen

unter seiner Jacke hervor und macht den kleinen Schurken mit dessen gesundem Knöchel an der Balkonbrüstung fest.
– Hier hast du die besten Logenplätze, vertraut der Bulle ihm an. Und ein dünnes Lächeln legt sich wie ein Schmiß auf sein Gesicht.
Er handelt schnell und zielsicher. Klare Bewegungen. Starr, aber klar. Alles geplant. Und läuft wie am Schnürchen. Er ist programmiert.
Er geht vom Balkon runter.
Macht einen kleinen Schlenker in die Diele. Stoppt vor dem Garderobenschrank. Ein kurzes Zögern. Ein Abwägen.
Butch Cassidy baddabammt nicht mehr gegen die Tür. Er horcht und erkennt die Fistelstimme. Und diese sagt:
– Du kommst auch noch dran, Kleiner. Keine Eile. Ich kümmere mich schon noch um dich.
Heiße Tränen der Verzweiflung überwältigen den Rotschopf. Dieser Bekloppte von vorhin ist schon wieder da! Mit den schlimmsten Situationen ist es offenbar wie mit den großen Invasionen: Sie kommen immer wieder. Sehen Sie sich nur mal Elsaß-Lothringen an.
Butch analysiert die Lage. Kacke sieht es aus. Er schwankt zwischen der Einsamkeit einer Kellerassel und der Verzweiflung eines sich im Kreis windenden Regenwurms.
Finalo pißt er in seine Buxen.

Sam Schneider geht zum Wandschrank.
Er findet, was er sucht. Ein paar Seidenstrümpfe, die Victoire gehören. Strumpfbandstrümpfe, wenn Sie die kennen, aus dehnbarem Krepp, weshalb man keinen Hüfthalter braucht.
Schneider streift sie sich über die Hände. Sorgfältig. Er reibt sie gegeneinander, wäscht sich die Hände in Seide. Dann nimmt er das Gewehr an sich.
Steyer Mannlicher. Eine Kugel im Lauf. Er geht zu Grandvallet zurück.
Jetzt stehen sie beide auf dem Balkon.
Von weitem könnte man sie für ein Freundespaar halten. Zwei Kumpel, die über das Wetter reden. Wo doch gerade ein Regenbo-

gen seine Farben auf einer sich entfernenden dunklen Wolke bricht. Ein schöner Abend wird das. Wie gerufen!
Schneider läßt seine blauen Augen über die Stadt wandern.
Er betrachtet die *Wiking*-Autos, den Platz, das sich spiegelnde Licht. Die Bullenautos, die immer noch dort stehen.
Dann wendet er sich dem kleinen Schurken zu. Freundlich. Ein Lächeln, so hauchdünn, daß man damit eine imaginäre Butter schneiden könnte, erscheint auf seinem Gesicht. Ganz schön schmale Lippen, der Kerl.
– Von hier aus sieht alles so unwirklich aus, findest du nicht? sagt er zu Grandvallet. So, als gäbe es nichts Gefährliches, beendet er seinen Gedanken noch.
Keine Antwort?
Macht nichts.
Der Elsässer läßt sich nicht entmutigen.
– Wie alt bist du? fragt er.

Ich, Jean-Y. Grandvallet, den sich der Bullo sonstwo hinstecken kann, ich halte mich nur aufrecht dank einer fixen Idee. Sie hilft mir, auf den Beinen zu bleiben. Wenn sie mich verläßt, hat das Leben keinen Sinn. Geruch, Geschmack, gute Eigenschaften: Nada. Ich habe nur eine Hoffnung: daß es mir zu irgendeinem Zeitpunkt gelingen möge, mit meiner rechten Hand an die Granate zu kommen.
Und den Kopf des Gelbschuhers in die Luft zu jagen.
Ich starre auf meinen Feind.
– Neunzehn? Zwanzig Jahre? Schneider beharrt drauf.
Immer noch keine Antwort. Er zuckt die Achseln und wendet seine Aufmerksamkeit wieder auf die Aussicht.
Gegenüber von uns: der Turm.

Schneider deutet mit dem Kinn darauf. Er sagt:
– Hier siehst du alles das, was ich hasse. In dreißig Stockwerken zusammengeballt.
Er legt mir seine Gedanken dar. Eine vollständige Oper. Ich könnte dir jetzt das Lied anstimmen von den armseligen Grünpflanzen und von der unerträglichen Eintönigkeit des Mobiliars.

Der Bewegungen und Gewohnheiten. Das altbekannte Lied. Ich lasse ihn kommen.
– Was für eine Verschwendung! Was für eine Scheiß-Zivilisation! beendet er seine Ausführungen.
Dann wendet er sich zu mir.
So sind sie nun mal, nun mal die Marionetten. Er sieht plemm aus mit den Strümpfen über den Händen. Er bewegt sie in der Luft. Dann erklärt er:
– Ich bin genau wie du, weißt du ...
Er zeigt auf die Gebäude, die Klötze, die Zellen. Dann macht er eine weitausholende Gebärde:
– Ich bin gegen all das! Von vorne bis hinten. Ich weigere mich. Aber ... es gibt Sachen, Verhaltensweisen, die kann ich nicht ertragen. Das liegt an der Erziehung, verstehst du.
Und zu sich selbst sagt er noch:
– Freude, das ist nichts Protestantisches. In deinem Alter hätte mein Vater mich ausgepeitscht. Und er hatte recht.
Er wendet sich ab.
Man könnte meinen, ich wäre nicht mehr da. Er verliert sich einen Moment lang in seinem persönlichen Lebensüberdruß.
Und dann ist er plötzlich, ohne Vorwarnung, ohne ein Wort oder ein Luftholen, auf einem anderen Stern.
Bullen-Idiot regt sich auf. Seine Stimme wird immer schriller:
– Heute morgen hast du einen biederen Geschäftsmann angegriffen. Warum? bellt er.
– Weil er ein Stück Scheiße war.
– Ein Stück Scheiße? Es fällt ihm schwer, das Wort auszusprechen. Unsere Augen kreuzen sich.
– Ein Typ, der nur an den Zaster denkt ...
Was ich sage, scheint ihm zu gefallen. Er sieht jetzt aus wie ein Junge, der eine Süßigkeit lutscht. Ein Honiglächeln erscheint.
Er wird lebendiger.
– Hast du endlich deine Sprache wiedergefunden! Um so besser! Das gefällt mir! Das ist wirklich gut.
Zwei Sekunden drauf sieht er schon wieder anders aus. Die reinste Maskenfabrik. Seine Miene verdüstert sich. Er senkt zustimmend und traurig das Haupt.

– Hast recht, Kleiner. Geld korrumpiert die Welt.
Verständnisvoll, wie man sieht. Er zieht sich den Strumpf über den Bürstenschnitt. Denkt nach. Fragt sich in einem Anfall von Offenheit:
– Klär mich auf, sagt er, für meinen Bericht, für später, wenn du nicht mehr da bist ... Wenn ich dich richtig verstehe, dann wolltest du ein paar Rechnungen begleichen. Ein anarchistischer Amoklauf aus lauter Abscheu. Aus Abscheu, so ist es doch?
Ich antworte nicht.
Ist ihm wurscht, dem Schneider. Er wird auch ohne mich auskommen. Er hat für alles seine schöne, kleine Erklärung.
Trotzdem, er kratzt sich die Backe. Da ist noch ein kleiner dunkler Fleck:
– Die Armee, die Polizei, das versteh ich ja noch, aber der Nigger? Welcher Teufel hat dich denn da geritten?
– Der Nigger? Welcher Nigger?
Er sieht so aus, als täte es ihm tatsächlich weh, daß ich mich nicht erinnere.
– Der, den du umgebracht hast. Vor einer halben Stunde höchstens.
– Ich habe noch nie einen Schwarzen umgebracht.
– Oh, doch, du hast ihn getötet. Von hier aus, erklärt er. So ...
Und er zielt mit der *Mannlicher* auf den Turm.
– ... mit deinem Gewehr.
Er zielt jetzt nicht mehr.
– Alles paßt zusammen: die Munition, der Schußwinkel ... Da werden die Sachverständigen eine reine Formsache sein.
Er seufzt:
– Trotzdem: Müßt ihr jungen Leute von heute wirklich so verzweifelt sein, daß ihr an gar nichts mehr, aber auch an überhaupt nichts mehr glaubt?
Er ist betrübt. Ganz offen, die Sau. Dieser väterlich tiefe Ton könnte mich direkt trösten. Ein liebevoller Puffer auf meine ausgekugelte Schulter folgt.
– Und außerdem, sagt er mitleidig. Dadurch, daß du dich auf die Gewalt eingelassen hast, hat sie dich schließlich eingeholt. Ich bin sicher, daß dich heute abend die Verzweiflung packt.

Er klopft mir noch einmal auf die Schultern. In meinem Nacken sprühen die Funken. Wie bei *Ruggieri*; ich will, daß er krepiert! Derweil murmelt er, nur für uns zwei:
– Ich kann gut verstehen, daß einen manchmal die Verzweiflung packt.
Dann hat er mich wieder vergessen. Er legt erneut das Gewehr an. So, wie er mich angekettet hat, komme ich kaum an meine Tasche. Schluß machen. Daß endlich Schluß ist.
Schneider fährt mit dem Zielfernrohr der *Mannlicher* die Turmfassade entlang.
– Jetzt werden wir die Dinge wieder in Ordnung bringen, verkündet er mit verstellter Stimme.

Sam Schneider ist ruhig.
Eine beängstigende Ruhe. Er wird seine Gewalt durch Grandvallets ersetzen. Später, wenn man die ganze Geschichte erzählen wird, wird nur die Begründung eine andere sein. Aber im Prinzip, was hat die Begründung schon für eine Bedeutung?
In dem sechsfach vergrößernden Zielfernrohr legt er das Fadenkreuz auf einen schwarzen Vogel an. Ein Vogel, der im Käfig auf seiner Stange hockt.
Hundert Meter entfernt gackert Jacquot, der Mainate:
– Alle Weißen sind bekloppt! Und sein Gekrächze erstirbt durch eine Kugel mitten ins Auge.
Schneider dreht sich zu Grandvallet. Er tut jetzt angewidert:
– Und jetzt ein unschuldiger Vogel! Was bist du doch für ein Ekliger. Und was hast du bloß in deinem Kopf?
Seine Stimme verrutscht schon wieder ins Schrille.
– Was habt ihr bloß im Kopf?
Dann versenkt er sich wieder in die Betrachtung des Turms. Nimmt seinen Spaziergang von Stock zu Stock in der Vergrößerung wieder auf. Eine Aussicht, die im Tode münden wird.
Im siebzehnten hält er einen Moment inne, als ihm der Kopf eines Kindes, das auf einem Rollbett liegt, ins Auge fällt. Er haßt Kinder. Er wird nie welche kriegen. Er legt das Fadenkreuz auf die kindliche Stirn an. Was für eine Macht! Was für ein Genuß! Was für ein Gefühl! Als liege einem die ganze Welt zu Füßen.

Im vierzehnten explodiert ein Fernseher, ein anderer in neunzehnten. Im siebenundzwanzigsten, bei dem Superinformierten, kriegt Colonel Erulin mitten in einem Interview über seine jüngsten bewaffneten Taten eine Kugel in den Mund und erlischt.
Der große Blonde mit den gelben Schuhen wird von einer Art Luststarrkrampf erfaßt. Er dreht sich zu dem kleinen Schurken um:
– Du hast ja vor nichts mehr Achtung! Aber auch vor gar nichts mehr! fistelt er.

Am Fuß des Sozialbunkers steht Wachtmeister La Bourdais und sieht in die Höhe. Hat er nicht gerade einen Schuß gehört? Aber sehr schnell wird seine Aufmerksamkeit von etwas anderem herausgefordert. Der bleiche, fünfzigjährige Brigadier Griaule kommt angekeucht wie ein Marathonläufer kurz vor dem Ziel. Mit völlig verdrehtem Käppi, einer Ohnmacht nahe, einem Herz, das bis zum Halse schlägt und mit einer schief-geschulterten Koppel sinkt der Brigadier La Bourdais zu Füßen.
– Haben Sie Schneider gesehen?
– Seit vorhin nicht mehr. Ich dachte, er wäre bei Ihnen.
– Nein, bestimmt nicht. Er ist doch in Ihre Richtung gegangen ...
– Das letzte, was ich von ihm gesehen habe, war, daß er seine Frau zum Krankenwagen gebracht hat.
– Scheiße und so, stöhnt der Brigadier.
Er lehnt sich mit verrutschtem Käppi gegen die Mauer:
– Meine Güte, was ist denn nun los?
– Los ist, daß wir ganz ordentlich in der Tinte sitzen. Griaule bricht beinahe zusammen. Eine selbsternannte Bürgerwehr hat einen Kerl, Marke Bamboula aus Mali, hingerichtet. Ein Trupp von dreißig Leuten, sie haben sich soeben gestellt. Wollen alle verhaftet werden.
– Und wo ist der Leichnam?
– Das glauben Sie nie.
– Wo?
– In Schneiders Wohnung. Es sieht aus wie im Schlachthaus. Irre, wieviel Blut so ein unvorsichtiger Neger vergießen kann! fügt Griaule hinzu. Dann schneidet ihm ein Klicken das Wort ab.

La Bourdais sieht in die Höhe.
– Haben Sie das gehört? fragt er.
– Ja ..., antwortete Griaule, aber er bringt keinen Ton raus.
Er guckt blöd aus der Wäsche, zumal er eine Kugel in die Schulter abgekriegt hat. Er zeigt La Bourdais seinen Rücken. Ein Durchschuß, gerade unterhalb der Schultertressen, so groß wie ein Fünf-Franc-Stück.
Erst macht der Brigadier einen Luftsprung, dann landet er ausgestreckt auf dem Trottoir.

Im fünften Stock zieht Schneider gerade blitzschnell den Kopf ein.
Eine heftige Erregung bemächtigt sich seiner.
Er sagt zu Grandvallet:
– Einen Bullen! Du hast auf einen Bullen geschossen!
Völlig besessen streicht er um den kleinen Schurken herum und zwingt ihn mit dem Gewehrschaft, sich über die Brüstung zu lehnen. Schneider zeigt sich nicht und fragt aus dem Hintergrund:
– Nun, haben sie dich gesehen? Paß auf, gleich sind sie hier oben.
Die hysterischen Pfiffe, die von dem Platz heraufdringen, scheinen ihm recht zu geben. Unten stürmen Marionetten in Helmen und kompletter Ausrüstung, eine MP in der Hand, aus den Wagen.

Der Krieg hat wieder angefangen.
– So, jetzt muß es schnell gehen, erklärt der irre Bullyp.
Noch ein paar Dinge zurechtrücken ...
Gleich einem Künstler macht er einen Schritt zurück, um sein Bild zu betrachten.
– Als ich hier reinstürmte, hast du dich verteidigt, natürlich ...
Piff, Paff! Er legt das Magazin der *Mannlicher* beinahe trocken, und eine Reihe Kugeln schlagen in die Wände von Flur, Diele und Eingangstüre.
Kerzengerade steht er da. Stramm und weiß.
Nicht der Schatten eines Gefühls.
Er kommt wieder zu mir.
Er erlöst mich von meinen Handschellen. Er stößt mich an meinem

abgestorbenen Arm in die Mitte des Zimmers zurück. Ich schwanke vor Schmerzen. Er schmeißt mir den Karabiner vor die Füße.
– Eine Kugel ist noch im Lauf, verkündet er. So hast du eine Chance, mich umzulegen. Das ist DEINE Chance. Ich werde jetzt wieder rausgehen und die Wohnung stürmen. Alles hat seine Ordnung ...
Er macht zwei Schritte auf dem T3, dann dreht er sich noch einmal um.
– Ich möchte gerne, daß du dich verteidigst, sagt er und hebt die Arme in die Luft.
Sein Gesicht wird erstmals heller. Eine genießerische Freude. Man könnte meinen, gleich begäbe er sich zu Tisch. Ich kratze meinen ganzen Haß zusammen und lege ihn in meinen Blick.
Er geht durch die Tür.
Kaum hat er sie geschlossen, da verschwindet meine Hand in meiner Tasche. Eine schnelle Bewegung. Ich hole die Granate raus, führe sie zum Mund und entfernte mit den Zähnen den Splint. Auch mich hat die Lust zu morden gepackt.
Er schließt die Tür von außen ab, völlig versunken in sein sadistisches Spiel.
– Fertig? fragt er hinter der Tür.
Beim Ich-seh-etwas-was-du-nicht-siehst bin ich gar nicht so sicher, daß er gewinnt.
Meine Hand krampft sich um den Sicherungshebel der Granate.

Sam Schneider holt tief Luft.
Töten! Jetzt wird er zur Tat schreiten. Dieses Mal wird ihm niemand seine Kraftmeierei verübeln. Ihm geht France durch den Kopf, wie sie sich über ihn lustig macht. Dieses vulgäre Lachen, das tut ihm einfach weh.
Er überprüft seine 38er.
Macht sich fertig, um die Tür zu stürmen.
Im Treppenhaus geht das rote Aufzuglämpchen an.
Jemand hat den Fahrstuhl gerufen. Sam spitzt die Ohren und vernimmt das Quietschen derber Schuhe. Die Bullen durchsuchen die Stockwerke.

Die Tat.
Er schießt durch die Tür.
Orangefarbene Flammen, Splitter, das Schloß ist gesprengt. Ein Schulterstoß. Sam stürmt in die Wohnung.
Ich, Jean-Y. Grandvallet, 6709, ziehe den Auslöser der Granate. Adios, Scheiß-Welt. Auf, in die Ewigkeit.
10, 9, 8 …
Schneider schießt, während er sich gegen die Flurwand drückt. Schlemmerei, großes Fressen, Blutmahl, dem kleinen Schurken sein rechter Arm fliegt in die Luft.
Ich, Jean-Y. Grandvallet, HA!
7, 6, 5 …

Jede Sekunde wie ein Jahrhundert. Wie lang mein Leben ist, bevor ich sterbe!
Schneider schießt mit einer Flugrolle ins Zimmer.
Rutscht auf dem Parkett aus. Schießt instinktiv. Die Orgie geht weiter.
Raus mit dem Silbergeschirr, dem Tafelaufsatz, dem Gedeck.
Rein mit dem Futter, bauchwärts, pansenwärts, vollgefressen, vollgemampft, verschlungen!
Ach, was für ein großes, schönes Buffet.
Da haben wir uns heute aber den Magen besonders vollgeschlagen. Eine Kugel,
zwei,
zerfetzen diesem Dreckskerl von einem Jungen den Bauch.
5, 4, 3 …
Jede Sekunde ist eine Ewigkeit, wie lang das Leben ist!

Ein Abschwächen des Leiden. Eine Zunahme der Gier.
Schneider schießt und schießt.
Schnapp zu! Gras ab! Mampf los! Sauf leer!
Die große Bluthochzeit hat begonnen, die Trommel dreht sich, Schneider schießt, die Schädeldecke splittert, Hirnmasse und Eingeweide auf allen Lüstern, eine Extase in modischer Aufmachung, die auf diesen Innereien und Pancreas-Toasts dargereicht wird.

Für Schneider, der sich in nächster Nähe befindet, ist es eine Bedrohung,
noch eine Kugel,
der Lust,
er schießt, bis hin zum Orgasmus,
3, 2, 1 ...
KOITUS!
Die Granate explodiert, S. S. fliegt, flick-flack, wir sind nicht mehr.
Eine Blutlache.
– Armer Irrer, aus ist's! Jetzt wird er sie bekommen, seine Auszeichnung!
– Über Heroismus läßt sich nicht streiten, Marcel. Vor allem nicht posthum.
– Trotzdem, wenner auf uns gewartet hätte, dieser Idiot, dann schwämme er jetzt nicht in seinem Saft.
– Also etwas Respekt, wenn ich bitten darf. Er hinterläßt schließlich eine Witwe ...
– Und nicht nur eine Witwe, der arme Depp. Seinen Mini, der gerade zur Welt kommt, wird er niemals kennenlernen.
– Ha, ha, ha!
– Warum lachst du so?
– Weil es so besser ist ... wo der Kleine mir doch so ähnlich sieht!
– Ha, ha, ha! Du bist ja noch schrecklicher als ich! Los, nimm deine Füße in die Hand, wir wollen uns die Bescherung mal ansehen.
– Hört mal her, Jungs, das ist hier nicht der rechte Ort zum Spaßen.
– Entschuldigung, Chef. Wir wollten bloß ein wenig Mut tanken. Damit wir uns nicht gleich übergeben müssen.
– Geh nicht da lang, Marcel, da ist alles voll Blut, da rutschst du aus.
– Manchmal bist du wirklich lustig, ich muß doch schließlich irgendwo vorbei!
– Och, mein Gott, Marcel! Der andere! Sieh dir das an! Oh, unvorstellbar!

– …
– Was ist mit dir, Marcel? Du siehst so bleich aus! …
– …
– Setz dich nicht da hin, sonst hast du alles auf deiner kugelsicheren Weste … Paß auf! Du rutschst auf den … Jetzt bist du mit der Hand reingekommen!
– …
– Oh, Scheiße! Chef! Marcel ist ohnmächtig geworden … Kann ich mal Luft schnappen gehen …

Eine gute Stunde verging, ehe die Polizeibeamten Butch Cassidy entdeckten.
Der Rotschopf hatte sich unter Victoires Kleidern vergraben.
Als sie ihm den Knebel abnahmen, hielt er sich schützend den Kopf. Er klapperte mit den Zähnen.
Jemand meinte, oh, und: das arme Kind.
Das war eine Rolle ganz nach Butchs Geschmack. Er brach in Tränen aus.
Man brachte ihn in die Nachbarwohnung. Setzte ihn in einen tiefen Sessel. Er sagte, ihm sei kalt. Sofort legte man ihm eine Decke um. Und umsorgte ihn.
Eine Dame im gewissen Alter schlug vor, man solle ihm vielleicht ein warmes Getränk bereiten. Einen Tee vielleicht? Butch sagte nein, und: vor allem keinen Tee, aber eine Cola, damit sei er einverstanden. Man lachte und befand, daß es dem Kind schon wieder besserging. Eine Cola, und mit Strohhalm, bitte sehr, fügte er hinzu. Und diese Blödmänner lachten noch lauter.
Der große junge Mann mit den langen Haaren bat einen Bullen von wegen Marcel-leg-doch-die-Maschinenpistole-weg und er solle doch das und das holen gehen, dabei könne er etwas Luft schnappen.
Butch bekam zunehmend Farbe ins Gesicht, als er merkte, daß er wieder im Zentrum stand. Das Leben ging in vollen Zügen weiter, und ein Photograph erhielt die Erlaubnis, mehrere Fotos von ihm zu machen.
Butch streckte seine Turnschuhe nach vorne und rümpfte die Nase.

Sicher konnte man aus dieser Situation einen Nutzen ziehen. Er sah sich den großen jungen Kerl an und hob den Arm, wie in der Schule, wenn du etwas sagen willst.

La Bourdais beugte sich interessiert zu ihm herunter.

– Auch wenn ich niemanden vertrete, außer mich selbst und meine Flöhe, begann Butch Cassidy, ich bin ein Kronzeuge ...

Er erzählte die Geschichte von vorne bis hinten, nur Victoire ließ er aus.

Die wollte er für sich behalten.

60 Sie sehen, es ist vorbei.

Die Sonne scheint gleichermaßen auf alle Welt hernieder.

Kommissar Bellanger sitzt, aus dem Lot zurückkommend, im *Capitol.* Sein Haus hat er an Nathaniel Abercromby Jr. verkauft, der aus Scotts Bluff im Staate Nebraska stammt, wo der Chinook bläst.

Während Bellanger auf die Pavillondächer sieht, die die Nähe von Paris verkünden, fragt er sich, wie er seine vierzig Millionen Centimes anlegen soll. Da der Franc – *qui fluctue, qui mergitur* – immer wieder abgewertet wird, bastelt sich der Kommissar eine echte Mittelstandsangst zusammen.

Seine Leber steht Kopf.

Dabei täte er besser daran, sich ein paar Nerven für seine Rückkehr aufzubewahren, denn er wird den schwierigsten Fall seines Lebens zu untersuchen haben.

Etwa zur selben Zeit drückt sich Impala Machine-Love die Nase am Bullauge einer Boeing 707 platt. Das Flugzeug beginnt seinen Anflug auf Roissy-Charles-de-Gaulle.

In ein Gewand aus Kattun gehüllt, sieht Impala, wie die Stadt, die sie erobern will, immer näherkommt. Eine so schöne Frau wie sie mit einem so schönen Hintern würde Paris im Handumdrehen einzunehmen wissen. Vielleicht würde sie die Hand auch zweimal umdrehen müssen. Wie auch immer.

Jedenfalls: ihr Hinterteil ist ohne Furcht.

Sie wird sich die Haare glätten. Mannequin werden. Mit ihrer großartigen Nackenlinie, ihren großartigen Gazellenbeinen, ihren

langen, endlos langen Beinen – wird sie im Nu das Wunderkind aller Fotografen sein. Schöner noch als Lisette Malidor. Die ersten sechs Monate wird sie Locomotive noch behalten, als Bleibe. Aber dann, ärger dich nicht, wird sie im Nu flügge werden.
Anschnallen bitte! Rauchen verboten, Männer! In wenigen Minuten wird Impala Machine-Love in der Kuhle Ihrer ausgestreckten Hände zur Landung ansetzen. Drängeln verboten, Weiße!
Impala, unschuldig, wie sie ist, ahnt nicht, daß N'Doula nicht da sein wird für die ersten Spesen. Der Weg bis zu den Stufen des *Casino de Paris* wird nicht leicht sein.
Als Impala Machine-Love sie das erste Mal hinabgeht, befinden wir uns bereits, um es genau zu sagen, im Jahr 1983 …

Epilog

Der Sommer liegt in der Luft.
Ein Verhängnis. Eine Saumseligkeit. Eine Trägheit.
Die Stadt scheint zu schlafen.
Ein warmer Wind streicht die öffentlichen Wege entlang. Wie ein alter Radikaler wählt er immer die schattenlosen Straßen. Sein trockener Atem begegnet sich an allen Ecken, nährt sich selbst, wird mehr und mehr und verläßt die Stadt aufgeblasen Richtung Vorstädte.
Dort fegt er über die Baustellen und wirbelt den Staub um die Menschen herum, die in ihren Schutzhelmen daran arbeiten, die Stadtgrenze weiter nach außen zu verlegen.
Drei Afrikanerinnen in bunten Gewändern überqueren das Brachland. Sie sind auf dem Weg zu einem *Mammouth*. Hinter einem Hügel aus aufgeschütteter Erde lauert das Monster ihnen auf, und sofort verschlingen die Geschäfte mit ihren glitzernden Auslagen das Mühsam-vom-Munde-Abgesparte.
Der Staub holt auch die Frauen ein, umhüllt sie und weht von dannen. Streicht durch die Gänge der Wohnhäuser und endet schließlich seinen Wirbellauf auf dem Platz. Wie ein Hitzekreisel dreht er sich um den Wohnturm und erhebt sich in die Lüfte.

Sammy Soft, der Briefträger aus Guadaloupe, beendet seine Nachmittagsrunde im siebenundzwanzigsten Stock desselben.
Der Sommer liegt in der Luft.
Ein Schwirren. Ein Dunst. Ein nicht faßbarer Gemütszustand.
Appartement 2707, Sammy Soft klingelt.
Wenn er ein Paket mit Einschreiben hat, muß er es ja den Leuten persönlich überreichen.
Er trägt etwas zu lange Schmachtlocken und ein Palmenhemd über seinem Lianenkörper. Noch einmal klingelt er. Er riecht nach Zimt.
Macht nichts, wenn niemand da ist. Dann kommt er eben morgen wieder.
In der Zwischenzeit fängt Sammy Soft zu tanzen an. Einen Beguine oder Meringe. Für sich allein. Aus Spaß. Mitten im Treppenhaus.

Eins, zwei, drei, eins, zwei, drei, hopp! Eine Pirouette, eine Drehung mit dem Arsch, Spagat, in die Knie, wieder hoch, Sprung: Der Mann aus Marie-Galante tanzt, tanzt, tanzt.
Er hat immer ein paar Melodien im Kopf.
Der Zeitschalter für das Licht geht aus.
Die Wohnungstür geht auf. Eine Frau in Schwarz erscheint.
Sammy lächelt sie an.
Wunderbare Zähne hat er.
– Ma'am Snide', sintssidas? trällert er.
Die Rothaarige nickt. Ja. Hübsch sieht sie aus, aber es ist kein Leben in ihrem Gesicht.
– Ich habe da ein kleines Einsch'eiben, trällert Sammy Soft.
– Geben Sie es mir.
– Ich b'äuchte da eine klitzekleine Unte'sch'ift, trällert er.
Mißtrauisch beäugt sie das Paket.
– Ah, von den *Trois Suisses*. Vielleicht meine Babyausstattung. Kommen Sie doch rein, sagt sie mit trüber Stimme.
Mit lachenden Augen und eingezogenem Bauch folgt er ihr in das Standardwohnzimmer. Sie hat einen ausgesp'ochen hübschen Hinte'n. Sie sagt:
– Entschuldigen Sie mich. Ich glaube, das Baby weint ... Momentan schreit es ununterbrochen. Ich weiß auch nicht, was es hat ...
– Das sind die Zähne, ist doch no'mal, trällert Sammy Soft.
Die Rote verschwindet im Flur.
Eine ganze Weile vergeht.
Der Sommer liegt in der Luft.
Ein Schwirren. Ein Raunen. Eine Lust, die anschwillt.
Plötzlich dringt das Wimmern eines Säuglings zu Sammy Soft durch. Es kommt aus dem Nebenzimmer.
Ohne ein Geräusch, auf Samtpfoten, geht der Antillaner zu der angelehnten Tür.
– Vielleicht sollten Sie ihm einen Schluck weißen 'um geben, das hilft gegen die Schme'zen, trällert er.
Sammy weiß, daß der Umweg über die Kinder in die Herzen der Frauen führt. Er holt seine Flasche aus der extra-flachen Tasche und schiebt den Arm durch die Türöffnung.

– Glauben Sie mi', ein kleine' Schluck 'um und Ih' Baby schläft im Nu.
Aber Baby schreit noch lauter. Und immer derselbe Ton. Mechanisch, etwas unwirklich. Ein Schrei, der einem wehtut.
Sammy Soft stößt die Tür ein wenig auf.
Die junge Frau steht mit dem Rücken zu ihm im Zimmer. Sie hat ein schwarzes Baby im Arm, das sie tröstet.
Das eingeschriebene Päckchen liegt geöffnet auf dem Bett.
Aufgeschlitzt, richtiger gesagt, denn sie hat es völlig überstürzt aufgeschnitten.
Sammy Soft geht jetzt ganz ins Zimmer.
Die Rote scheint ihn gar nicht zu hören, so sehr ist sie damit beschäftigt, ihr Kind zu hätscheln. Erst als er in ihrem Rücken steht und ihr Parfum ihn verwirrt, wird ihm bewußt, daß das Baby ein Spielzeug ist.
Betäubt geht Sammy Soft ein paar Schritte rückwärts bis zum Bett.
Um sich von dem, was er sieht, zu überzeugen, hebt er den Beilagezettel des Püppchen auf. Darauf steht:
Nicolas, ein schwarzes, geschlechtsbestimmtes Baby, ist aus hundert Prozent Vinyl. Wenn er sein Fläschchen getrunken hat, macht er sein Geschäftchen und schreit aus vollem Hals, da seine Windel naß ist. Werfen Sie Ihr Kind in die Luft, und es wird wieder lachen.
– Was sind Sie bloß fü' ein ve'dammte Tussi! redet Sammy Soft mehr zu sich selber. Wi'klich, eine ve'dammte Tussi! Sie haben mich o'dentlich 'angek'iegt!
Er versucht zu lachen.
Sie dreht sich zu ihm um. Scheint ihn das erste Mal zu bemerken.
– Nicolas will sich mit dieser Stadt einfach nicht abfinden, sagt sie mit ernster Miene. Wir werden wohl umziehen müssen.
Sammy Soft weiß nicht mehr, auf welchem weißen Schuh er tanzen soll.
– Vielleicht sollten Sie ihn umziehen, damit e' sich be'uhigt? Und hie', unte'sche'eiben Sie doch da unten, trällert er weiter. Er hält ihr die Liste und den Kuli hin.
– Schön ist es, das Baby, nicht wahr? sagt sie, während sie unter-

schreibt. Und ich hatte so Schwierigkeiten, eines zu bekommen ... Mein Mann sagte ...
Sie unterbricht sich und sieht ihn an:
– Aber setzen Sie sich doch, Monsieur. Setzen Sie sich ...
– Nein, danke seh', machen Sie sich keine Umstände, ich habe meine 'unde noch nicht zuende. Sammy Soft zieht sich zurück. Er nimmt einen Schluck von dem Rum und macht sich auf Richtung Ausgang.
Sachen wie diese hier, so unnatürlich wie nur was, die ängstigen ihn.
Das Baby wimmert weiter in seinem Rücken.
Gerade als Sammy Soft an der Tür angekommen ist, klingelt es. Er öffnet.
Ein traurig aussehender Mann taucht auf. Über Sammys Schultern hinweg wendet er sich an die Rote:
– Sind Sie Madame Snéder? fragt er höflich.
– Fiedelbumm, antwortet die Mutter des Vinylspielzeugs.
– Ich bin Kommissar Bellanger und möchte Ihnen ein paar Fragen stellen.
Sie erblaßt.
– Ich muß nur eben meinen Kleinen wickeln, dann stehe ich Ihnen zur Verfügung, Kommissar.
Sammy Soft hat genug gesehen.
Er steuert direkt auf *McDonald* zu, das unter den Arkaden liegt. Dort bestellt er ein O-Fish-Filet und eine Maxi-Cola ... Kaum hat er seinen Mund angefettet, als er eine erstaunliche Erscheinung hat.
Auf hohen Stöckelschuhen taumelt Victoire aus dem *La Grole*, einem Schuhgeschäft, heraus. Sie hält ein Kind an der Hand. Noch einen Bissen frittierten Fisch, dann springt Sammy Soft von seinem Hocker und rennt dem Freudenmädchen mitsamt dem Knirps hinterher.
Er ist sauer, der Kerl aus der Karibik. Böse leuchten seine gelben Augen auf. Richtige Gewitterblitze.
– Tz Tz, Victoi'e, meint er, was machst du hie'? Sag, was machst du hie'? Muß ich wiede' böse we'den? Den Gü'tel 'ausholen? Um diese Zeit müßtest du bei de' A'beit sein!

Er holt sein Notizbuch raus.
– Und auße'dem: Heute ist Mittwoch! Da hast du Musjöh Bo'getto von den *T'anspo't Bo'getto* ...
– Ich gehe nicht hin.
– Was muß ich da hö'en? Was sagst du da? Wie 'edest du mit mi'?
– Ich habe gesagt, ich gehe da nicht hin.
– Abe' das kannst du Musjöh Bo'getto doch nicht antun ...
Victoire zuckt mit den Achseln. Man muß den Tatsachen ins Augen sehen.
– M'sieur Borgetto, der hat keine Chance!
Und der kleine Junge lacht. Sammy Soft fällt die Kinnlade runter.
– Wie kannst du so etwas sagen? wiederholt er ungläubig angesichts der Rebellion seiner Saisonarbeiterin.
– Is schließlich unser Hintern, kreischt Butch Cassidy. Und mit unserem Hintern machen wir, was uns gefällt!
– Ich diskutie'e nicht mit Minde'jäh'igen, sagt Sammy Soft. Abe' was Musjöh Bo'getto angeht, de' wa'tet siche' schon ausgezogen auf dich.
– Dann muß er sich eben wieder anziehen.
– D'ei Wochen hast du ihn jetzt nicht meh' geschlagen.
– Nun, schließlich sind die am meisten Geschlagenen noch lange nicht die Glücklichsten! mischt Butch sich unmißverständlich ein. Los, gehen wir, Victoire. Wir kommen sonst zu spät. Er zieht an ihrer Hand.
Sie macht ordentlich was her in ihrem Schlitzrock.
– Los, komm.
Sie lassen den antillanischen Zuhälter auf der Bordsteinkante stehen und gehen etwa zehn Schritte. Sammy Soft trinkt einen Schluck Rum, um besser durchzublicken. Er guckt leicht verpunscht aus der Wäsche.
Dann hat er seine kleine Welt wieder im Griff und packt Victoire am Arm. Er schüttelt sie:
– Du ve'gißt, daß du mi' noch vie' Wochen schuldest fü' die Gefälligkeit, die ich di' e'wiesen habe, trällert er.
– Vergeß ich nicht, ganz bestimmt nicht, Sammy Soft. Aber der Tag heut gehört dem Kleinen.

Butch Cassidy kommt näher. Er läßt sich von dieser exotischen Krake doch nicht täuschen.
– Ich habe ihr auch einen kleinen Dienst erwiesen, Monsieur Soft. Folglich will ich jetzt was dafür haben. Und Mittwoch, das ist mein Tag. Klar?
Er nimmt Victoire wieder an sich.
Zieht sie hinter sich her.
– Erklär ich dir später! ruft sie dem verwirrten Antillaner nach. Dieser Bengel, das ist eine Verpflichtung. ... Da kann ich mich nicht entziehen!
Sie vertritt sich den Fuß.
– Ooch, verdammter Mist!
– Hast du dir weh getan? Butch ist beunruhigt.
– Nein. Doch. Ooch, wozu treibst du mich?
– Ich habe der Polente keinen Ton gesagt. Da isses doch normal, daß du dich erkenntlich zeigst. Kommt, gib mir die Hand.
Er nimmt die Sache in die Hand. Ein echter kleiner Mann.
– Wohin schleppst du mich?
– Ins Kino. In *La Cité Engloutie.* Ein Katastrophenfilm.
Haarwäscherin und Rotschopf laufen eine Zeitlang Seite an Seite.
Alles läuft einigermaßen gut, bis Victoire, krrrckkk, plötzlich mit einem ihrer Absätze in das Loch eines Kanaldeckels gerät. Der Schuh bleibt stecken. Eine echte Strafe. V. holt zwar ihren Kothurn an einer Schlaufe wieder raus, aber dieser Kanaldeckel mit dem Pont-à-Mousson-Siegel drauf erinnert sie an etwas. Zwangsläufig. Und Samothrake schmilzt dahin. Riesige und erbarmungswürdige Tränen. Eine Sintflut, die ihr normal dry skin number two von *Elisabeth Arden* auswäscht.
– Ach, wenn Emile noch da wäre, verdammter Mist! Dann hättet ihr mich nicht alle unter der Knute.
Sie legt einen zu. Ein echter Wallace-Brunnen.
Sie sieht nicht mal mehr die Neonlichter des Kinos, als sie dort ankommen.
– Du mußt zahlen, sagt Butch.
Sie zahlt.
Sie gehen durch zwei Reihen Skailedersessel durch, an einer Horde

Kinder vorbei. Neidische Acht- bis Neunjährige, die noch nicht mal die Beine anziehen, um sie durchzulassen.

Zwei Plätze frei. Sie lassen sich nieder.

Der Rothaarige strahlt.

Die Sessel machen tschsch und fallen langsam in sich zusammen.

Zufrieden wie ein Ehemann besieht sich Butch die Decke, wo die Sterne glänzen.

– Wir haben noch Zeit, du könntest mir noch einen Schokotraum spendieren, flüstert er seiner Nachbarin ins Ohr.

– Och, verdammter Mist! bringt Victoire heraus, ihr raubt mir ja den letzten Atem! Wie soll ich da jemals wieder rauskommen?

Sie beginnt, schrecklich zu flennen, und hält der Verkäuferin das Geld hin.

– Und ein Eishörnchen für mich, bringt sie gerade noch heraus.

Das Licht geht aus.

Butch schiebt seine Hand in ihre.

Auf der Leinwand sieht man einen Dschungel. Der Film hat begonnen.

– Vergiß das alles und leg einfach deine Hand auf meinen Spargel, sagt Butch.

Er führt Victoires Hand an den entsprechenden Ort.

Die Hitze im Saal lähmt sie. Ein entschädigendes Wohlsein. Es gibt keine Altersunterschiede mehr. Und keine Grenzen.

Unter den *Cutex*-Nägeln steigt dem Kleinen eine vertraute Hitze in den Kopf, und seine Wangen erröten. Die Lippen sind trocken. Er schmeißt seinen Kopf nach hinten und sieht in die Sterne. Sein Atem geht schneller. Sein Körper streckt sich nach einer Kraft, die er noch nicht besitzt. Er schließt die Augen und sagt leidenschaftlich:

– Ich liebe dich, ich liebe dich so, wie dich niemand je lieben wird.

Victoire lächelt im Dunkeln.

Sie schüttelt den Kopf und leckt ihr ice-cream. Sie weint nicht mehr.

Auf der Leinwand reißt ein Bulldozer Häuser nieder.

Und Butch späht im Schein des Projektors nach dem Gesicht seiner großen Liebe.

– Victoire, woran denkst du? will er wissen.
– Ich denke an ein Land, in dem die Neger blond, die Schwimmbecken blau, die Juden Moslems, die Franzosen polyglott und die Kinder an der Macht sind, antwortet Victoire.
– Träumen kann man immer, sagt Butch.
– Och, seien Sie doch still, Schnauze! schreit ein Idiot in den Saal hinein.
– Nein, nicht immer, aber das ist schade, sagt Victoire.
Sie seufzt.
Fast fühlt sie sich wohl.

JEAN VAUTRIN
IM ROTBUCH VERLAG

BILLY-ZE-KICK

Opfer: Eine Braut. Tatort: Wohnturm in den Betonvorstädten von Paris. Täter: Billy-ze-Kick, der Held einer Gutenachtgeschichte, die der kleine Bulle Chapeau, der gern Superbulle wäre, seiner befremdlich intelligenten, lispelnden siebenjährigen Tochter Julie-Berthe erzählt. So wie Léo Malet der kriminalistische Chronist der Pariser Innenstadtbezirke war, ist Vautrin der Poet der Betonvorstädte, wohin das Volk von Paris zusammen mit den Arabern verdrängt worden ist. Aus diesem Stoff macht Vautrin Comic-Sprechblasen-Krimis für Erwachsene, bunt, schrill, erfinderisch in der Sprache und geschnitten wie ein action-Film. Ein Kultbuch in Frankreich.

Rotbuch Taschenbuch 48

HAARSCHARF AM LEBEN

Benjamin ist autistisch. Charly versucht das Unmögliche, um sich nicht an das Unerträgliche zu gewöhnen. Von dem schrillen Schrei seines kranken Sohnes gepeinigt, zwingt er sich dazu, nicht zu vergessen. Die Schlüssel zu dieser Geschichte liegen in der Vergangenheit begraben, die Jean Vautrin mit einer Kraft wieder aufleben läßt, wie sie nur große Visionäre haben. Verwandelt tauchen die Okkupation, der Algerienkrieg, die fünfziger Jahre auf wie Kratzer auf einer alten Schellackplatte, wo man nicht mehr genau unterscheiden kann, ob ein Marsch oder eine Polka gespielt wird. Ein Roman, der das Herz und den Kopf zerbricht, weil er auf der Suche ist nach dem Glück, koste es, was es wolle, und sei es das Leben.

»Vautrin hat den französischen Familienroman der achtziger Jahre geschrieben. Er ist rasant erzählt, bordet über von sprachschöpferischen Ideen und zieht sämtliche stilistischen Register, die die literarische Entwicklung der letzten Jahrzehnte zur Verfügung stellt.«

Tilman Krause in der FAZ

KRIMIS NEU 1992
IM ROTBUCH TASCHENBUCH

Norbert Klugmann
FEUER UND FLAMINGO
Feuer ist 28 Jahre und Privatdetektiv. Flamingo hat rote Haare und dünne Waden. Beide ermitteln in Sachen Zucker. Eine Leiche in der Zuckerfabrik bringt die Aktionsgruppen *Bitterer Zucker*, das Konkurrenzunternehmen *Karies – nein danke* und die Sondereinheit der Polizei *Zuckerwürfel* auf den Plan …
Rotbuch Taschenbuch 61

Elsa Lewin
SOLO FÜR KLARINETTE
In New York knallen drei alleingelassene Menschen an ihrer verzweifelten Suche nach dem letzten Zipfel Glück aufeinander. Ein Psychothriller der Spitzenklasse in der Tradition von Patricia Highsmith.
Rotbuch Taschenbuch 63

Jeremiah F. Healy III
GUTEN ABEND, GUTE NACHT
Der Fall ist glasklar: Eine reiche Collegestudentin liegt erschossen im Keller. Ihr schwarzer Freund hält die rauchende Kanone in der Hand und gesteht seine Schuld – in einer Selbsterfahrungs- und Therapiegruppe. Der Privatdetektiv John Cuddy weiß eigentlich nicht, was er da noch tun soll, aber er schuldet einem alten schwarzen Freund einen Gefallen. Im Minenfeld der Liebe und des Hasses zwischen Schwarz und Weiß und Mann und Frau stößt John Cuddy auf einen kaltblütigen Mörder, der ein perfektes Verbrechen begangen hat und es immer wieder tun wird.
Rotbuch Taschenbuch 62

WEITERE KRIMINALROMANE
IM ROTBUCH TASCHENBUCH

Pieke Biermann
POTSDAMER ABLEBEN
Rotbuch Taschenbuch 21

Pieke Biermann
VIOLETTA
Rotbuch Taschenbuch 22

Lars Becker
AMIGO
Rotbuch Taschenbuch 44

Tony Fennelly
MORD AUF DER KLAPPE
Rotbuch Taschenbuch 9

Tony Fennelly
BÄRENDIENST
Rotbuch Taschenbuch 45

Tony Fennelly
ROBINS HOCHZEIT
Rotbuch Taschenbuch 40

Gar Anthony Haywood
SCHWARZ WEISS TOT
Rotbuch Taschenbuch 23

Gar Anthony Haywood
SIE STERBEN JUNG
Rotbuch Taschenbuch 46